KB132142

즈비그니에프
헤르베르트
시전집

COLLECTED POEMS

이 도서의 국립중앙도서관 출판시도서목록(CIP)은
e-CIP 홈페이지(http://www.nl.go.kr/ecip)와
국가자료공동목록시스템(http://www.nl.go.kr/kolisnet)에서 이용하실 수 있습니다.
(CIP제어번호: CIP2014031531)

zbigniew

herbert

즈비그니에프 헤르베르트 시전집

김정환 옮김

詩

collected

poems

문학동네

zbigniew
herbert
차례

빛의 심금

1956

두 방울

장미 위해 울어줄 시간 없으리, 왜냐면 수풀이 불타고 있는 중
—줄리우시 스워바츠키*

수풀들 불타고 있었다—
그것들 그러나
휘감았다 자기들 목을 자기들 손으로
장미 꽃다발처럼

사람들 뛰었다 피신처로—
그가 말했다 그의 아내 머리카락은
그 안에 숨을 수 있을 만큼 깊다고

담요 한 장에 덮여
그들이 속삭였다 부끄러움을 모르는 말들
사랑을 하는 사람들의 일련의 탄원기도를

사태가 매우 악화했을 때
그들이 뛰어들었다 서로의 눈동자 속으로,
그리고 그 눈동자들 꼭꼭 닫았다

너무 꼭꼭이라 그들은 화염을 느끼지 않았다
그들이 속눈썹으로 올라왔을 때

---

* Juliusz Słowacki(1809~1849). 폴란드 낭만주의 시인. 체스와프 미워시와 피터 데일 스콧이 영역 출판하면서 덧붙였다.

끝까지 그들 용감했다
끝까지 그들 충실했다
끝까지 그들 비슷했다
두 방울,
얼굴 가장자리 궁지에 빠진 두 방울과.

집

집 한 채 그해 사계절 위에
집 한 채, 아이들의 짐승들의 사과들의
빈 공간 한 칸
없는 별 하나 아래

집 한 채는 어린 시절의 망원경
집 한 채는 느낌의 살갗이었지
누이의 뺨 하나
나무의 가지 하나였다

그 뺨 꺼뜨렸다 화염 하나가
그 가지 산산이 부숴다 총알 하나가
불탄 둥지 가루 재 위에
집 없는 보병의 노래 하나

집 한 채는 어린 시절의 입방체
집 한 채는 느낌의 정육면체

불타버린 누이의 날개 하나
죽은 나무 잎새 하나

9월 작별

나날들 당비름 자주색*이었다
제1차 세계대전 독일-오스트리아 창기병 창처럼 빛나는

확성기에서 흘러나오던
시대착오적인 노래,
폴란드인과 총검에 대한**

테너성 말 채찍질 소리 같았고
한 절이 끝날 때마다
발표되었다 살아 있는 어뢰*** 명단이

그런데 이것들
전쟁 6년 동안 내내
베이컨이나 밀반입하게 된다—
애처로운 불발(不發)들

대장이 치켜올렸다 눈썹을

---

* 나폴레옹 치하 폴란드 국색.

** '바르샤비앙카Warszawianka'. 프랑스 노래 가사를 번안하여 1830~31년 반제정러시아 봉기 때 폴란드인들이 불렀던 혁명가.

*** 1939년 발표된 자살 군사 작전 임무 지원자 명단.

갈고리 달린 철퇴처럼
구호 외쳤다: 어느 한 단추도****

단추들이 비웃지 않았다:
우린 아니다 우린 아니지
황무지에 맥없이 꿰매 단 소년들 아니다

**** 1939년 8월 6일, 폴란드 장군 에드바르드 리즈-스미글리(Edward Rydz-Śmigly, 1886~1941)가 폴란드 독립 영웅 요세프 필수트스키(Józef Piłsudski, 1867~1935) 무덤에서 한 추도사 내용 "그들(독일인)은 우리의 외투를 갖지 못할 것이다, 단추 하나도" 중. 몇 주 뒤인 9월 1일 폴란드는 히틀러 군대에 침공당했다.

추억하는 시 세 편

1

정하지 못하겠다 제목
그대를 추억하는 그것을
어둠에서 찢겨 나온 손 하나로
나는 서성인다 얼굴들의 흔적들에서

희미한 친구들의 프로필,
얼어붙었다 딱딱한 윤곽으로

　　그것들 내 머리 주위를 맴돌고
　　내 머리 텅 빈 것 바람의 이마 같다—
　　검은 딱지 인간의 실루엣

2

사는 것— 불구하고
사는 것— 맞서
자책한다 망각한 죄

그대가 남긴 포옹, 여분의 스웨터 같고
응시, 질문 같고
우리의 손 전달하지 않았다 그대 두 손의 모양을
낭비했지, 평범한 것들 만지는데

두 눈에 비친 질문은
고요하다 거울,
숨에 곰팡 피지 않은 그것처럼

날마다 갱신한다 나의 시각을
날마다 늘어난다 나의 촉각이
그토록 많은 것들의 친밀이 간지럽히니

생이 거품 내며 흐른다 피처럼
그림자들 해동한다 부드럽게
안 되지 쓰러진 것들 멸망케 두면—

추억을 전달하겠지 아마도 구름이—
로마 주화 닮은 프로필을

3

우리네 거리의 여인네들은
평범하고 착했다
날라왔다 꾸준히 시장에서
영양가 높은 채소 부케를

우리네 거리 아이들
말썽거리지 고양이들한테

비둘기들—
잿빛 부드럽고

공원에 시인 기념물 하나 있었다
아이들 굴렸다 굴렁쇠와
총천연색 고함을
새들 앉았다 시인의 손에
그의 침묵을 읽으며

아내들 여름밤에
꾸준히 기다렸다 입들,
익숙한 담배 냄새 풍기는 그것들을

여인네들 할 수 없었다 아이들한테
대답을: 돌아올지 말지

도시가 지평선 아래로 사라졌을 때
불을 껐다 두 손,
두 눈을 위로 꾹 누르고

우리네 거리 아이들
죽음과 맞닥뜨렸다 매우 무겁게

비둘기들 가볍게 떨어졌다
총 맞은 공기처럼

이제 시인의 입술
은 납작해진 지평선
새들 아이들과 아내들 살 수 없다
슬픔에 잠긴 도시 껍질 속에
식은 새털 재 속에

도시는 물위에 있다
거울의 추억처럼 매끄럽게
물속 바닥에서 반사되어

그리고 날아간다 높은 별 하나에로
그곳은 불탄 냄새가 멀리
일리아드 한 페이지 같고

쓰러져간 시인들*에게

그 가수 입을 굳게 다물었다
그 가수 두 눈으로 발음한다 그 밤을
악의적인 색깔의 수평선 아래
노래가 끝나는 곳에서 황혼이 시작되고
하늘이 던진다 땅위로 무성한 제 그림자

무더기 별 속 조종사들 코를 골 때
그대들 달아난다 감싸려는 것은 하찮은 종이 뭉치
모자이크들 잃지 은유라는 말
비웃음 따라붙는다 그대들 도망치는데
가로질러 정의로운 탄환 반대편으로 말이지

그림자 메아리 같다 그대들의 헛된 말
그리고 텅 빈 시 연(聯)의 방(房) 속 한줄기 바람
그대들이 불에 노래의 축복 내리라는 것 아니라
시들라는, 쓸데없이 흩뿌리면서
꿰뚫린 손들의 죽은 꽃들을 말이지

---

* 1944년 바르샤바 봉기 때 목숨을 잃은 헤르베르트 세대 재능 있는 젊은 시인들, 특히 크시슈토프 카밀 바친스키(Krzysztof Kamil Baczyński, 1921~1944)와 타데우시 가이치(Tadeusz Gajcy, 1922~1944).

결

말없는 자 받는다 비명 지르는 포탄 하나
그의 팔에 박힌다 그가 달아난다 놀래킨다
이 시들의 흙더미를 덮을 것이다 뗏장이
악의적인 색깔의 수평선 아래
그것이 그대들 침묵 다 마셔버릴 것이고

붉은 구름 한 점

붉은 먼지 구름 한 점
불렀다 그 불—
도시 하나 지다
대지의 수평선 너머로

무너질 필요가 있는 것은
벽 하나 더
벽돌 합창곡 하나 더
그래야 견딜 수 있다 그 아픈 상처,
눈과 회상 사이 그것을

아침 노동자들
밀크 커피와 바스락 소리 신문 들고
숨 불어넣는다 새벽과 비,
죽은 공기 도랑 속 자자한 그것 속으로

강철 선으로
팽창한 침묵으로
끄집어낸다 깃발을
잔해 치워진 공간들에서

떨어진다 붉은 먼지 구름 한 점

폐허 비행

지워진 층들 꼭대기에서
흘러나온다 틀 없는 창들

그 더미,
마지막 가파름의 그것
벽돌의 합창곡 무너지면
아무것도 폐허는 꿈꾸지 않으리

　있었던 도시에 대해
　있을 도시와
　있지 않은 도시에 대해

명(銘)

당신이 내 손을 쳐다본다
연약하기—당신의 말이다—꽃과 같지

당신이 내 입을 쳐다본다
너무 작아 입 밖에 낼 수 없어: 세계를

—우리 순간의 줄기 위에서 흔들리며
마시자구 바람을
그리고 두자구 우리 눈을
문드러지면서 가장 좋은 향기를 내게끔
폐허의 모양은 감각을 마비시키고

내 안에 불꽃 하나 있다 생각하는 불꽃
그리고 바람 한 점 있다 불과 돛을 위한

내 손 조바심 내는 중
할 수 있어 나
친구의 머리를
빗을 수 있다 공기로

읊는다 시 한 편, 가능하면
번역하고 싶은 그것, 산스크리트어나

하나의 피라미드로 말이지:

별들의 원천이 죽으면
우리 밤을 밝히자구

바람이 돌 되면
우리 휘젓자구 공기를

내 아버지

내 아버지 무지 좋아했다 아나톨 프랑스를
그리고 피웠다 고급 마케도니아 담배를
그 푸른 구름 향
좁은 입술에 미소 맛이 감돌았다
그러고는 그 먼 시절 속
그가 책 위로 기대앉았을 때
나는 말하곤 했다: 아버지는 신밧드니
우리랑 있는 것 이따금씩 괴롭겠지

그런 이유로 그가 떠났다 융단을 타고
지도책 속 동풍서풍남풍북풍 타고
우리는 걱정되어 그를 쫓았고
그는 종적 없었고 결국 돌아오고
냄새 털어내고 슬리퍼 신는 거였다
다시 열쇠 긁히는 소리, 그의 주머니 속에
그리고 나날들, 알사탕 무거운 알사탕 같은,
그리고 시간 지나가지만 변하지 않는다

일요일날 한번은 올 사이 비쳐 보이는 커튼 떼여 있었고
유리를 통해 그가 나갔고 돌아오지 않았고
나는 모르고 그가 슬픔으로 눈을 감은 것인지
아니면 머리를 우리 쪽으로 돌리지 않은 것인지 모르고

한번은 외국 삽화들 가운데
보았다 그의 사진을
그는 지금 행정관이다 섬,
야자나무와 자유주의가 있는 그곳의

아폴로에게

1

그가 통째 걸었다 돌 의상 휙휙 소리로
월계관 던졌다 그늘과 빛남을

그의 호흡 가볍기 동상의 그것 같고
그의 걸음 꽃의 그것 같고

자신의 노래에 오로지 귀기울이며
리라를 들어올렸다 침묵의 절정까지

자신 속에 잠겨
그의 동공 하얗기 개울 같고

돌,
그의 샌들에서
머리카락 리본들까지

  나는 생각해냈다 너의 손가락들을
  믿었다 너의 두 눈을
  현 없는 악기를
  손 없는 팔을

돌려다오
젊은 외침을
내민 두 팔과
나의 머리,
거대한 기쁨의 깃털에 쌓인 그것을.

돌려다오 나의 희망을
침묵하는 하얀 머리를

침묵—
부러진 목 하나
침묵—
부서진 노래 하나

2
청춘의 첫날을
건드리지 않겠다 나 참을성 있는 잠수부니

건져낸다 이제 단지
소금기 있는 부서진 흉상들을

아폴로 내게 나타난다 꿈에

전사한 페르시아인 얼굴로

틀렸다 시의 점복(占卜)
모든 것이 달랐다

　　달랐다 시작품의 불
　　달랐다 도시의 불
　　영웅들 돌아오지 않았다 원정으로부터
　　없었다 영웅들
　　살아남았다 하찮은 자들

　　나는 찾는 중이다 동상 하나,
　　내 젊음 속 잠긴 그것을

남아 있는 것은 단지 텅 빈 주춧대—
모양을 찾는 어떤 손의 흔적

백안(白眼)들

가장 오래 산다 피가
밀려들고 갈망한다 공기를

투명을 응결시키며
푼다 맥박의 매듭을

해 질 무렵 일어선다 기둥
새벽 곰팡이 핀다 입에

더 가까이
관자놀이들 가라앉고
눈꺼풀들 짓눌리고

백안들 태우지 않는다 빛
부러진 손가락들 삼각
침묵에서 취한 숨

  어머니 비명 지른다
  찢는다 마비된 이름을

아테나에게

부엉이 같은 어둠 뚫고
당신의 눈

청동 헬멧 위에
당신의 지혜

실려가는
화살처럼 가벼운 생각 위에서
우리는 빠르게 번지지 빛의 대문 속으로
밝음에서 맹목으로

실려가는
기절 중인 어깨 위에서
우리는 경의를 표하지 당신한테
몸을 그림자 방패 위에 두고

머리가 가슴에서 무너질 때
묻어주시라 당신의 손가락 우리 머리카락 속에
실어날라주시라 높이

당신의 날카롭고 예상 밖인 모양을
떠올려주시라 잠시

타이어 새로부터

우리를 총 쏘아 죽이게 하시라 당신의 착함이
우리의 파멸이게 하시라 잔인한 자비가

창에 찔려 벌어진
텅 빈 몸에
기름을 부으시라 깔때기로
온화한 광채의 기름을

그리고 찢어내시라 두 눈에서
눈꺼풀의 비늘을

두 눈 보게 하시라

오 트로이

1

오 트로이 트로이
고고학자 하나
손가락들 사이로 쏟아놓으리 네 재를
그리고 일리아드보다 더 거대한 불,
일곱 현 위에—

현 수가 너무 적지
필요한 것은 합창
비탄의 바다
그리고 산의 털커덕
돌멩이들의 비

—어떻게 이끌어낼지
몰락에서 사람들을
어떻게 이끌어낼지
시 한 편에서 합창을—

생각한다 시인 하나 완벽하기
소금 기둥,
고결하게 벙어리인 그것처럼
—노래 떠난다 통째*

달아났다 통째
불의 날개로
깨끗한 하늘 속으로

폐허 위로 달이 뜬다
오 트로이 트로이
말이 없다 도시는

시인이 싸운다 자기 자신의 그림자와
시인이 비명 지른다 황야 속 한 마리 새처럼

달은 반복한다 자신의 풍경을
괴저((壞疽) 속 부드러운 금속성을

2
그들이 걸었다 옛 거리 골짜기를
마치 불탄 잔해의 바다 가로지르듯

---

* 폴란드의 위대한 낭만주의 시인 아담 미키에비치(Adam Mickiewicz, 1798~1855)의 이야기시 「콘라드 발렌로트Konrad Wallenrod」 가운데 '바이델로타Wajdelota의 노래'에서 인용.

그리고 바람이 붉은 먼지를 불어 올려
충실하게 그렸다 도시의 저묾을

그들이 걸었다 옛 거리 골짜기를
숨을 불어넣었다 얼어붙은 새벽의 텅 빈 위장 속으로

말했다: 오랜 세월이 지나야
비로소 여기 첫 집이 들어설 것

그들이 걸었다 옛 거리 골짜기를
생각했다 흔적을 발견할 것이라고

하모니카로
연주한다 불구자 하나
버드나무 땋은 머리에 대해
한 소녀에 대하여

시인 아무 말 없다
비가 오는 중

보라

돌처럼 차가운 하늘 파랑 그 위에 날개 칼날,
고고하고 매우 기이한 천사들의 그것
움직인다 빛 사다리 가로장에 그림자의 바위들에
가라앉는다 천천히 사상의 하늘 속으로
그러나 잠시 후 나온다 더욱 창백해져
다른 편 하늘에 다른 편 눈에
이 말 사실 아니라 하지 마라, 천사란 없다 하지 마라
게으른 네 육체의 웅덩이에 빠져
모든 것을 네 눈의 색깔로 실컷 보고
물린 것이다 세계에—속눈썹 가장자리의

마르쿠스 아우렐리우스에게

헨리크 엘젠베르크* 교수님께

안녕히 주무시라 마르쿠스 불을 끄고
책을 덮으라 왜냐면 머리 위로
들려 있는 것은 별들의 은빛 경보
하늘은 낯선 언어로 말하는 중
두려움의 이 야만적인 절규를
이해할 수 없지 그대의 라틴어**는
공포 지속적인 어두운 공포가
연약한 인간의 땅을 겨냥

능가하고 만연한다 들으라 휙휙 소리
이 엄청난 흐름이 부술 것이다 그대의 문자를
원소들의 이 통제 불가능한 동향
급기야 세계의 사방 벽이 붕괴할 것이다
우리는?—공중에서 몸을 떠는 거고
다시 재 속에서 마구 보살펴 휘젓는 거지 에테르의 자궁을
손가락 물어뜯고 공허한 말 찾아 쌌고

---

* Henryk Elzenberg(1887~1967). 폴란드 철학자. 헤르베르트의 오랜 스승.

** 아우렐리우스 『명상록』은 고대 그리스어로 쓰여졌고, 헤르베르트는 이 말이 농담임을 엘젠베르크에게 이 시와 함께 보낸 편지 추신에서 밝히고 있다.

질질 끌어가는 거지 우리 뒤로 추락한 그늘들을

그러니 더 낫지 그대의 평화를 벗고
그 어둠 가로질러 손을 건네는 게
그것 떨게 하지 감각 다섯 개를 부서지기 쉬운
칠현금 치듯 쳐대는 것이 눈먼 세상일 때에
천문과 우주가 우릴 배반할 때에
밝히게 하지 별들에 대해 풀의 지혜에 대해
그리고 너무 거대한 그대의 크기에 대해
그리고 속수무책인 나의 울음소리 마르쿠스에 대해

사제

소멸한 종교 숭배자들에게

사제 하나, 자신의 신이
대지로 내려온 그가

파괴된 신전,
인간의 그것에 잠깐 비쳤다 얼굴을

하릴없는 사제 하나,
그 들어올린 두 손이
그래봐야 비도 메뚜기떼도
수확도 벼락 때림도 생기지 않는다는 걸 아는

—나 쇠락한 운문을 반복하는 중
똑같은 주문,
법열의 그것으로

순교 쪽으로 자라는 목을
갈긴다 평평한 조롱의 손바닥 하나가

나의 제단 앞 거룩한 춤
보인다 그림자로만
부랑아 몸짓의

— 그렇지만
나 들어올린다 눈과 귀를
들어올린다 노래를

그리고 안다 번제물 연기가
차가운 하늘로 오르며
땋은 머리 땋는다는 것, 머리 없는
신을 위하여

오 장미

타데우시 흐샤노프스키*에게

1

달콤함은 꽃 이름이지—

몸을 떤다 천구 정원
땅 위에 멈춘 채
한숨이 돌리지 제 머리를
바람의 얼굴, 울타리에
풀밭 펼쳐졌다 낮게 멀리
기다리는 시간
오는 것은 냄새를 끄고
색깔을 열면서 온다

숲은 짓는다 둥근 지붕,
녹색 고요의 그것을
우린 장미 아니어서 아쉽고
우릴 위해 찢긴 나비
쪼개지지 가닥가닥
지나간다 순간이 지금은
봉오리 초록 애벌레

---

* Tadeusz Chrzanowski(1926~2006) 폴란드 미술사가, 작가, 사진작가, 시 번역자.

벌어진다

달콤함은 이름이지: 장미

폭발—
안으로부터 나온다
자주색 기수들
무수한 열의
향기의 트럼펫주자들,
기인 나비 트럼펫들 위에 그들
선포하지 성취를

2
둘둘 말린 대관식
수도원 안뜰 기도
황금 꽉꽉 들어찬 제의
불붙은 나뭇가지 모양 촛대
세 겹 탑, 침묵의
광선, 꼭대기와
밑바닥이 부서진—

오 대지 위 하늘의 원천

오 박편들의 별자리

*

묻지 마라 장미가 뭐냐고 새라면 답해줄 수 있을지도
향기가 생각을 죽인다 얼굴을 빛이 붓질로 뭉개지
갈망의 빛깔
울음 우는 눈꺼풀 빛깔
잉태한 공 모양 달콤함
붉음, 안으로 찢긴

3
장미 한 송이 고개 숙인다
어깨도 없는데

바람에 기대면
바람은 홀로 가버리고

어찌어찌 그 말 못하고
어찌어찌 그 말 못하고

장미 죽을수록

더 힘들지 오 장미라 말하기

건축

가벼운 아치 위로—
돌 눈썹

벽의
평정한 이마 위에

기쁘고 열린 창,
제라늄 대신 얼굴들 있는 그것 속에

직사각형들, 꿈꾸는 전망에
밀접해 있는 그곳에

그곳에서는 장식물이 깨우지
개울을 평면의 조용한 영역 속에서

깨우지 동작을 고요로 선을 고함으로
깨우지 몸 떠는 불분명을 단순한 밝음을

너는 있다 거기에
건축
환상과 돌의 예술

거기 산다 아름다움
아치, 가볍기
한숨 같은 그것 위로

벽,
창백한 높이의 그것 위에

그리고 창,
눈물 유리의 그것 속에

자명한 모양으로부터 추방된 나
널리 알린다 너의 동작 없는 춤을

심금

새들 남긴다
둥지에 그 그림자들을

그러니 등잔과
도구와 책 들 놔두고

가지, 동산으로
그곳은 공기가 자라니

결석인 별을
네게 가리켜줄게

뗏장 깊숙한 곳에
여리고 가는 뿌리들

구름의 샘,
맑게 일어서는

바람 한 점 그 입을 대준다
우리가 노래할 수 있게

우린 얼굴 찡그리는 거야

입 다무는 거야

구름들은 후광이 있다
축성(祝聖)된 듯

우리는 자갈이 있다
검은 자갈이 눈〔眼〕 있을 자리에

떠남 뒤 상처를
좋은 기억이 낫게 한다

내려올지 모르지 밝은 빛이
우리의 굽은 등에

진실로 진실로 너에게 이르노니
거대하다 간격,
우리와
빛 사이 그것은

바르샤바 공동묘지

저 벽
마지막 시야
없다

석회, 집과 무덤 들 위에
석회, 추억 위에

마지막 메아리, 예포의,
모양이 변하여 석판 하나와
짤막한 비문,
고요한 앤티크의 그것으로 된

산 자들의 침략 전에
죽은 자들 내려간다 더 깊이
더 낮게

소송을 걸지 밤에는 슬픔의 피리로
나온다 조심조심
한 방울씩

한번 더 불이 붙는다
성냥을 긋기만 하면

그리고 표면 위는 평화
석회 석판, 기억 위에

가장자리에 산자들의 가로수길과
신세계
당당한 뒤축 딸깍 소리 아래
부푼다 두더지 흙두둑처럼
공동묘지가 사람들, 요청하는 것이
불룩한 흙무덤 하나
표면 위로부터의 희미한 기미 하나인 그들로

유언

물려준다 사원소에게
내가 길지 않은 동안 소유했던 것을

불에게—생각을
활짝 피게 하라 불록 구름과

흙, 내가 너무도 좋아했던 그것에게
나의 몸, 불모의 낟알을

그리고 공기에게 말과 손과
열망, 이 비본질적인 것을

나머지
물 한 방울
가게 하라 하늘과
땅 사이

가서 되게 하라 깨끗한 비가
서리 양치식물이 눈 꽃잎이

한 번도 하늘에 달한 적 없는 자들
내 땅 눈물의 계곡으로

돌아오게 하라 충실하기 순정한 이슬과 같게
끈기 있게 그 딱딱한 흙을 바스러뜨리며

곧 사원소로 돌리게 될 것이다
내가 길지 않은 동안 소유했던 것을

—평화의 원천으로 되돌아가지 않고

아든 숲*

손을 오므려봐 잠을 뜨려는 것처럼
난알이 물을 끌어당기는 식으로 말이지
그러면 숲 하나 나타날 거다: 초록 구름과
자작나무 몸통, 빛의 심금 같은
그리고 천 개의 눈꺼풀들 흔들리며
말한다 잊혀진 잎새들의 말
당신 기억날 거다 그러면 그 흰 새벽
당신이 대문 열리기 기다렸던 때를

알다시피 이곳은 한 마리 새가 자물쇠를 열 터
땅속 나무에서 자는 한 마리 새가
하지만 여기는 새로운 문제들의 원천
발밑으로 사악한 뿌리들의 흐름
그러니 보아 나무껍질 무늬 그 위로
팽팽해지는 음악의 현들 그 자체
류트 연주자 하나 줄감개 조여
부풀린다 침묵을

---

* 셰익스피어 『좋을 대로 하시든지』 무대와 동명인, 벨기에와 북프랑스에 걸쳐 있는 숲. 제2차 세계대전 당시 독일 점령군에 맞선 레지스탕스 세력의 주요 거점이었다.

잎새들 싸악 치워봐: 양딸기 숲
이슬 한 방울, 잎새 위에 풀 볏 위에
그리고 더 나아가 실잠자리 노란 날개
그러면 개미가 자기 누이 묻고 있는 중
배반의 늑대 산딸기, 인동나무 위로
달콤하게 익는 것은 야생 배
그러니 더 큰 보상 기다리지 말고
나무 아래 앉지

손을 오므려봐 기억을 뜨려는 것처럼
죽은 이름들의 시든 낟알 하나를 말이지
그러면 다시 숲: 새까맣게 탄 구름
검은 빛 자국 이마 하나
그리고 천 개 눈꺼풀들, 움직이지 않는
동자(瞳子) 둘레 꽈악 악물린.
나무 한 그루, 바람에 부서져
빈 은신처 믿음을 배반한

그리고 그 숲 우리더러 또 당신더러 보라고 있다
죽은 자들 또한 요하지 동화를
약초 한 움큼을 물의 기억을
그러니 바스락거리는 침엽 지나고

미약한 실 냄새 지나
여기저기 가지들이 가로막고
그림자 굽이굽이 길 헤매게 하지만
당신은 찾아내 열리라
우리의 아든 숲을.

엄마

생각했다:
결코 변하지 않으실 거야

언제나 기다리시겠지
하얀 드레스 차림으로
푸른 눈으로
온갖 문 문지방에서

늘 미소 지으시겠지
그 목걸이 하시고

그러다 갑자기
끊어졌다 그 실
이제 진주들 겨울 난다
마루 틈새에서

엄마 좋아하시지 커피를
따뜻한 타일을
평온을

앉으신다
바로 하신다 안경,

뾰족 코 위 그것을
읽으신다 내 시를
그리고 절레 흔드신다 백발 머리

그녀 무릎에서 떨어진 나
입술 깨물고 말이 없다
그러니 불행한 대화
등잔, 그 달콤 샘 아래 말이지

　　너무 슬퍼 견딜 수 없구나
　　그 아이 술을 그렇게 퍼마시고
　　비뚜루 가고
　　내 꿈과 다른 내 아들

　　먹였지 부드러운 젖을
　　그 아이를 태운다 불안이
　　내 피로 그를 씻어 따뜻하게 하였다
　　그 아이 손 차고 거칠다

당신 시선으로부터 멀리 떨어진 곳에서
맹목의 사랑에 꿰뚫려
더 편하군요 고독을 들어올리는 것이

일주일 뒤
추운 방에서
꽉 막힌 목으로
읽는다 그녀 편지를

이 편지
문자들 각자 따로다
사랑하는 마음처럼

철학의 경작

뿌렸다 평탄한 땅,
목재 스툴의 그것에
무한의 개념을
봐 나처럼 자라잖니
—철학자 하나 말하지 손 비비며

정말 자라난다
완두처럼
세 번이나 네 번 더
무한의 4분의 1 시간 지나면
웃자라지 심지어
자기 머리보다 더

대충 뚝딱 만들었다 실린더도 하나
—그 철학자 말한다
실린더 꼭대기에 추 하나
벌써 알겠지 뭔 일인지
실린더가 공간
추는 시간
째깍-째깍-째깍
—철학자가 말하고 큰 소리로 웃으며
흔든다 작은 손을

발명해냈지 결국 존재라는 단어
그 딱딱하고 색깔 없는 단어를
살아 있는 손들 오랫동안 갈퀴로 긁어냈다 따스한 잎새들을
짓밟아야지 이미지들을
석양을 현상이라 불러야지
이 모든 것 아래 발견하려면
죽은 하얀
철학자의 돌 말이지

우리 예상한다 이제
그 철학자 자신의 지혜 푸념하며 징징대는 것
그러나 그는 울지 않는다
끝내 존재는 휘저어지지 않을 것
공간은 침 흘리지 않을 것
그리고 시간은 정지하지 않을 것이다 그 몰두의 달리기로

* * *

터진다 모래시계 하나
거친 손에서
쌓이지 눈에
평평한 공간

고분고분 배열된
원통들 공들 정육면체들
모양들, 그것으로부터 뛰쳐나오는
순종하지 않는 몸 하나

—늪지 부서져 그 안의
음료 무산(霧散)된 항아리들처럼—

낙천적인 공들
점성술의 광선
원자들의 덩어리들

현명한 대화들의 거리를
측량사의 시든 발걸음으로
거닌다 철학자들
절대를 수와 혼동하면서

어떤 수 아래
이를 테면 3이나 1 아래 눌려
얼고 식는다
우주가

유리처럼 무거운 공기 속에
자고 있다 묶인 원소들

불과 흙 그리고 물,
이성에 의해 저지당한

떨림과 물결침

떨리고 물결친다 불안으로
작은 행성들의 어마어마한 공간,
그것이 바다처럼 나를 점(占)하고

초침의 맥박에 꼼짝없이 박혀
따스한 핏속 방앗간 바퀴처럼
세월 회전한다 매우 빠르게

북향일 테지 벙어리 바늘은
검은 물 신속한 흐름 건너
단기 체류 하늘과 구름 아래

　　묻으라 주름 속에 가까운 죽음을
　　이마는 그 도관(導管) 막을 수 없고
　　사막이 다 빨아들인다 생각과 피를

혜성 머리카락의 극미 원자 끝에서부터
나는 짓는다 어려운 무한을
아퀼로*의 경멸 아래
부서지기 쉬운 항구들의 지속을 갱신한다

---

* Aquilo. 그리스신화 보레아스(북풍의 신)의 로마판.

어떤 범신론자의 시

몰두시켜다오 나를 별아
—시인이 말한다—
꿰뚫어다오 나를 거리(距離)의 화살로

마셔다오 나를 샘아
—술 취한 자가 말한다—
바닥까지 나를 마셔다오 마셔 없애다오

내게 나게 해다오 착한 두 눈
경치를 집어삼키는 두 눈이

단어들, 몸을 보호할 참이었던
그것들 내게 벼랑 초래케 해다오

별 하나 내 이마 속에 뿌리를 던질 것
샘이 내 얼굴 비인간화할 것—

　　그리고 나면 우리 말없이 깨어날 것
　　고요의 손바닥 안에서
　　사물의 핵심에서

2류 조물주 난감

1

강아지, 텅 빈 영역의,
영역은 준비 안 된 세계의,
씻어내고 있군 두 손을 피만 남도록
시작에 공을 들이느라 말이지

민들레처럼 연약한 땅을
성지 순례자의 발로 평평하게 했어

눈꺼풀로 때려서
굳혔네 하늘을
그리고 제정신 아닌 환상으로
입혔지 그것에 하늘색을

소리질렀다 바위 이미지를
정말 진짜 만져보아 굳히면서
잊지 않을 거고 그때
내 살갗 찢었던 일, 산사나무 숲 얼쩡대다 말이지

손으로 파낸 좁은 구멍에다
식물 동물 이름들 넣어두고는
감탄했지 풀밭에 누운 자세로

양치식물 모양과 공작 꼬리에

결국 내가 쉬고 싶더군
파도의 그늘에서 흰 바위 위에서
썼다 자연의 역사를
완벽한 종(種) 목록이야
소금 낟알에서 달까지
그리고 아메바에서 천사까지

이것은 너희를 위해
친애하는 나의 후대
너희의 가벼운 꿈
돌멩이들에 눌려 으깨지는 일 없게끔
밤이 세계를 새로 황폐화할 때 말이지

2

누구도 전수(傳授)할 수 없다 지식을
우리 것은 청각뿐 우리 것은 촉각뿐
각각 새로 창조하는 거다
타는 냄새로 각자 자신의 무한과 시작을

가장 힘든 일은 건너는 거야 깊은 구렁

손톱 하나가 열리는 그것을
건너면 경험할 수 있지 매우 용감한 손으로
이질(異質) 세계의 입과 눈을

—좋은 일이야 소행성들,
부드러운 피가 씻어
눈멀게 하는 그것들로서는—

오감을 신뢰하면
세계가 동시 발생한다 개암 껍질 속에서

마구 뛰쳐나가는 생각한테 맡기면
커다란 망원경 죽마 타고
멀리 갈 거다 어떤 어둠 속으로

아마도 그게 바로 너의 운명일 터
준비된 모양의 산물 아니라는 거
아는—잊어버린 모양의 산물 아니라는 것 말이지

꿈꾸지 마라 그 순간
네 머리가 항성 될 때를
손 아니라 광선 다발로

맞게 될 테니, 이미 꺼진 지구를 말이지

우리 죽지 않는다는 발라드

새벽에 출항하였으나
이제 결코 못 돌아올
사람들은 파도에 그들 흔적 남겼다—

바다 내부로 조가비 하나 그때 떨어지거든
아름답기 입의 화석 같은 그것.

모래투성이 길을 걸어
지붕은 벌써 보았겠으나
셔터에 이르지 못한 사람들—

은 공기 종소리 속 은신처 찾을 것

그리고 고아로 만드는 게 단지
냉기 찬 방 하나 책 두 권
빈 탁상 구멍 잉크병 백지 한 장뿐인 사람들

보라 죽지 않았다 몇 인치만큼도

그들의 속삭임 벽지 덤불 통과중
천장에 그들의 평평 머리들 살고 있는 중

석회 물 공기 흙으로
그들의 천국 이뤄졌다 천사 바람이
비벼 따뜻하게 해주지 그들의 몸을 두 손으로
그들은 알아서
이승의 평원 거닐 것이다

겨울 정원

잎새처럼 떨어졌다 눈꺼풀들 바스라졌지 표정의 부드러움들
몸을 떨었다 땅 아래 여태 숨막힌 샘 목구멍들
마침내 그쳤다 새소리 바위 속 마지막 틈새
그리고 가장 낮은 식물들 사이 불안 죽었다 도마뱀처럼

수직의 나무 선들, 지평선 눈금자 위에
비스듬한 광선 하나 내려 멈췄다 땅에
창 닫혀 있다 얼어붙었다 겨울 정원
두 눈 축축하고 입에 작은 구름

—어떤 양치기가 몰고 나가나 나무들을 누가 연주하여
모두 화해시켰는가 가지의 손과 하늘을
하여 형성하였는가 죽은 여인의 어깨,
오르페우스가 북쪽 끝까지 옮겨가는 그것을

후두두 천사의 발소리, 우리 머리 위로 정지
꼬투리 날개들처럼 눈발 날린다
고요는 탁월한 줄, 그것이
같은 급이게 한다 지구를 저울자리와

겨울 과수원에게 바라봄의 싹들을—사랑이 잔인한 운명으로 우리를 머리칼 한줌도 상처 입히지 않기를—그것이 깨끗한

공기로 타기를

제단

선두는 원소들: 물, 침니 나르는 자
흙, 젖은 눈의, 불, 게걸스럽게 먹고 경향성 있는,
그러고는 갈기 부드럽게 흔들며 가는 물의 용들
그렇게 열었다 행렬을 꽃과 어린 식물들 위해
그래서 풀을 예찬했다 예술가의 끌이 녹색
화염, 인간 것 아니기 배에서 내던져진 화염 같은
풀, 역사가 완수된 때 와서
그 자체 침묵의 한 장(章)인 그것을

희생 짐승들 또닥또닥 발소리를 축복하지 축축한 텔루스*가
그것들 간다 육(肉)으로 분명하게 목에 열(熱) 나르고
자신의 운명 의식 못하고 이마에 뿔 표시
앞무릎 꿇겠지 자신의 피에 깜짝 놀라
울부짖는다 너희 원소들에게 동물들에게 길 열렸다
하늘 갈라지겠지 너희 앞에 그리고 하나님 번개로 말씀하신다
인간아 너무나 초췌하고 너무나 경멸스럽건만
지구 종(種)들 등 타고 높이 올려진 인간아

여기서 부서진다 부조는—생각해보면
그 희생 언짢았던 건지도 영원한 신들로서는

* Tellus. 로마신화 속 대지의 여신. 그리스신화 가이아에 해당한다.

혹은 지속이 싫은 습기가 인간 모양들 벗겨냈거나

신발과 발 조각, 그들 지키는 여신 아이러니의,
그리고 또한 의상 주름들, 그것에서 쉽게 읽어낼 수 있는,
아름답게 세운 팔 동작과 그게 정말 다라는 사실
아무 손도 그 희생 동물들 뿔 건들지 않고 있다는 거 말이다

우리 모른다 우리의 어떤 말 어떤 사소한 모양을
돌 주름이 지녀줄 것인가를—우리 생각의 우리 아니고
우리 알지도 못한다 피, 뼈, 눈썹 어떤 것을
안치할 건지 땅에, 동상들 익어가는 중인 그 땅에 말이다

바벨*

예지 투로비치**에게

애국의 백내장 눈에 꼈던 게 분명하다
당신을 대리석 건물에 비유한 그는

페리클레스
슬프겠지 분명 당신의 기둥과
명료한 그림자 기둥머리 위엄
치켜든 팔의 조화는

그리고 여기는 우스꽝스러운 벽돌 법석
르네상스 왕실 사과 하나
오스트리아 막사를 배경으로

그리고 오로지 밤에 열병으로만
슬픔의 광증으로만 되지 야만인 하나
십자가와 교수대에서

---

* Wawel. 옛 폴란드 서울 크라쿠프의 언덕. 성과 성당, 그리고 폴란드 왕릉들이 있다. 19세기 이곳을 점령한 오스트리아-헝가리 제국이 건축물들을 병영으로 썼고, 희곡작가이자 화가 비스피안스키(Stanisław Wyspiański, 1869~1907)가 이곳을 현대판 아크로폴리스로 변형시키려는 구상을 갖고 있었다.

** Jerzy Turowicz(1912~1999). 폴란드의 저명한 지식인. 그가 편집한 가톨릭 주간지에 헤르베르트가 1950년부터 시와 산문을 발표했다.

질량의 평형을 체득한 그가

그리고 오로지 달 아래
천사들이 제단을
떠나 꿈을 짓밟을 때만

그리고 오로지 그때만 되지
—하나의 아크로폴리스

아크로폴리스, 상속권 박탈당한 자들을 위한
그리고 자비 자비를 거짓말하는 사람들에게

미다스 왕 우화

마침내 황금의 사슴
고요히 잔다 숲 사이 빈터에서

산 타는 염소들 또한
머리를 돌에 얹고

회전, 외뿔소들 다람쥐들
대체로 모두 놀이중
잡아먹는 쪽과 부드러운 쪽
모든 새들 또한

미다스 왕은 사냥을 않는다

그가 생각해보았지
잡아볼까 실레누스*를

사흘을 몰았다
급기야 마침내 사로잡았고
주먹으로 후려갈겼다
두 눈 사이 한 방 그리고 물었다:

---

* Silenus. 그리스신화 사티로스들의 아버지이자 디오니소스의 친구.

—무엇이 인간에게 최선인가

히힝 울고 실레누스
말했다:
—아무것도 아닌 것
—죽는 것

돌아간다 미다스 왕 궁정으로
그러나 음미하지 못하네 현명한 실레누스 마음을
포도주에 쩔었거든
걷는다 수염 잡아당기고
묻는다 노인들에게
—몇 날 동안을 개미는 사나
—왜 개가 죽기 전 울부짖는가
—얼마나 높아지려는 건가 산은
뼈들로 쌓여
온갖 늙은 동식물의 뼈들로 말이지

그런 다음 그가 부른 사내는
붉은 꽃병에
그린 사람, 검은 메추라기 깃털 붓으로
결혼 행렬과 추적 장면을 말이지

그리고 미다스가 묻는 말
왜 너는 영속화했는가 그림자들의 생을,
그 질문에 그가 대답했다:
— 왜냐면 질주하는 말의 목
은 아름답거든요.
무도회에서 춤추는 처녀들의 의상
은 시내, 살아 있고 독창적인 그것 같고요

당신 곁에 앉게 해주세요
부탁한다 꽃병 화가가
우리 얘기해보죠 이런 사람들에 대해
치명적으로 진지하게
땅에게 날알 하나 주고
열을 걷는 사람들
신발과 공화국 수선해주고
별과 구름 세고
시 쓰고 몸 굽혀
모래 속으로 잃어버린 클로버 취하는 사람들에 대해

우리 술 좀 하고
철학 좀 하면
둘 다

피와 환영으로 이뤄진 우리
마침내 해방되리다
우리를 짓밟는 겉꾸밈의 경박으로부터

그리스 꽃병 조각들

전경(前景)이
탄탄한 몸이다, 청년의

턱수염 가슴에 기대어 있다
무릎 하나 당겨 올렸다
두 팔 죽은 가지 같다

그의 잠긴 눈
부인한다 에오스*까지

공중을 찌른 그녀 손가락들
그리고 용해된 그녀 머리카락
그리고 그녀 의상 선 또한
짓는다 슬픔의 등뼈 세 개를

그의 잠긴 눈
부인한다 자신의 청동 무기를

---

* Eos. 그리스신화 새벽의 의인화. 헬리오스(태양) 및 셀레네(달)의 여동생, 온갖 방향 바람의 어머니. 그녀의 가장 충실한 배우자 티토노스는 영생을 부여받았으나 영원한 젊음은 허락받지 못하고 귀뚜라미로 변했다.

아름다운 헬멧
피와 검은 깃 장식의 그것을
부숴진 방패와
창을

그의 잠긴 눈
부인한다 세계를

잎새들 걸려 있다 고요한 공중에
몸 떤다 가지 하나 날아가는 새들의 그림자로
그리고 오로지 귀뚜라미, 멤논**의
아직 살아 있는 머리카락 속에 숨은 그것만이
찬성표 던진다 설득력 있게
생의 예찬에

** Memnon. 에오스와 티토노스의 아들, 에티오피아 왕, 트로이에서 아킬레우스한테 살해된 후 영생을 부여받았다.

망설이는 니케

가장 아름답다 니케는 그 순간
그녀가 망설일 때
그녀 오른손 명령처럼 아름답게
공기에 기댔으나
그녀 날개가 떨지

왜냐면 보이거든
고독한 청년 하나
내려가는 것, 전투 마차의
긴 바퀴 자국 따라
잿빛 길로 잿빛 풍경,
바위와 드문드문한, 메마른 관목 숲의 그것 속에서 말이지.

저 청년 오래잖아 죽을 것
그의 운명 저울 바로 그것이
난폭하게 떨어진다
땅으로

니케는 엄청 하고 싶다
가서
입맞춤, 그의 이마에

그러나 저어되지
포옹의 달콤함 한 번도
경험한 적 없는 그가
알게 되어
달아날까봐 다른 사람들처럼
이 전투중에
그래서 니케 망설이고
결국 결정한다
그냥 있기로 그 위치,
조각가가 가르쳐준 그 위치에
매우 창피해하면서 그 순간의 심란을

잘 알고 있다
내일 새벽
분명 이 소년 발견되리라는 것
가슴 열리고
눈감긴 채
그리고 신맛의 조국 은화
감각 없는 그의 혀 아래

손금 점

모든 금들 급락한다 손바닥 계곡 속으로
작은, 움푹 꺼진 곳으로 거기서 운명의 샘 진로를 열지
여기가 생명선 봐 달리잖아 화살처럼
다섯 손가락의 지평선, 그 흐름으로 밝아진,
그 흐름 찢어발긴다 앞으로 무너뜨린다 장애물들을
그리고 어느 것도 더 아름답고 더 강력하지 않다
이 노력 전진보다는

얼마나 하릴없는가 그것에 비해 충실의 금은
밤중 고함처럼 사막의 강,
모래 속 들여져 모래로 죽는 그것처럼
아마도 피부 아래 더 깊숙이 그것 뻗어나간다
갈퀴로 긁는다 근육 조직을 그리고 들어간다 동맥 속으로
그래서 우리 만날지도 밤에 우리의 죽은 이들을
내부, 기억과 피가 구르는
갱구와 우물과 방들,
어두운 이름들로 가득찬 그것들 속에서

이 언덕 있지 않았다—아무리 기억해봐도
있던 것은 둥지, 부드러움의, 둥글기 마치
뜨거운 납 눈물 내 손에 떨어진 것 같은
기억난다 머리카락 기억난다 뺨 그림자

연약한 손가락과 무게, 혼수상태에 빠진 머리의
누가 파괴했는가 둥지를 누가 쌓았는가
여기 없던 무심의 흙무더기를

왜 누르는가 손바닥으로 눈을
점친다 우리 부탁받은 사람

다이달로스와 이카로스

다이달로스가 말한다:
나아가라 애야 그리고 기억해 너는 걷고 있는 중 나는 중이 아냐
날개는 장식일 뿐이고 너는 걷고 있어 초원 위를
더운 돌풍은 후텁지근한 대지 년(年)이고
추운 것은 개울
하늘은 그렇게 잎새와 작은 동물 들로 가득찬 거야

이카로스가 말한다:
내 눈 돌멩이 두 개처럼 떨어져요 곧장 땅으로
그리고 그 눈에 보여요 농부, 이랑 굵기 고르게 다지고
벌레 한 마리, 고랑 속에 몸을 감고
나쁜 벌레 한 마리, 식물의, 땅과의 연결을 끊는

다이달로스가 말한다:
애야 그건 사실이 아냐 우주는 오로지 빛일 뿐
그리고 대지는 그림자의 사발 봐 여기 놀고 있잖니 색들이
먼지 인다 바다로부터 연기 오른다 하늘 속으로
,가장 고결한 핵들로 배열되고 있어 지금 무지개가

이카로스가 말한다:
양팔이 아파요 아버지 이렇게 허공을 쳐대느라
감각 없는 두 다리 느끼고 싶어해요 뾰족한 것과 딱딱한 돌을

저는 태양을 들여다볼 수 없어요 아버지식으로는요 아버지
나, 통째 땅의 어두운 광선 속에 잠겨

파국 묘사
이제 이카로스의 머리 구덩이에 떨어진다
이 광경에 잇따른 그의 마지막 그림은 어린애의 작은 뒤꿈치
그것을 집어삼킨다 게걸스럽게 바다가
위에서 아버지가 고함쳐 부른다 이름,
목의 것도 머리의 것도 아니고
회상의 것인 이름을

논평
그는 워낙 젊어 이해하지 못했다 날개가 은유일 뿐이라는 것을
약간의 밀랍과 깃털과 중력에 대한 경멸
그것들로는 버틸 수 없지 몸을 숱한 피트 고도에서
요는 우리 심장이
무거운 피로 굴러간다는 것
공기로 꽉 차 있어야 한다는 것
바로 그 점을 이카로스는 받아들이기 싫었고

우리 기도할밖에

지구의 소금

간다 여인 하나
머리 스카프는 얼룩이 들판 같다
누르고 있다 가슴을
종이 가방으로

이 일이 벌어지는 것은
정오
도시의 가장 아름다운 지점에서다

여기서 관광객들 구경거리는
백조들이 있는 공원
정원이 있는 빌라들
전망과 장미

간다 여인 하나
짐꾸러미 하나 들고
—어머니 뭔데 그렇게 가슴에 끌어안으신 거예요

지금 그녀 곱드러지고
가방에서
뿌려져나온다 설탕 결정들이

그 여인 몸을 굽히고
그녀 눈 속 표정
그 표정은 표현할 수 없지
어느 깨진 물병 화가도

국자 모양 뜬다 그녀의 검은 손
낭비된 부(富)를
그리고 다시 붓는다
명료한 방울과 가루를

얼마나
오래
그녀가
무릎 꿇고 있는지
마치 무릎 꿇은
소원이 모으는 것이라는 듯이
지구의 사탕을
마지막 낟알 하나까지 말이지.

아리온*

이것이 그다—아리온—
그리스의 카루소
고대 세계의 콘서트마스터
귀하다 목걸이처럼
아니면 더 낫게 별자리처럼
노래 부르지
바다 큰 파도와 수레국화 상인들에게
폭군과 노새 모는 사람들에게
폭군들 시꺼매지지 머리 위 왕관이
그리고 양파 케이크 파는 사람들
처음으로 셈이 틀렸다 자기들이 손해 보는 쪽으로

무엇에 대해 아리온이 노래했는지
정확히는 아무도 모른다
요는 그가 세계의 조화를 회복시킨다는 거
바다가 흔들지 부드럽게 육지를
불이 말을 건다 물에게 증오 없이

---

* Arion(BC 600년 무렵). 그리스 시인, 가수. 시실리에서 열린 음악 경연대회에 참가한 후 코린트 궁정으로 돌아오다 해적에 의해 배 밖으로 내던져졌으나 노래로 바다를 홀리고 돌고래에 의해 구조되었다는 얘기가 전한다.

육보격 시행 하나의 그늘 속에 눕는다
늑대와 암사슴과 매 그리고 비둘기가
아이들은 자러 가려고 사자 갈기에 올라탔다
그것이 요람인 양
보라 동물들이 어떻게 미소 짓고 있는지
사람들 하얀 꽃이 양식이고
모든 것이 바로
태초에 그랬듯 좋다

이것이 그다—아리온
귀하고 다중적인
가해자, 머리 어지럼증의,
그림들의 눈보라 속에 서서
그는 손가락이 여덟 개다 옥타브처럼
그리고 노래 부르지

급기야 서쪽 파랑으로부터
야광의 사프란 가닥이 풀려나올 때까지
그건 밤이 다가오고 있다는 뜻이고
아리온 공손한 머리 동작으로
작별을 고한다

노새 모든 사람과 폭군 들에게
가게 주인과 철학자 들에게
그리고 항구에서 올라탄다 등,
온순한 돌고래 등에

—또 봐요—

얼마나 아름다운지 아리온
—모든 처녀들이 한 말이다—
그가 흘러 바다로 나갔을 때
홀로
수평선 화환 머리에 쓰고 말이지

스툴

결국 밝힐밖에 없다 이 사랑
오크나무 발 넷 달린 짐승
오 살갗, 그럴 수 없게 거칠고 서늘한
일상의 물건, 눈 없으나 얼굴 있는
얼굴에 잡힌 낟알 주름은 성숙한 판결이고
잿빛 당나귀 그중에서도 가장 잘 견디는 나귀
머리카락 다 빠졌다 너무 오래 서 있느라
그리고 나무처럼 뻣뻣한 짧은 털 다발만
느꼈지 내 손 아침에 그것을 어루만지며

—아는지 내 사랑, 돌팔이들이었어
이렇게 말하는 자들: 거짓말이다 손 거짓말이다
두 눈, 가닿는 모양들 텅 비었는데—

사악한 사람들이지 사물들을 시샘하여
세계를 잡고 싶은 거다 부인(否認)의 낚싯대로

어떻게 표현하면 좋을지 나의 감사와 경탄을
너는 언제나 온다 눈의 부름에
거대한 부동(不動)으로, 번역해주지 부호 언어로
초라한 이성에게: 우린 진짜야—
마침내 사물의 충실이 열어준다 우리 두 눈을

헤르메스, 개와 별

1957

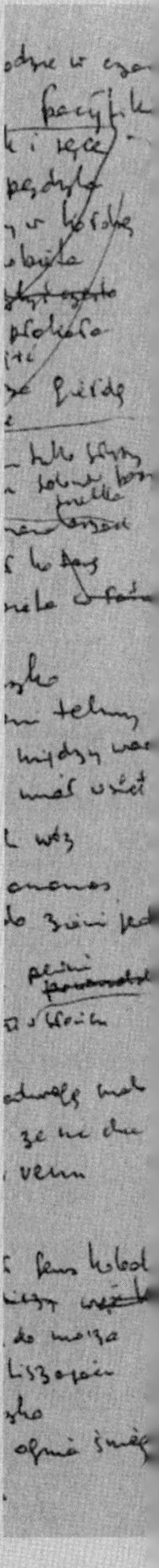

묘사하고 싶다

묘사하고 싶다 가장 단순한 감정
기쁨 혹은 슬픔을
그러나 다른 사람들과 달리
빗살이나 햇살까지 다시 끌어대지 않고

묘사하고 싶다 빛,
내 안에서 태어나고 있는 그것을
하지만 나는 알지 그것 비슷하지 않다
어떤 별과도
그렇게 밝지 않거든
그렇게 깨끗하지 않고
불분명하거든

묘사하고 싶다 용기를
내 뒤로 먼지투성이 사자 한 마리 질질 끌고 다니는 따위 말고
그리고 불안도
물 가득찬 잔 흔드는 따위 말고

달리 말하면
온갖 은유 다 내주는 대신
단 한 단어,
내 가슴에서 갈비 한 대처럼 낚아낸,

단 한 단어,
내 살갗의
경계 속에 거처가 마련된 그것 받고 싶다

그러나 이것 가능해 보이지 않네
이렇게 말하는 것도—난 사랑해
뛴다 미친놈처럼
뜯어내지 새들을 한 아름
그리고 나의 부드러움,
결국 물로부터 온 것 아닌데
부탁한다 물에게 얼굴 하나 달라고

그리고 노여움
불과 다른데
빌린다 불한테서
말 많은 혀를

그렇게 뒤섞였다
그렇게 뒤섞였다
내 안
반백의 통제자들이
최종적으로 나누고

말했던 것,
이것은 주체고
이것은 객체라고 말이지

잠든다
한 손 머리 밑에
다른 손 행성들의 흙무더기 속에 두고

그러면 두 발 우리를 버리고 떠나
대지를 음미하지
그것들의 작은 뿌리로
그 뿌리를 아침에
우리가 형편없이 뜯어내고

세례

40일 집중호우의 베테랑들,
하늘 찢어지는 걸 겪은
그들, 산들의 죽음과
쥐들의 구원을 보았던
그들 이제 잔교에 앉아
쳐다본다 흔들리는 곡식들
아름답기 폭포 같은
—썩 운이 좋은 생각이었어
희망을 새들한테 맡긴 것은
그때부터 그들의 믿음은 강해요
비둘기장처럼

불타는 집에서 살아남은 자들
거기서 사람들 깃털처럼 타는데
자세히 들여다본다 해골 내부를
그리고 장밋빛 해부의 생각 없는 조립을
몸 하나 무게를 아는 그들
말한다
싸지 저렇게 뻗어버려도
범죄자 고양이와 천문학자는
선과 악을
동류 취급하지, 얕은 구렁이

마침내 우리, 무지개 흙덩어리 눈꺼풀 밑에 달고,
우리, 알아차리는 것 산으로 동작과 구렁으로 동작인,
올린 희생물과
내린 눈꺼풀인
우리 말한다
그들 양쪽 다 옳을지 몰라
물로 세례받은 사람들
불로 세례받은 사람들
화해할 거야 무(無)로
아니면 자비로

그리고 오로지 우리, 우리를 비판하느라
교부(教父)들이 팸플릿
『학계에 반대하며』를 썼을 법한
우리만 맞자구 끔찍한 운명을
화염과 애통을
이유는 흙의 세례를 받았다는 것
너무 용감했다는 거지 우리의 불확실성으로

계곡 입구에서

별 비 내린 후
물푸레나무 초원에
모여들었다 모두 천사들의 보호 아래로

살아남은 언덕들로부터
눈에 들어오는
일체 매에 우는 가축떼, 두 발 달린

사실 그들 많지 않았다
장차 올 사람 더하더라도
연대기와 믿기지 않는 이야기와 성인전(傳)들부터 말이다

하지만 그건 그렇고 우리 돌리자 두 눈을
계곡 목구멍에로 거기서 나오는구나 고함이

폭발의 휘파람 후
침묵의 휘파람 후
이 목소리 찰싹인다 살아 있는 물의 샘처럼

사람들 말로 이것은 절규,
아이들과 찢어진 어머니들의 그것이라고
알고 보니

구원은 따로따로 일일 것이기에

수호천사들 연민 없고
우리는 일이 힘들어 그러려니 하자구

그녀가 부탁한다
—숨겨줘 나를 당신 눈 속에
팔 속 손 속에
늘 함께했잖아
날 떠나면 안 되지 지금
나는 죽어 부드러움을 요하는데

원로 천사 하나
미소 지으면서 풀어준다 오해를

노파 하나 들고 있지
카나리아 시체를
(다른 짐승들 모두 죽었다 조금 전에)
너무 멋진 아이였어—그녀가 눈물 흘리며 말하네
그 아이 모든 걸 이해했고
내가 말을 하면 그 아이—
그녀 목소리 사라진다 일반의 비명 사이

심지어 나무꾼 하나
어찌 그럴 수 있을까 싶게
늙은 등 굽은 녀석 하나
품는구나 도끼를 제 가슴에
—내 평생 동안 그녀는 내 꺼였어
지금 또한 내 껄 거고
그녀가 먹였어 날 저기서
그녀가 먹일 거야 날 여기서
아무도 권리가 없지
—그의 말이다—
난 내주지 않아

사람들, 보기에
고통 없이 명령에 투항한 사람들
가지 수긍의 표시로 머리를 낮추고
그러나 꽉 쥔 주먹 안에 숨기고 있다
편지 조각, 리본, 짜른 머리카락을,
그리고 사진들을,
그들 순진한 생각에
빼앗길 것 같지 않은 것들 말이다

그래서 그들, 보기에
지금
직전 같다, 마지막 나뉨,
이를 가는 쪽과
찬송가 부르는 쪽으로의 나뉨 직전

만짐

두 겹이다 모든 감각의 진실은—

눈을 통과하는 그림들의 카라반
물속으로 보는 것 같고
검정과 하양 사이
색들 불분명하게 걸려
흔들리지 깨끗한 공중에
시각은 거울이거나 체
그걸로 걸러지는 거야 방울방울
젖은 눈의 불안정한 지혜가

단맛의 밑바닥은 쓴맛
그러니 고함지르지 실성한 혀가

그리고 청각의 조가비 속 그곳은 대양이
실꾸러미 같고 그곳은 침묵,
흰 그림자의 그것이 돌 하나 끌어당기는
그냥 별과 잎새 뒤죽박죽일 뿐이다

지구 한가운데로부터 구름 향
하나의 세계, 냄새와 놀람 사이 있는

그때 온다 분명한 만짐은
와서 사물들 되돌린다 부동(不動)으로
귀의 거짓말 눈의 뒤죽박죽 위로
열 손가락 자란다 거기
불신, 딱딱하고 불성실한 그것을
정리한다 손가락들 세계의 상처로
그리고 겉모습에서 사물을 떼어낸다

오 가장 진실한 너, 너만이
발언할 수 있다 사랑을
너만 오로지 나를 위로할 수 있다
왜냐면 우리는 둘 다 귀먹고 눈멀었다

—진실 가장자리에서 자란다 만짐이

목소리

걷는다 바다 쪽으로
듣기 위해 그 목소리,
한 파도 부서짐과
그다음 사이 그것을

하지만 목소리 없다
있는 것은 그냥 늙다리 물 수다
소금 짠 무(無)
하얀 새 날개 하나,
돌 위 말라 굳은

걷는다 숲 쪽으로
거기서 지속되지 간섭받지 않고
어마어마한 모래시계 솨솨 소리,
잎새들을 부식토 속으로 퍼붓는
부식토를 잎새들 속으로 퍼붓는
곤충들의 강력한 턱이
소화한다 흙의 침묵을

걷는다 들 쪽으로
판들, 푸르고 노란,
벌레 존재 핀들로 고착된,

그것들 소리 내지 바람이 만질 때마다

어디 있나 그 목소리
소리를 낼 텐데
때때로 고요한
지치지 않는 독백, 대지의 그것으로 말이지

아무것도, 바스락 소리와
손뼉의 폭발 말고는

집으로 돌아오면
내 경험은 띤다
대안의 모습을
세상이 벙어리거나
내가 귀머거리거나

그러나 아마도
우리 둘 다
낙인찍혔다 장애로

우리는 그러므로
손에 손잡고

서로를 앞서 간다
새 지평선 향해
수축한 목구멍 향해
그것으로부터 알아들을 수 없는
꼴깍꼴깍 소리 나오고

아크헤나텐*

명(銘)

아흐나텐의 영혼이, 새 모습으로, 앉았다 이마 가장자리에, 먼 여행 전 휴식을 취하려고. 그러나 지평선 쪽을 바라보지 않고, 자세히 들여다보았다 죽은 얼굴을. 그리고 얼굴은 신들의 거울 같았다.

재구성 시도

왜 내가 가야 하는가
—생각했다 영혼이—
얽히고설킨 질문들을 꿰뚫고
짖는 신**들 향해서

뭐하러 어두운 복도를
가겠는가 거친 손바닥 가로질러

---

* Akhenaten. 고대 이집트 18대 왕조 10대 파라오로, 태양신 아톤 중심 일신교 혁명을 일으켰으나 오래가지 못했다. 아내 네페르티티.

** 이집트 신화 지하세계를 다스리는 신 아누비스. 머리가 개 또는 자칼 모습으로 그려졌다.

천칭*** 향해 뱀들과 풍뎅이들 향해서

여기 남아
나는 알아보겠다 귀의 비밀을
머리에 놓인 모양이
개처럼 평평한 귀의

붙들겠다 배,
상냥한 눈꺼풀의 그것들을
흘러가지 않도록
관자놀이 오목 쪽으로 말이지

들어가겠다 콧구멍 속으로
바로 거기
딱딱하게 굳는
마지막 흙냄새의 거기까지
가서 닦아내겠다 말끔히 그 흔적을

둥지 두 개 뚝딱 짓겠다

*** 천칭 한쪽에 진리를 나타내는 깃털 하나를 얹고 다른 쪽에 죽은 자의 영혼을 놓아 무게를 잰다고 고대 이집트인들은 믿었다.

입 모서리에
말 없고
눈물 넘치는 입의

수고하여
화해시키겠다
아흐나켄과 그의 그림자를
그렇게 말했다 영혼이

그러나 우리
아흐나텐의 석제 두상을
무릎에 두고 있는
우리는 느낀다
그것이 냄새 풍기는 것
그것이 부서지는 것
그것이 고함지르는 것

네페르티티

어떻게 되었는가 그 영혼
그 많은 사랑 후에

아 그것 더이상 거대한 새 아니다,
매일 밤 새벽까지
흰 날개 퍼득이는 그 새

나비 한 마리
날았다 입,
죽은 네페르티티의 그것에서
나비 한 마리,
다채로운
숨 같은

얼마나 먼가 길은
마지막 한숨에서
가장 가까운 영원까지

난다 나비 한 마리 머리,
죽은 네페르티티의 그것 위로
그것을 비단 고치로
염하면서

네페르티티
애벌레
얼마나 오래 기다렸는가
너 떠남을
날개 퍼덕임을,
그것이 나르고, 너를
낮 속으로—한 번
밤 속으로—한 번

모든 출입구와 깊은 구렁 위로
모든 하늘 낭떠러지 위로 말이지

가시와 장미

성 이그나티우스*
창백하고 불같은
그가 장미 근처 지나다
덤불에 몸을 던졌다
살이 엉망진창 됐지

검은 성직자 옷 종소리로
그는 익사시키고 싶었던 거다
세상의 아름다운 얼굴,
상처에서인 듯 흙에서 분출한 그것을

그리고 자신이 누워 있는 밑바닥,
가시 요람의 그것에서
보았다
자신의 이마에서 흐르는 피가
눈썹에서 굳는데
장미 모양이고

가시들을 찾아내는 중인

---

* St. Ignatius. 안티오크의 이그나티우스. 정통 교리의 아버지로 불리며, 113년경 순교했다.

눈먼 손을
꿰뚫는 것이
꽃잎의 부드러운 만짐인 것을

울었구나 기만당한 성자
꽃들의 경멸 한가운데

가시와 장미
장미와 가시
행복을 찾는

크라쿠프 여행

열차 떠나자마자
시작이군 키 큰 검은 머리
말한다 이렇게 소년에게 소년은
무릎에 책 한 권 있고

—책 읽는 게 좋은가보구나

—좋아해요—후자가 대답한다—
시간 보내는 데 좋아요
집에서는 늘 숙제에 치이고
여기는 아무도 성가셔 안 하겠죠

—그렇고말고 네 말이 맞아
근데 뭘 읽고 있는 거냐

—『농부들』*—후자가 대답한다—
아주 핍진한 작품
다만 좀 너무 길다는 거
겨울에 알맞은 길이라고나 할까

* 20세기 초 농민 생활상을 묘사한 레이몬트의 산문.

『농촌 결혼식』**도 내가 읽었는데
이 작품 제대로 예술이야
아주 난해하지
등장인물이 너무 많고

『홍수』***는 또 다르지
읽는 게 마치 보는 것 같아
직접 눈으로—그가 말한다—물건이지
거의 영화나 마찬가지야

『햄릿』—외국 작가 껀데
역시 아주 흥미롭고
다만 이 덴마크 왕자가
좀 너무 몸집 큰 우는 애라는 거

터널
열차 안에 어둠
대화 갑자기 끊어진다
말을 멈추었다 그 진짜 해설

** 비스피안스키 상징주의 희곡(1901).

*** 센케비츠 작 3부작 중 2부.

하얀 가장자리에
흔적, 손가락과 흙의
그것들 표시했다 딱딱한 손톱으로
찬탄과 경멸을

우리의 죽은 자들이 하는 것

얀이 들렀다 오늘 아침
아버지 꿈을 꿨어
그가 말한다

오크 관 속에 계셨어
내가 행렬에 바싹 붙었고
아버지가 이러시는 거라:

근사한 옷을 입혀줬구나
이 장례식 정말 아름답고
이 시기에 이렇게 많은 꽃이라니
돈이 엄청 들었겠어

걱정 마세요 아버지
내가 그러더라구—사람들이 보면 좋지요
아버지 사랑했으므로 우리가
융숭히 대접해드린다는 것을요

　　검은 제복의 사내 여섯
　　가네 그 옆에 멋지게

아버지 잠시 곰곰 생각터니

이러시대—책상 열쇠가
은제 잉크스탠드 안에 있고 그 스탠드
왼쪽 두번째 서랍 안에 있고
돈이 좀더 있니라

이 돈으로—내가 말하대—
살게요 아버지 묘지석을
크고 검은 대리석으로

그럴 필요 없다—아버지가 그러셔—
가난한 이들한테 건네는 게 낫지

　　검은 제복의 사내 여섯
　　가네 그 옆에 멋지게
　　빛나는 랜턴을 들고

다시 곰곰 생각하는 것처럼
—보살피거라 정원의 꽃들을
겨울에는 덮어주고
죽어버리면 짠하잖냐

네가 장남이니까—그러시는 거야—

사진 뒤 주머니에 있는
진짜 진주 커프스단추들 네가 하거라
그것들이 네게 행운 가져다주기를
내 어머니한테서 받은 거야
졸업식 날
그러시더니 벌써 입을 다물고
빠져드셨지 분명 더 깊어 보이는 잠에

이런 식으로 우리를 돌보겠다는 거지
우리의 죽은 자들은
꿈으로 우릴 훈계하고
잃어버린 돈 돌려주고
이런저런 일 만들어주고
속삭여주지 복권 당첨 번호를
그게 여의치 않으면
두드리지 손가락으로 창문을

그리고 우리 너무나 감사하여
고안해준다 그들 불멸을,
아늑하고 안전하기 쥐구멍과 같이

우화

시인은 흉내낸다 새들 목소리를
목 길게 뽑고
튀어나온 그의 울대뼈
는 선율의 날개 위 서투른 손가락 같다

노래하면서 그는 굳게 믿는다
자신이 동쪽 태양 빨리 뜨게 한다고
이것에 달렸다 그의 노래의 온기와
높은 음의 깨끗함이

시인은 흉내낸다 돌의 잠을
머리가 양팔 속으로 있어
조각 한 점 같다,
숨이 드물고 고통스러운

자면서 믿는다 자기 홀로
존재의 신비를 가늠하고
신학자의 도움 없이
덥석 문다고, 목마른 입으로 영원을 말이지

세상은 어떻게 될까
그치지 않은 시인의 법석,

새들과 돌들 사이 그것으로
세상이 가득차지 않는다면

문 두드리는 고리쇠

있지, 머리에
정원을 가꾸고
머리카락이 화창하고 하얀
도시로 가는 도로인 그런 사람들이

그들한테는 글 쓰는 거 쉬운 일이다
눈을 감으면
벌써 이마에 흐르는 거라
이미지들이 한 무더기 유파로

나의 상상력은 판자 조각이고
도구로는
나무 작대기 하나가 전부다

판자를 치면
그것 내게 응답한다
그래—그래
아니—아니

다른 걸로는 녹색 종소리, 나무의
푸른 종소리, 물의
문 두드리는 고리쇠 하나 있다

지키는 사람 없는 정원에서 가져온

판자를 치면
그것 암시해준다
도덕주의자의 메마른 시를
그래—그래
아니—아니

별이 선택한 자

천사 아니지
그건 시인이다

날개 없다
그냥 깃털 덮인
오른손 있다

때린다 이 손으로 공기를
삼 인치 이륙하고
이내 다시 떨어진다

다 내려왔을 때
발버둥치고
일순 위로 걸린다
깃털 덮인 손을 펄럭거리며

아 떨쳐낼 수 있다면 끌어당기는 진흙을
살 수 있을 텐데 별들의 둥지에서
도약할 수 있겠지 광선에서 광선으로
그리고 또—

하지만 별들

시인의 대지가 될 거라는
바로 그 생각에
질겁하고 떨어진다

시인 두 눈 가린다
깃털 덮인 손으로
꿈꾸는 것 비상
아니고 추락,
번개처럼 무한의
옆모습을 그려주는 그것이다

리얼리즘 주제의 습작 세 편

1

사람들, 그리는 것이 작은 호수 거울들
구름과 백조들 시냇가 풍경인
사람들, 누구와도 다르게 전달할 수 있는, 잠의 달콤
벗은 팔베개, 열린 잎새와 하늘을 말이지
벌써 감히 바다 얘기를 하는 것이라면
쉽사리 그 단어를 장밋빛 해변 입술에 섞어버리고

그들이 나른다 우리를 고리버들 바구니로
그리고 놓는다 우리를 옛날에 젖 빨았던 가슴에
소리지르지 마 그들한테 그들 세계에 폭풍 없다고
황혼에 꺾인 꽃처럼 시들 거라고
그들의 작고 둥글고 따스한 현실
피리 불 때 양치기 뺨과 같지
그들 생각은 우리가 행복을 찾게 될 거라는 거거든
무지개 있는 풍경의 고요한 심장부에서 말이지

2

사람들, 그리는 것이 이발소
지저분한 노파 당나귀와 야채
술 취한 장면 난폭한 군인들
모두 무거운 갈색과 황토색인

그리고 광선, 실내 검댕 묻은
대들보 사이 파고들다
떨어진 탁자 위에 즙 많은
노랑 안개 낀 파랑 버려진, 그런 광선인
그 광선 거기 등 굽은 대가의
거친 붓 손질해주려 있고

그렇게 그들 스며든다 임대공동주택 실내로
그리고 엿본다 심장부를 은돈 주머니 속처럼
그리고 보이는 것은 단지 눈먼 사내 하나, 진주알 세는
여자아이 하나, 더럽혀진 매맞은 사기당한
어두운 울음, 낮은 그리고 다락에 끈뿐.

깨끗한 물, 호우의 그것을
간청한다 붓이

3
결국 그들
캔버스의 저자들이 나뉘었다 오른쪽과 왼쪽으로
단지 두 색만 안다
예스 색과 노 색
똑바른 상징 발명자들이

손바닥 펴고 주먹 쥔다
노래하고 울며
새들과 미사일
미소 짓고 씩 웃는다 이빨

그들이 말하지
훗날 열매 속에 정착되면
우리는 쓰자구 미묘한 색 '아마도'와
'조건부로'를 진주광택 묻혀서
하지만 지금은 두 합창단을 연습시키는 중
그리고 텅 빈 무대 위로
눈부셔 눈 못 뜨는 조명 아래로
던져버리는 거지 너를
고함과 함께: 선택해 시간이 있는 동안
선택해 네가 기다리고 있는 게 뭔지
선택해

그러면 널 위해 우리가 슬쩍 밀어 천칭 기울여주지

가구 비치된 방

이 방에 있다 여행가방 세 개
침대 하나, 내 건 아니고,
거울에 흰곰팡이 핀 옷장 하나

그 문 열면
가구 얼어붙고
나를 맞는 것은 낯익은 냄새
땀, 불면과 시트의

벽에 걸린 그림 하나
보여준다 베수비오 산,
꼭대기가 연기다

베수비오 본 적 없다
나는 믿지 않는다 활화산을

다른 그림
은 네덜란드 실내다

어둠으로부터
여인의 손 하나
기울이고 있다 물병을

그것에서 우유 땋은 머리 모양 줄줄 흐르고

테이블 위에 칼 한 자루 테이블보
빵 물고기 양파 꾸러미

황금의 빛 따라가면
우리는 이른다 삼단 계단에
열린 문 통해
정사각형 정원 보이고

잎새들 들이쉰다 햇빛을
새들 지지한다 나날의 달콤함을

진짜 아닌 세계,
빵처럼 따뜻하고
한 알 사과처럼 황금빛인

긁힌 벽지
눈에 안 익은 가구
백반, 벽에 걸린 거울에
이것들이 진짜 실내다

내 방에
그리고 세 개 여행가방 속에
나날 녹아버린다
꿈의 물웅덩이로

한 번도 너희에 대해

한 번도 너희에 대해 감히 말하지 못하였구나
엄청난 하늘, 내 사는 구역의,
너희 지붕들, 공기의 사태를 막아주는 너희에 대해서도
아름다운 내리닫이 지붕들 우리들 가정의 머리카락,
입 다물었지 또한 너희 굴뚝들에 대해 슬픔 실험실,
달에게 버림받고 목을 길게 빼는
그리고 너희 창들, 열린-닫힌
우리 바다에서 죽을 때 금 쩍 가는 너희에 대해서도

묘사 안 했다 심지어 집,
나의 모든 도피와 귀환을 아는 그것에 대해서도
비록 그것 작고 내 눈꺼풀 떠나지 않지만
그 어떤 말도 전달 못 하지 그 냄새, 초록 커튼의
아니면 삐걱이는 계단, 내가 불 켜진 등잔 들고 오르는,
아니면 잎새들, 대문 위의

사실 쓰고 싶다 이 집 쪽문 손잡이에 대해
그 거친 악수와 그 친숙한 삐걱임에 대해
그런데 그 집에 대해 그토록 많은 것을 알건만
내가 반복한다 잔인하게 평범한 단어들만을 장황하게
그리 많은 느낌이 들어선다 심장 박동과 박동 사이
그리 많은 항목들을 꽉 쥘 수 있다 양손이

놀랄 것 없지 우리가 세계를 묘사 못 하고
단지 사물한테 다정하게 이름 부른다는 거

교정 불가

이것이 나의 아름다움, 경솔하고
잘 부서지기 머리카락 같고 유리 같지

나 배치한다 노래 부르는 장치를
공포의 전야 수도 변두리에

여기 취흥의 작은 컵 하나와
현 하나, 살해당한 귀뚜라미 같은
류트 하나, 어린애 손보다 크지 않은
가짜 그림자 꾸며낸 웃음 하나

여기 손궤 하나, 석양빛의
포옹의 상자 눈물의 플라스크 하나
음악, 곱슬머리와 젊음의

이것을 내가 지니겠다 빵과 사랑처럼
내 육체는 철길 지나고

이것이 잘 부서지는 나의 아름다움
나 배치한다 노래 부르는 장치를
해변에 휘발성 모래 위에

파도 하나 내가 나는 것 보고
돌 하나 내민다 꽃 한 송이 아니라

성숙

괜찮아 지난 일
괜찮아 다가올 일
그리고 심지어 괜찮아
지금도

살[肉]로 엮은 둥지에
살았다 새 한 마리
날개 쳤다 심장 주변에서
우리 대부분 그것을 불렀다: 근심 걱정
그리고 어떤 때는: 사랑

저녁이면
우리는 걸었다 쇄도하는 슬픔의 강을
간파할 수 있었지 자신을 강 속에서는
머리에서 발끝까지

지금
그 새 떨어졌다 구름들 밑바닥으로
그 강 잠겼다 모래 속으로

애들처럼 하릴없고
노인들처럼 숙련되게

우리는 그냥 자유롭다
떠날 준비가 되어 있다는 얘기다

밤에 온다 유쾌한 노인 하나
우리를 사로잡는다 초대의 몸짓으로
—이름이 뭐요—우리가 묻는다 겁에 질려
—세네카—라고 부르지 고등학교를 마친 자들은
라틴어 모르는 자들은
그냥 나를 이렇게 부르고: 죽은 자

하얀 돌

눈을 감아본다—

내 발걸음 떠나간다 나를
귀먹은 종소리처럼 집어삼킨다 그것을 공기가
그리고 목소리, 내 자신의 목소리 먼 데서 부르는 그것이
얼어 훅 분 훈김 숨 된다
손들 떨어진다
부르는 입 둘레 찻종 모양 손들이

그 눈먼 짐승 촉각
물러난다 내부 속으로
어둡고 축축한 동굴로
머문다 살의 악취
탄다 초 밀랍

그때 내 안에 자라는 것은
두려움 아니라 사랑 아니라
하얀 돌

그러니 그렇게 완료되는군
운명, 우리를 얕은 돋을새김 거울에 그리는 그것이
보이는 것은 가라앉은 얼굴 튀어나온 가슴과 무딘 무릎 조가비

잘린 발 마른 손가락들 묶음

흙의 피보다 더 깊게
나무 한 그루보다 더 무성하게
하얀 돌 있다
무심한 충만 있다

그러나 다시 고함지른다 눈이
돌이 물러난다
다시 모래 낟알들이다,
심장 밑으로 잠긴

우리 집어삼킨다 그림들을 채운다 공허를
그 목소리 싸운다 공간과
두 귀 두 손 입, 몸을 떤다 폭포 아래서
콧구멍 조가비 속으로 배 들어온다
인도 향료를 실은 배 한 척
그리고 활짝 핀다 무지개 하늘에서 눈으로

기다려라 하얀 돌
눈을 감아볼 테니

발코니

발코니라 아아* 나는 양치기 아니지
내게 안 어울리네 작은 숲 도금양 개울 구름도
난 발코니로 남겨졌다 망명 아카디아인이지
쳐다봐야 하지 지붕을 꽉 찬 바다인 듯
거기서 익사하는 선박의 통곡 길게 연기 내뿜고

내게 남은 것은 만돌린 고함소리
짧은 비상과 추락, 돌바닥으로의
거기서 나는 기다리고, 구경꾼들 틈에 섞여 영원의 만조가
약간의 피를 되돌려 건네는 것을 말이지

아냐 이게 내가 기다렸던 것은 아니지 젊음 아니다
머리에 붕대 매고 두 손 눌린 꼴로
한다는 말이 너 아둔한 심장 너 총알에 뚫린 새
머물지 여기 낭떠러지 위에 있거든 초록의 상자 속에
스위트피와 한련꽃이 뭐 그런 따위라니

불어오지 바람이 이른 저녁 깎아 다듬은 정원에서
칼라에 비듬 묻히고 산들바람 절름발이 폭풍우
체로 거른다 회반죽을 바닥에 발코니 바닥,

---

* eheu. 라틴어로 '아아'.

머리에 감긴 붕대 로프 끄트머리 머리카락 뭉치 같은데
나는 선다 늙은 원소들의 돌 장관 사이

그렇게 시계 그렇게 독(毒) 이것이 유일한 여행일 것이다
나룻배 여행, 저쪽 강변으로 가는
없다 바다 그림자도 섬 그림자도
있는 것은 오로지 우리가 사랑했던 이들의 그림자뿐

그래 그냥 나룻배 여행 그냥 나룻배 한 척 결국은
오 발코니 어떤 거렁뱅이 고통이 바닥에서 노래중인가
그런데 그들 통곡에 목소리 하나 합류한다
속죄의 목소리, 나룻배 여행 전의

—미안하다 너를 지극히 사랑하지 않았구나
젊음을 낭비했거든 찾느라고, 진짜 정원과
파도의 천둥 속 진짜 섬들을 말이지

비

내 형이
전쟁에서 돌아왔을 때
이마에 은 별표가 붙어 있었다
그리고 그 별표 밑은
벼랑이었다

이 파편 조각에
그가 맞은 것은 베르됭에서다
아니면 아마도 그륀발트에서
(형은 자세히 기억 못 했다)

말이 많았다
여러 언어로
그러나 가장 좋아한 것은
역사의 언어였다

숨쉬기 힘들 때까지
명했다 일어나 공격하라고, 전사한 동료들
롤랑과 코발스키와 한니발한테 말이지

고함쳤다
이것이 마지막 십자군 원정이라고

곧 카르타고가 함락될 거라고
그러더니 흐느끼는 와중 고백했다
나폴레옹이 자기를 싫어했다고

우리가 보기에
그가 점점 희미해지는 것 같았다
감각이 그를 떠났다
천천히 그는 하나의 기념물이 되어갔다

음악의 귀 조가비 속으로
들어섰다 돌 숲 하나

그리고 얼굴 피부
죄였다
멀고 메마른
눈 단추 두 개로

그에게 남은 것은 단지
촉각뿐이었다

무슨 이야기를
그는 손으로 했다

오른쪽은 로망스
왼쪽은 병사 회고록

사람들이 내 형을 데려가
도시 밖으로 쫓아냈다

가을이면 그가 돌아온다
호리호리하고 무척이나 조용하다
집에 들어오려 하지 않는다
그가 창을 두드리고 내가 나간다

우리는 함께 걷는다 거리를
그리고 그가 내게 들려준다
믿을 수 없는 이야기를
내 얼굴을 만지며
눈먼 손가락, 울음의 그것으로 말이지

자연 선생

생각나지 않는다
그의 얼굴이

선 키가 내 위로 높았다
긴 다리 벌리고
내 눈에 보였다
금 시곗줄
회색 프록코트와
깡마른 목,
거기 핀으로 꽂힌
죽은 넥타이

그가 처음 보여주었지 우리한테
죽은 개구리 다리를
그것 바늘로 건드렸더니
격하게 경련했고

그가 우리를 인도했다
황금의 쌍안경 통해
내밀한 생,
우리들의 조상
짚신벌레의 그것 속으로

그가 가져왔다
검은 낟알 하나
그리고 말했다: 맥각(麥角)이라는 거다

그의 채근 때문에
나이 열 살에
나는 아버지가 되었지
긴장된 기다림 끝에
물에 집어넣은 밤에서
새싹 보이고
그 주변 모든 것이
노래하기 시작했을 때

전쟁 나고 이듬해
살해되었다 우리 자연 선생
역사의 악동들한테

하늘나라에 가 있다면—

아마 지금 걷고 있겠다
긴 광선 따라

회색 양말 신고
거대한 그물망 하나 들고
초록색 상자 하나
뒤에서 유쾌하게 달랑거리고

하지만 위로 안 갔다면—

수풀 오솔길에서
딱정벌레 한 마리 모래 더미
기어오르는 것 보게 되면
나는 가만히 다가가
꾸벅 절하고
말한다:
—안녕하세요 선생님
괜찮으시다면 제가 좀 돕지요—

그를 조심조심 옮겨주고
오랫동안 바라본다 그의 뒤를
그 모습 사라질 때까지
잎새들의 복도 끝
그의 어두운 연구실 안으로 말이지

대나무 수집가

정말 두터운 안개
회색 아지랑이, 머리 위에
오로지 대나무 줄기만
눈앞에 보인다

하늘은 어디에
구름과
빛으로 흔들리는 하늘은

세련된 신사들
테라스 햇빛 받으며
쳐다본다 한 마리 나이팅게일과 장미,
비단실 위 그것을

세련된 신사들
읊는다 기도를
그들 눈앞에 달랑거린다
태양의 황금빛 땋은 머리가

야생 새들의 고함
두터운 안개
나는 본다 양동이로 들이붓듯 내리는 회색

대나무 비를

사자가 있는 성모

대지를 건너는 거 당나귀 타고 할 수 있지만
실제로 마리아가 타고 다니는 것은
달이다, 뚱뚱하기 한 마리 잉어 같고
빛나기 이발사 접시 같은 달
창세기 나무들 쳐들지 머리를
처음의 꽃들 한숨짓는다 놀랄 정도로
예찬받으소서—소리지른다 새들
—안녕—대답한다 예언자들의 여왕
목수의 아내
마리아

그러나 그녀가 가장 좋아하는 여행은
황갈색에 탄력 있는 사자 타고 하는 것
그 사자 오가는 것 부드럽고 가볍고
갈기 흔들 때면
쏘아대지 길들여진 번개를
이 사자 비인간적으로 선하고
모든 것 심각하게 받아들이지
각각의 나무 아래 냄새 맡는다 상징을

마리아 뒤로 성큼성큼 걷는 것은 양날의 천사,
궁극의 단어들로 넘치는

그리고 그뒤로 약간 떨어져 마리아의 총아—자니 천사,
들고 있다 그녀 외투와 네 겹 접은 그림자를
자니 천사는 통통하고 온화하다
다만 청각이 없지

이미 도착했다
사자 음매 운다 외양간 넘치는 홍당무 냄새에
회양목 구불길 끝
오색찬란한 천국의 장벽의

시 번역에 대하여

한 마리 서툰 호박벌처럼
앉는다 꽃 위에
기어이 그 날씬한 줄기 구부리며
간신히 나아간다
사전 쪽 같은
꽃잎들 헤치며
중심 향해 기를 쓰지
향기와 달콤함 있는 그곳
비록 감기 걸렸고
입맛 없지만
기를 쓰고 가지
급기야 부딪는다 머리를
노란 기둥에

그리고 여기가 벌써 끝이지
뚫고 가기 힘들다
꽃받침 거쳐
뿌리 속으로
그래서 그 호박벌 나온다
아주 으스대고
요란하게 윙윙대지:
난 안에 있었어

자기 말
다 믿지는 않는 것들한테
코를 보여주고
노란 먼지 묻은 코를

핑크빛 귀

생각했다
내가 그녀를 어쨌든 잘 안다고
오랜 세월 우리 함께 살았다고

안다고
그녀의 새 모양 머리
하얀 팔과
배를 말이지

그러다 언젠가
겨울 저녁이었는데
그녀가 내 곁에 앉았고
등뒤로 내리는
등잔 빛으로
나 보았다 핑크빛 귀를

웃기는 살갗 꽃잎
생피 흐르는 조가비,
그 안에
아무 말도 그때는 하지 않았다—

좋겠지 쓴다면

시 한 편을 핑크빛 귀 소재로
하지만 대단한 소재야
독창성 있어 보여 운운
사람들 말 바라는 것 아니라

아무도 웃지조차 않는
사람들이 내가 알리는 것
신비임을 이해하는 그런

아무 말도 그때는 하지 않았지만
그 밤 우리 함께 누웠을 때
나는 섬세하게 시도했다
핑크빛 귀의
이국적인 맛을

에피소드

우리 바닷가 걷는다
꽈악 움켜쥐었지 우리 손에
고대 대화의 양끝을
—나를 사랑하니
—사랑해

미간을 찌푸리고
내가 요약한다 빠진 것 없는 지혜,
신구약의
점성술사의 예언자의
정원 철학자와
수도원 철학자의 그것을

그랬더니 이쯤 된다:
—울지 마
—기운 내
—사람들 모두 그런 건 아냐

네가 입술 삐쭉 내밀고 말한다
—전도사 양반 나셨군—

그리고 기분 상하여 네가 떠난다

도덕주의자는 싫으니까

무슨 말을 해야 하나 해변,
작은 죽은 바다 해변에서

물이 천천히 채운다
사라져버린 발 모양을

제7의 천사

제7의 천사
는 완전히 다르지
이름조차 다른
셈켈

가브리엘 아니다
그 황금빛
버팀목, 왕좌와
천개(天蓋)의 그것 아니지

혹은 라파엘 아니다
그 합창 조율사 아니지

혹은 또한
아즈라엘 아니다
그 행성 운전자
무한의 측량사
완벽한 이론물리 전문가 아니지

셈켈
은 검고 신경과민이고
여러 번 유죄 선고를 받았다

죄인 밀수 혐의로

깊은 구렁과
하늘 사이
그의 중단 없는 후두두 떨어짐

않는다 그는 자신의 자존 존중하지 않고
스스로 만군에 들러붙어 있는 건
오로지 일곱이라는 숫자 때문

그러나 그는 다른 이들과 같은 류 아니다

아니다 만군의 수장
미카엘
통째 비늘과 깃털인 그가

아니지 아즈라파엘도
우주의 실내장식가
무성한 식물의 수호자
날개가 두 그루 오크나무처럼 윙윙 소리 내는 그 아니지

또한 아니지 심지어

데드라엘
종교 옹호자이자 카발라 학자인 그도

셈켈 셈켈
—툴툴댄다 천사들이
왜 너는 완벽하지 않은 거냐

비잔틴 화가들
일곱 그릴 때
재구성했다 셈켈을
나머지와 비슷하게

왜냐면 그들 생각에
이단에 빠지는 거였다
그를 생긴
그대로 그린다면
낡은, 털 빠진 배광 속
검은 신경과민을 말이지

영혼의 비단

한 번도
말한 적 없다 그녀와
사랑에 대해서도
죽음에 대해서도

단지 눈먼 미각과
벙어리 촉각이
바삐 오가곤 했다 우리 사이
우리 자신에 푹 빠져
우리가 가까이 누웠을 때에

나
훔쳐봐야 했다 그녀 내부를
그래야 볼 수 있었지 무얼 입었는지
내부에

그녀가 잘 때
입 벌리고 잘 때
훔쳐보았다

그리고 무엇을
그리고 무엇을

너는 내가
보았을 것 같냐

내가 기대했던 건
나뭇가지들
내가 기대했던 건
새 한 마리
내가 기대했던 건
집 한 채,
엄청나고 고요한 호수 옆 그거였거든

그런데 거기
유리판 위에
보이더라구 한 켤레
비단 양말이

오 하나님
사줄 거예요 그녀한테 이 양말을
내가 사줄 거예요

그러나 뭐가 나타날까 그러면
유리판,

그 작은 영혼의 그것 위에

아니면 그것은
꿈의 손가락 하나로도
만질 수 없는 어떤 것일까

나의 도시

대양이 구성한다 자신의 침대 위에
소금의 별 하나를
한 점 바람이 증류한다
빛나는 바위들을
장애 있는 기억이 짓는다
도시의 지도를

거리의 불가사리를
먼 광장의 행성들을
정원의 초록 성운을

　　너덜너덜 앞챙 달린 모자 망명객
　　불평한다 실체 상실에 대해

　　보물이 바닥 구멍으로
　　유산한다 값비싼 돌들을

　　　　꿈을 꾸었는데 내가 가고 있는 거야
　　　　부모님 집에서 학교로
　　　　길은 알았으니까

　　　　왼쪽에 파샨다네 가게

제3체육관 책방
보았지 심지어 창유리 통해서
보데케 노인의 머리를

성당 쪽으로 돌고 싶었는데
시야가 갑자기 끊어졌어
더이상 지속이 없어
그냥 더 갈 수가 없는 거지
그치만 상관없이 난 잘 알아
이건 막다른 길 아니라구

붓나는 기억의 대양이
씻어내고 바스러뜨린다 그림들을

결국 남는 것은 돌 하나,
그 위에서 내가 태어났던

밤마다
나는 서 있다 맨발로
잠긴 대문,
내 도시의 그것 앞에

다섯 사내

1

그들이 아침에 그들을 끌어내
돌 많은 뜰
벽에 세운다

다섯 사내
둘은 아주 어리고
나머지는 한창때다

그것뿐이다
그들에 대해 할 수 있는 말은

2

소대가 무기를
눈높이로 쳐들 때
모든 것 갑자기
요란한 빛으로
명백해진다

노란 벽
차가운 파랑
검은 철사줄, 벽 위에

지평선 대신

그 순간이다
오감이 반역하는 것은
그것들 얼씨구나 달아나지
쥐들이 가라앉는 배를 버리듯

총알이 목적지에 도착하기 전
눈이 알아챌 거라 날아오는 미사일 포물운동을
귀가 녹음한다 강철 바스락 소리를
코가 가득찬다 날카로운 연기로
털어 없앤다 미각을 피의 꽃잎 하나가
촉각은 쭈그러들고 풀어질 거고

이제 그들 누워 있다 땅에
그림자로 뒤덮였지 눈 밑까지
소대 떠난다
그들 어깨끈과
강철 헬멧
더 살아 있다
벽 아래 누워 있는 사람들보다

3

오늘 알게 된 것 아니다
나 그 일 어제 안 것도 아니다
그런데 왜 나 썼는가
꽃에 대해 하찮은 시를

무엇에 대해 말했을까 다섯은
처형 전야에

예언의 꿈에 대해
매음굴 모험에 대해
자동차 부품에 대해
바다 여행에 대해
스페이드를 사람이
패를 먼저 깔 필요는 없었던 것에 대해
보드카가 최고고
포도주는 뒤끝 골때리는 것에 대해
아가씨들에 대해
열매에 대해
생에 대해

그러니 가능하지

시에서 그리스 목동 이름들을 사용하는 일이
가능하다 아침 하늘색을 잡으려 시도하는 것이
사랑에 대해 쓰는 것이
그리고 또한
한번 더
치명적으로 진지하게
건네는 것이, 배반당한 세상한테
장미 한 송이를 말이지

이력

1
그는 첫 시를 장미 소재로 썼고
인위 가식을 씻어냈다 눈물의 비로
고등학교
2학년 A반

맹세했다 자신의 유일한 심장에
늘 아름다움을 옹호하고
결코 두려워하지 않겠노라고 폭력을
결코 결코
늘 늘

독서대 책상 아래
누워 있다 그 소년
가슴에 끌어안은 건
어색한 고백

독서대에는 그의 성씨
원뿔 용적 계산 공식

puer bonus*의 격변화와
단어 Jadzia

2
수위가 뛰쳐나왔다 거대한 종에서
입을 열고
불이야 외쳤다

갑자기 돌아섰다 그림들이

하얀 건물이 붉어졌다
그리고 나서 그림 속으로 들어섰다 나무들,
학교 옆 서 있던 그것들이

소년들이 놀고 있는
운동장으로
무장한 사내들이 뛰어들어와
시작했다 일제 검거를
빠져나간 아이들은
숲으로 도망쳐
계속했다
순경과 도둑 놀이를

---

* 착한 소년.

3

그 아이, 2학년 A반의—
그러나 사실 이 아이
완전히 딴 소년이었다

환전꾼,
얼굴을 얻어터진
처형 위해 체포된
콘크리트에 누운
완강하게 기는
생을 향한 굶주림으로
뱃구레 꽉 찬
뼈만 남게 발가벗기운
그렇지만 여전히 살아 있는

방면되었을 때
창피해서
그는 울었다 두번째였다

4

정의를 돌려받아야 했다

쉽사리 받아들일 수 없었다 자신의 생을

급물살 탔다 사건의 흐름이
그는 황야에 서서 울부짖었다

뒤졌다 폐허를 기념품 찾아
기도했다 죽은 자들 이름으로

시는 기억의 딸
시신들 경비를 선다 황야에서

시가 부스럭대는 소리의 가치는
그 안에 얼마나 담겼느냐에 달렸다 그들 숨이

그는 탁자에 홀로 앉아
손가락으로 허공을 북처럼 두들겨댈 터

5
친절하게 앉더니
그가 말한다
참고 봐줄 수가 없군 자네 고통받는 꼴이라니
글쓰기조차 악화하는 중이고

자네를 빨아 마시는 걸세
죽은 자의 게걸스런 입들이

현 하나로
자네가 내는 건 단지 모기 한 마리의 불평
자네를 배척하는 것은
살아 있는 자의 탐욕스러운 팔들

안다구
받아들이기 힘들겠지
모든 게 다
제대로일 리는 없으니

몸을 돌려 그러나
걸음을 내디디라구 미래 향해서
기억을 나가서
들어가는 거야 희망의 땅으로

자네는 시간보다 더 크게 고함지르려 애썼지
죽은 자들 호칭 부르며
이제 해보는 거야 시간보다 더 크게 고함시르기
태어나지 않은 자들 호칭 부르며

아무도 원치 않아
자네가 자네 자신을 배반하는 거
고수해 자네 영역을
쓰라는 거지 없는 것에 대해

6
읽는다 그 시인 밤에
경제학 소책자를
밤에 짓는다 그 시인
천국을 자신의 죽은 자들 위해

그것은 하얀 사각형 덩어리,
치즈 조각 같은
그 안에 각자 모두 구멍 하나씩 갖게 되고
기름지게 고요하고 따스한 구멍을 말이지

이 천국 완공되겠지
계급투쟁 완료되면
그리고 헥타르로 우리가
그토록 많은 수를 받게 되면

그때 번쩍일 것이다
십억 개 백열전구가
그리고 스피커들 흩뿌릴 것이다 노래를

7
다시 그 시인 쓰고 있다
태어나지 않은 자들 미래의
천국으로 호칭 부르며

바위 낭떠러지 위로
펼친다 지푸라기 다리를

뛰어서 건넌다 그것을
희망처럼 가벼운 마음으로

8
사람들이 다시 만들어주었다 시인에게
탁자를 번화가에

다시 세워주었다 카페에
수족관을 예술가 위해

그는 더이상 외롭지 않다
그와 함께 앉은 것은 젊은 음악가 하나
어떤 조각가 하나
붉은 머리 비평가 하나와
모델 아가씨 둘

얼마나 좋은가 사람들과 함께 걷는 것이
—생각한다 시인이—
그리고 박자 맞춰 톡톡댄다 탁자 아래 그의 발을

종종 사람들이 토론한다 맞는지
프롤레타리아 독재가
진정한 예술을 배제할 수 있다는 얘기가

그러다가 서로를 쳐다보고
웃음을 터뜨린다
아직도 탈피 못 한 것에 대해
그 수사적인 질문 습관을 말이다

주먹

현 위를 거니는 다섯 손가락
불속 쇠처럼 그러모여
죽은 석류 모양 직물 짜고

열 손가락 포옹의 사동들
무릎 꿇고 비단 찢어발기고
죽지 잎새들 죽듯이

수천 손가락 손바닥 꽃들
열린 우정을 난알 하나로 여겨
긴긴날 고치를 짓지

그러다 어마어마한 집행관 온다
혼란에 빠진 실들 우정을 헝클리고
텅 빈 말들 양귀비 속에서 울린다

그다음은 엉긴 피, 깃발에
그리고 손가락들 매듭, 머리 위에
똑같은 매듭, 두뇌에 주먹 하나

요청

가르쳐다오 우리한테도 손가락 접어
문 뒤쪽 받쳐주는 법,
이미 헛된 사랑의 방의 문 뒤쪽을

필요하면 주먹을 쥐게 두렴
그걸로 행여나
가녀린 불꽃 방패막이 하려 했던 사람들

그리고 싸움이 끝난 후
우리 손가락 펴게 해다오
거기 남은 것 허공뿐이더라도

열린 손에 패배를 받아들이는
해골을 애정 어린 손가락으로 감싸는
그때 다시 시작된다

열린 손의 중대 사건
현 위에서 놀이를 좇는 여행
구원의 궁극적 핵심이

장식하는 사람들

예찬받으라 장식하는 사람들
장식가, 치장벽토 미장이들
창조주, 훨훨 날아다니는 천사들의

그리고 또한 리본 만들고
리본 위에 격려 말 쓰는 사람들
(리본 아래는 거대한 강에서 불어온 바람)

그리고 또한 바이올린과 플루트 연주자들
음이 깨끗하게끔 신경쓰는,
그들이 지키지 바흐 아리아를 G 선상에서

마땅히 물론 시인들
어린이 옹호자니까
손과 눈의 미소를 말로 하는

그들 말이 맞을지도 예술 사항 아니지
진리를 찾는 것 그건 과학거리다
치장벽토 미장이들은 가슴을 따스하게 유지하지

그래야 생기거든 대문 위 모자이크가
비둘기가 나뭇가지가 또는 해가 꽃들 사이에

(대문 너머 누군가 현 너머 상징을 뜯고)

그것들 이미 그렇게 단어들, 색과 율동의,
살아 있는 것처럼 웃고 우는
치장벽토 미장이들은 보관하지 이 단어들을

그것으로 돌아가게 하는 거야 어두운 방앗간을
우리가 이 치장벽토 미장이들 걱정할 것도 아니고
우리는 생과 기쁨의 당(黨) 아닌가

행복한 행진의 거리에
회색 감옥 벽 하나 눈을 찌르네
이상적인 풍경 속 추한 얼룩 하나

최고의 치장벽토 미장이들 불렀네
밤새 치장벽토 미장이들 칠했지
심지어 그뒤에 앉은 사람들 등까지 핑크색으로

북의 노래

사라졌다 목동의 플루트들
황금빛 일요일 트럼펫들
초록빛 메아리 호른들과
현들 또한 사라졌다—

남은 것은 북뿐이고
북이 계속 연주한다
축제 행진곡을 장례 행진곡을
똑바로 느낌 발맞추어 간다
북치는 이가 연주하는 뻣뻣한 다리와
하나의 생각과 하나의 단어로
북이 부르는 것은 가파른 벼랑인데

들고 가는 것은 이삭 아니면 묘비
현명한 판단은 북의 신탁
자갈 살갗에 걸음 쾅쾅 내딛으며
이 당당한 걸음, 세상을 변형,
하나의 행군과 하나의 구호로 만드는 그것을

마침내 간다 전 인류
마침내 각각 모두 발걸음 뗀다
송아지 가죽과 지휘봉 두 개가

박살 냈다 탑과 고독을
그리고 짓밟힌다 침묵도
그리고 죽음은 공포스럽지 않다 떼로 죽으면

먼지 기둥, 행군 위에
갈라지겠지 순종하는 바다는
우리는 내려가는 거고 심연으로
텅 빈 지옥으로 그리고 위로
하늘 점검해보니 거짓이고
그 두려움에서 풀려나
모래로 변할 것이다 모든 행군이
조롱하는 바람에 실려

그리하여 마지막 메아리 사라진다
복종하지 않은 대지 거푸집 주위로
남은 것은 오로지 북 하나 북 하나
궤멸 음악의 독재자

작은 새

오 나무, 창세기 나무처럼 펼쳐지는
우리 새들에게 초록의 집으로 할당된
빙빙 도는 창공의 약화한 숨 아래
모래와 찰흙 가운데 찰흙과 모래 가운데
사막 한가운데 그 사막에 다정한 바람
가져다주는 것 마른 재의 비뿐이고

그렇담 어떻게 살겠나 유일한 나무 위에서 말고
들리느니 떨어지는 벌들의 두터운 방울과
항아리 가득한 잎새 바스락 소리인 곳에서

나 작은 새 나는 알지 나 있을 곳 나는 알아
나뭇가지에 묶여 나 잎새 하나라면 좋겠네
몸을 떠는 가장 작은 잎새 하나라면

—왜냐면 그 현명한 뱀, 나무에서 살고
나무를 휘감고 나무를 지배하는 뱀이
말하노니 죽으리라 나무를 떠나는 자는
갈망과 주림으로 자신에 대한 두려움 때문에
설령 그가 도망을 자유로 미화해서 부른단들

진실로 너희에게 이르노니 그 현명한 뱀 말한다

만일 너희가 잎새들처럼 복종하여
그와 같이 겸손 연약히 느린 바람 맞지 않는다면
너희는 죽고 흔적 하나 남지 않으리로다—

나 작은 새 나는 알지 나의 가치를 나는 알아
난 달라 저 돌 아래 앉은 귀뚜라미와
그는 자유고 무모지 왜냐면 그가 가진 것 껍질뿐이고
그것은 이내—그를 따른 텅 빈 기념물 된다
그치만 우리한테는 있다 역사와 유적, 부드러운 털로
매우 슬기롭게 짠 둥지와 집의 그것이,
그리고 노래하는 학파, 우리 믿음에
말 못하고 음악 없는 떼 별보다 더 오래갈 그것이 있다
—새 죽으면 곧바로 하늘에 구멍 하나
그것 통해 쏟아지지 회색 먼지가 초록 대지 위에—

*

날개의 희생은 우선 아프지만
그 상처될 수 있다 노래가
그런 다음 우리는 사랑한다 부동(不動)을
그리고 두려움이 구술한다 노래 가사를

이 노래로 판결을 묵살하고
생존 본능에 복종,
밑바닥에 우리는 감춘다 반란의 불꽃을
다른 한 편 예찬하면서, 달콤한 폭력을 말이지

　　좁은 목구멍으로 나오는 긴 찬가
　　분명 목을 금가게 하겠지

　　그리고 금이 간다 우리의 심장, 너무 가까이
　　부동의 눈들 접근할 때

　　너, 나무 아래서 책을 읽고
　　사람들 가운데 한 마리 새인

　　네게 이 펜을 주마—가능하면
　　비가 한 편 써다오 내가 죽으면

　　펜은 간직하고 있다 그 안에 색깔,
　　공포와 사랑과 절망의 그것을
　　쓸 수 있지 그것으로 시를
　　험악한 시절 새의 운명에 대해

우리의 가입 경위

일구이언의 후원자들에게

거리에서 놀고 있었다
아무도 나를 신경쓰지 않았다
나는 모래성을 쌓고 있었다
코 밑으로 랭보를 중얼대면서

한번은 나보다 어른인 사내가 그걸 들었다
얘야 너 시인이로구나
우리가 마침 하는 중이란다
풀뿌리 문학 운동을

그가 쓰다듬었다 내 더러운 얼굴을
커다란 막대사탕을 사주고
옷까지 사주었다
젊음의 보호색으로

그렇게 아름다운 옷은
입어본 적이 없었다 첫 영성체 이래
짧은 바지와 커다란
세일러 칼라

버클 있는 특허 검정 가죽 구두
무릎까지 오는 흰 양말

어른 사내가 내 손을 잡고
데려갔다 무도회로

거기 있었다 다른 소년들이
역시 짧은 바지 차림으로
말끔하게 면도하고
발을 느릿느릿 끌며 춤추고 있었다

맘껏 놀지 얘들아
왜 구석에 처져 있는 거냐
—물었다 그 어른 사내가—
물레방아 바퀴처럼 둥글게 둥글게

그런데 술래잡기 우리는 싫었다
까막잡기 싫었다
지겨웠다 어른 사내가
배가 몹시 고팠다

그래서 그들이 곧 우리를 앉혔다
커다란 식탁 주변에
주었다 우리한테 레몬주스와
케이크 한 조각을

이제 일어선다 소년들
어른 복장으로
굵은 목소리가 칭찬했다
아니면 우리 손목을 치거나

아무것도 들리지 않았다
아무것도 느낄 수 없었다
큰 눈으로 뚫어져라
케이크 조각 쳐다보면서 그 조각
뜨거운 우리 손안에서 말이지
점점 더 빠르게 녹아내렸고
생의 첫 달콤함
사라졌다 어두운 소매 속으로

러시아인 망명자들 우화

이십 년이었다
아니면 이십일 년이었을지도
왔다 우리한테
그 러시아인 망명자들이

키가 아주 크고 흰 피부에 금발
몽상가 눈이었고
여자들은 잠 같았다

그들이 시장을 지나갈 때
모두 말하곤 했다—철새들

그들은 지주들 무도회에 참석하곤 했다
모두 수군대곤 했다—저 진주 좀 봐

그러나 무도회장 불이 꺼졌을 때도
하릴없었다 사람들은

잿빛 신문 여전히 말이 없었고
오로지 홀로인 자만 자비로웠다

조용해졌다 기타 창 너머에서

그리고 창백해졌다 검은 눈조차

저녁에 철도역 가족에게로
그들을 이끌곤 했지 사모바르가 휘파람 소리로

몇 년 후 사람들은 말했다
딱 세 명에 대해서만
미쳐버린 사내
목매달고 죽은 사내와
사내들이 종종 찾던 여자에 대하여

나머지는 비켜 살았고
천천히 변했다 먼지로

이 우화를 말해준 것은 니콜라스
그는 아는 사람이지 역사가 있어야
날 공포에 떨게, 말하자면 납득되게 할 수 있다는 것을

실질

날카로운 페넌트 그림자들이 꺼트리는 머리도
그루터기에 버려진 찢어발긴 가슴도
차가운 홀(笏)과 사과를 들고 있는 손도
종(鐘)의 심장도
성당 발아래도
담고 있지는 않다 빠짐없이 모든 것을

사람들, 포장 엉망인 변두리길 마차 끌며 가는
보르시치 솥 들고 화재에서 도망쳐나오고
다시 건물 잔해로 돌아와 죽은 이들 이름 외쳐 부르는 대신
무쇠 스토브 파이프 찾는
굶주리는—사랑한다 생을
얼굴 얻어맞은—사랑한다 생을
꽃으로 부르기 힘들지만
육(肉)인
이것은 살아 있는 플라스마
두 팔, 머리를 가릴
두 다리, 도망에 날랜
음식을 획득할 능력
숨쉴 능력
생을 감옥 벽 아래로 넘길 능력

죽는다,
아름다운 말을 기름 냄새보다 더 좋아했던 사람들
그러나 그들 다행히 많지 않다

민족은 지속되고
가득 채운 자루 지고 도망 루트 되밟아 가서
개선문 세운다
그 아름다운 죽은 이들 위해

답신

밤일 것이다 깊은 눈 속
능히 발걸음 덮을 정도지
깊은 그늘 속, 육체를
두 개의 어두운 물웅덩이로 변형시키는
우리는 누워 있다 숨을 멈추고
가장 희미한 생각의 속삭임도 멈추고

우리를 늑대들이나 털코트 차림의 사내
가슴에 죽음을 꼬옥 껴안고
흔들어 재우는 그가 찾아내지 않더라도
우리는 몸을 일으켜 뛰어들어야 하는 거겠지
건조하고 짧은 일제 사격의 박수갈채 속으로
그 염원했던 해변을 향해

어디서나 똑같다 대지는
가르치지 지혜를 어디서나 인간이
하얀 눈물로 울고 있다
어머니들 흔들어 재운다 아이들을
달이 뜨며
하얀 집을 지어준다 우리에게

밤일 것이다 어렵사리 잠이 깬 후

상상의 음모는
빵 맛이고 가벼운 보드카지만
여기 머물기로 선택을
야자수 각각의 모든 꿈들이 확증해주지

부서진다 그 꿈 갑자기 들어온 세 사내
키가 큰, 고무와 쇠의 그들에 의해 그들
확인한다 이름을 확인한다 두려워 확인하고
꺼지라 명한다 계단 아래로
아무것도 가져가면 안 돼지
보호자의 동정하는 얼굴 말고는

고대 그리스 로마 중세
인도 엘리자베스 여왕 시대 이탈리아
아마도 무엇보다 프랑스인
약간은 바이마르와 베르사이유 출신
너무 많은 짐을 진다 우리 조국은
하나의 대지 위 하나의 등에

그러나 이 하나의 조국, 단수로
간직되어야 할 유일한 조국은
여기다 우리가 흙에 발 디딘 상태거나

오만하게 울리는 삽으로
갈망의 꽤 큰 구멍을 사람들이 파는

헝가리인들에게

우리는 경계에 서서
두 팔 들고
거대한 공기 밧줄로
묶는다 형제여 그대들을 그대들 위해

붕괴한 외침으로
움켜쥔 주먹으로
주조된다 종과 심장이,
두려워 침묵하는

부탁한다 상처 입은 돌이
부탁한다 살해당한 물이
우리는 경계에 서 있다
우리는 경계에 서 있다

우리는 경계에 서 있다
이성이라는 이름의 경계
그리고 불속을 들여다보고
죽음에 경탄한다

1956

시적인 사물들

바이올린

바이올린은 알몸이다. 앙상하다 어깨가. 서툴게 그것으로 몸을 가리려고. 부끄럽고 추워서 운다. 그래서다. 아니라, 음악평론가 말과 달리, 더 아름답기 위해서 아니라. 그 말 사실과 다르다.

단추

가장 예쁘장한 옛날 얘기는 우리가 얼마나 어렸는가에 대한 거. 난 제일 좋더라 내가 빼 단추 삼킨 적 있다는 그런 얘기. 엄마 그때 우셨단다.

공주

공주가 제일 좋아한 건 얼굴을 마루에 대는 거였어. 마루에서는 먼지 냄새, 밀랍 냄새, 그리고 알 수 없는—뭔지. 그 틈 안에 공주는 숨겼어 그녀 보물과 붉은 산호, 은줄을, 그리고 뭔가 더 있는데 그건 말 못해 맹서했거든.

어머니와 사내아이

숲 가장자리 오두막에 어머니와 사내아이 살았다. 둘은 서로 사랑했다. 많이. 함께 해 지는 것 보고 가꾸었다 가정의 시간을. 싫었지 죽는 것이 물론. 그러나 어머니가 죽었다. 사내아이 남았다. 사실은 그게 아주 오래된 깔개였다, 침대 옆.

술꾼들

술꾼들이란, 술을 원샷으로 비워버리는 사람들. 그러나 움찔한다, 바닥에 비친 자신을 다시 보거든. 병유리 통해 관찰한다 머나먼 세계를. 머리가 좀더 튼튼하거나 취향이 더 나았다면, 그들은 천문학자일걸.

클라브생

그것은 사실 호두나무로 만든 검은 테두리 장식장이다. 생각할 수도 있지 그 안에 든 게 빛바랜 글씨, 집시 두카트 금화와 리본 같은 거라고. 사실은 은(銀) 잎새 덤불에 꼼짝없이 얽힌 뻐꾸기 한 마리뿐이고.

사물들

죽은 사물들은 언제나 괜찮고 전혀 없다, 유감스럽게도, 그것들 기소할 거리가. 한 번도 적발한 적 없다 걸상들, 걸음 옮기는 죄 범하거나, 침대들, 뒷발로 서는 것을. 테이블 또한, 지쳤을 때도, 무릎을 구부리려 들지를 않는다. 그게, 사물들은 교육적인 이유로 그러는 것 아닐까, 지속적으로 나무라기 위해서 우리들의 불안정을 말이지.

조가비

부모님 침실 거울 앞에 놓여 있었다 핑크빛 조가비 하나. 그것에 살금살금 다가가 재빨리 귀에 갖다 댔었지. 잡아채고 싶었다 나는 잡아채고 싶었던 거다, 그것이 단조로운 소리로 갈망하지 않는 순간을. 꼬마였지만, 나는 알았다, 누군가를 무척 사랑한다 하더라도, 우리가 그걸 까먹는 일이 종종 있다는 것을.

나라

이 낡은 지도의 바로 그 구석에 나라 하나 있다, 내가 갈망하는. 고국이지 사과의, 언덕들의, 느릿한 강들의, 톡 쏘는 포도주와 사랑의. 불행하게도, 한 마리 거대한 거미가 그 위로 자신의 그물을 짰고 끈적한 침으로 폐쇄했다 꿈의 톨게이트를.

늘 그렇지: 불타는 칼을 든 천사, 거미, 양심.

고양이

통째 새까맣지만, 꼬리에 전기가 흐른다. 햇볕에 잠을 잘 때, 가장 검은 물건이지, 우리가 상상할 수 있는. 자면서조차 잡는다 겁에 질린 생쥐를. 알 수 있지 발톱, 앞발에서 자란 그것 보면. 끔찍하게 멋지고 사악하다. 찢어낸다 나무 둥지에서 어린 새를, 익지도 않은 것을.

난쟁이들

난쟁이들 자란다 숲에서. 냄새가 독특하고 수염이 하얗다. 혼자 다닌다. 그것들 한줌 모으고, 말리고 문에 걸어놓으면—우린 누릴 수 있지 평화를.

우물

우물이 있다 다세대 주택, 비둘기들, 탑들 사이 광장 한가운데. 우물 캐이싱의 차가운 정맥 속 샘 고동친다. 아주 초조하게 친다, 마치 말라버릴 참인 것처럼.

꼭대기는 새겼다 돌에 잠자는 개를. 사암 머리가 두 앞발 사이 놓였다. 강력한 혼수상태. 세상의 종말 전혀 신경 안 쓴다.

도서관에서 벌어진 일

발랄한 아가씨 하나 몸을 기댔다 시 한 편 위로. 창기병처럼 날카롭게 연필이 하얀 카드에 단어를 옮기고 바꾼다 행으로, 억양 표시로, 중간 휴지로. 전사한 시인의 탄식이 이제 개미들이 갉아먹은 도롱뇽 형용이다.

포화 속에 그를 운반할 때는, 믿었지, 그의 아직 따스한 육체가 단어로 부활할 것이라고. 이제, 단어들의 죽음을 보면서, 나는 안다, 부패에 한계가 없다는 것을. 우리 뒤에 남을 것은 검은 대지에 흩어진 소리. 억양 표시, 무(無)와 재 위에.

말벌

일거에 테이블에서 꽃무늬 테이블보가, 꿀과 과일이 베여나가자, 그것이 난리였다 자리를 뜨려고. 숨막히는 커튼 연기에 얽혀, 오래 윙윙댔다. 마침내 도착했다 창에. 계속해서 쳐댔다 약해지는 몸으로 차갑게 굳은 창 공기를. 마지막 날개 동작에 묻어 있었다 똑같은 믿음, 안절부절의 몸이 능히 바람, 우리를 갈망하는 세계로 데려다줄 바람 일으키리라는 믿음이.

너, 사랑하는 이 창 아래 선 적 있는, 너, 전시된 너의 행복을 본 적이 있는—너는 빼낼 수 있겠나 이 죽음의 벌침을?

미친 여자

발개진 그녀의 시선 나를 붙든다 강하게 마치 포옹인 듯. 말은 꿈과 뒤섞였다. 나를 초대한다. 행복해진단다, 믿음을 갖고 네 마차를 별에다 매면. 그녀 온화하다, 구름에게 젖을 먹일 때, 그러나 정신이 사나워지면, 해변을 달리고 양팔을 던진다 하늘에.

그녀 눈 속에 보인다, 내 어깨에 서 있는 천사 둘: 창백한, 악의에 찬 아이러니 천사와 강력한, 애정 어린 정신분열증 천사.

신학자들의 천국

오솔길, 긴 오솔길, 심어놓은 나무들이 잉글랜드 공원인 듯 세심하게 손질된. 가끔 이 길을 지난다 천사 하나가. 머리털 세심하게 컬했고, 날개가 윙윙댄다 라틴어를. 손에 쥐고 있는 모양 좋은 도구는 삼단논법이라 불리지. 빨리 걷는다, 공기와 모래를 흔들지 않고. 말없이 지난다, 미덕, 순수성, 사물의 이데아와 전혀 상상할 수 없는 숱한 다른 것들의 돌 상징들을. 결코 시야에서 사라지지 않는다, 원근이 없으니까. 오케스트라와 합창단 침묵을 지키지만, 음악이 현존한다. 텅 비어 있다. 신학자들 말이 널찍하지. 그것 또한 증명이어야 한다.

죽은 자들

갇힌 곳이 검고 공기 안 통하는 공간이기에 그들의 얼굴은 말 그대로 근본적으로 변했다. 몹시도 말하고 싶지만, 입술을 모래에 먹혔다. 이따금씩만 주먹으로 공기를 쥐고 아기처럼 서툴게 머리를 쳐들려 낑낑 맨다. 아무것도 그들을 기쁘게 할 수 없다 국화도, 촛불도. 그들은 받아들일 수 없다 자신의 상태, 사물 상태를.

교회 지하 묘지

아직 그 거룩한 그림을 좋게 고쳐, 알릴 수 있다 네가 어쩔 수 없음과 화해했다는 것을, 그리고 장식 리본 또한, 비명 '고귀한 분에게'가 눈물을 자아낼 수 있겠지. 그러나 어찌할 것인가 그 파리, 그 검은 파리, 반쯤 닫힌 입안으로 들어와 영혼의 남은 부스러기 내가는 그것을?

콘서트 끝나고

아직 매달려 있다 잘린 교향곡 머리 위에 투티*라는 쇠칼이. 텅 빈 악보대—발가벗은 줄기, 서정적 선율의 꽃잎이 한 잎 한 잎 떨어져나간. 보이지 침묵의 세 지평이: 가마솥—포효의 식어가는 통, 베이스 다발, 벽에 기대어 술 취한 농부처럼 잠든, 그리고 더 아래, 가장 아래 잘린 곱슬머리 현 하나.

* Tutti. '전원 합주'.

지옥

꼭대기부터 아래로: 굴뚝, 안테나, 양철, 꼬깃꼬깃한 지붕. 둥근 창 통해 보이지 끈에 얽혀 있는 아가씨 하나, 달님이 끌어당기는 걸 까먹고 버려둔 거지 가납사니와 거미 들 먹이로. 더 아래 한 여인 편지를 읽고, 파우더로 얼굴을 식히고 다시 읽는다. 2층에서는 젊은 사내 하나 왔다갔다하며 생각하지: 어떻게 외출을 좀 해볼 수 없을까, 깨물린 입술을 하고 벌어진 부츠를 신고? 맨 아래 카페는 손님이 없다, 아침이라.

구석에 딱 한 쌍. 손을 잡고 있다. 그가 말한다: "우린 언제나 함께일 거야. 여기요, 블랙커피하고 오렌지 소다 한잔 부탁해요." 웨이터 재빨리 커튼 뒤로 가서 그냥 폭소를 터뜨린다.

호텔

카펫 너무 푹신하다. 로비에 종려나무도 실없고. 지배인 길게 우리 얼굴 들여다보고 손에 쥔 여권을 뒤집는다. "그 눈 아래 다크서클 있는 것들, 하여간 그 다크서클들은. 제가 알던 스미르나 출신 장사꾼이 하나 있는데, 앞니도 심었지요. 요즘 같은 때는 손님 정말 조심 또 조심해야 하구말구요—온통 끄나풀과 전갈 들이 깔렸으니."

엘리베이터에서 우리는 거울 반대편에 서지만, 첫 덜컹임에 본다, 우리 얼굴 공간에 은빛 곰팡이 피는 것을.

일곱 천사들

매일 아침 온다 일곱 천사들. 노크 없이 들어온다. 그들 중 하나가 빠른 동작으로 꺼낸다 내 가슴에서 심장을. 그것을 입에 댄다. 다른 천사들도 똑같이 한다. 그러면 그들 날개 시들고, 그들 얼굴 은빛에서 자줏빛으로 바뀐다. 나막신을 무겁게 쿵쿵대며 그들이 떠난다. 내 심장을 의자에 빈 머그잔처럼 두고. 하루 내내 그걸 다시 채워야 한다, 그래야 내일 아침 천사들 떠나지 않을 테니, 은빛 얼굴에 날개 달고 말이지.

읍

낮에 과일과 바다 있다, 밤에 별과 바다 있다. 디 피오리 가(街)는 유쾌한 색들의 원뿔이지. 한낮. 태양이 마구 퍼붓는다 하얀 작대기를 녹색 그늘에. 월계수 숲에서 당나귀 노래한다 그림자 찬가를. 바로 이때였다, 내가 사랑 고백을 결심한 것은. 바다는 잠자코, 읍은 부풀고 있었다 무화과 파는 처녀 심장처럼.

벽

벽에 기대선다. 청춘은 벗겨졌다 우리한테서 죄수복처럼. 기다리는 중. 기름 번들거리는 총알이 우리 목에 자리잡기 전에, 간다 십 년, 이십 년이. 벽은 높고 강하다. 벽 뒤에 나무 하나와 별 하나 있다. 나무가 뿌리로 벽 밑에 땅굴을 판다. 별이 갉아먹는다 돌을 생쥐처럼. 백 년, 이백 년이면 좁은 창 하나 나리라.

전쟁

행군, 강철 수탉들의. 소년들, 석회칠한. 알루미늄 줄밥이 급습한다 집들을. 내던져진다 귀청 터질 듯한 포탄들 통째 붉은 대기 속으로. 하늘로 날아 도망치는 사람 아무도 없지. 대지가 끌어당긴다 육체와 납을.

늑대와 어린 양

—자 냠냠해볼까—늑대가 말하고 하품을 했다. 어린 양 돌렸지 그를 향해 눈물 젖은 눈을.—나를 먹어야 돼요? 정말 그럴 필요가 있는 거예요?

—불행하게도 그래야겠구나. 그렇거든 모든 옛날이야기가: 옛날에 말 안 듣는 어린 양 한 마리 엄마를 떠났네. 숲속에서 만났지 커다란 늑대를, 그리고 늑대는……

—죄송하지만, 여긴 숲이 아닌데요, 그냥 내 농장 주인 집이잖아요. 엄마를 떠난 게 아녜요. 난 고아인 걸요. 우리 엄마도 늑대가 먹었는데.

—걱정 마라. 죽은 너를 돌봐줄 게야 교훈글 작가들이. 만들어주겠지 배경, 동기와 도덕을. 내게 유감 갖지 마. 넌 알 리가 없지, 나쁜 늑대가 된다는 게 얼마나 멍청한 기분인지. 이솝만 아니라면, 우리는 뒷다리 느긋하게 앉아 지는 해 구경하실 몸이었어. 그거 죽이지.

그래, 그렇단다, 사랑하는 아이들아. 늑대가 먹었단다 어린 양을, 그런 다음 입술을 핥았고. 늑대 흉내내지 마라, 사랑하는 아이들아. 도덕 위해 너희 자신을 희생하지 마라.

노총각 발라드

면도기로 면도한다. 그런 다음 오랫동안 찾는다 소맷동 단추를 서랍장에서. 꼼꼼하게 타이를 매고 거울에 미소 짓는다. 왜냐면 이제 그게 부드러운 실크거든, 첫사랑 때는 올가미였는데. 그래서 뭐, 시간이 만병통치약인데. 이 일 저 일 겪었어도 나는 살아남았다구. 한 사내 진정한다.

멜빵이 뒤로 늘어진다. 어릴 때는 멜빵이라면 환장했는데.

—"라켈, 그가……"*—그건 언제나 조끼를 입을 때면. 필수였지.

---

* 알레비(Jacques Fromenthal Halévy) 오페라 〈유태인 여자〉(1833)에서 인용.

탑

땅 밑으로 오십 엘* 공중으로 또 그만큼. 탑 지하 감옥에 사내 하나 갇혀 있다. 왕이 그를 양심에 묶었다 사슬로. 아름다운 생 이후 그는 날짜를 세지만, 기다리지는 않는다.

탑 꼭대기에 천문학자 산다. 왕이 그에게 망원경을 사주었다, 그를 우주에 묶어두기 위하여. 천문학자는 별을 세지만, 두렵지는 않다. 꼭대기 사내와 저 아래 사내 숫자로 가득차 잠이 든다.

그래서 그들 서로를 이해한다. 비둘기는 없지만, 그 대신 검은 고양이 한 마리가 날라준다 메시지를 지하 감옥에서 꼭대기로.

—하루가 왔소—천문학자에게 보낸 메시지.

그리고 죄수에게:

—별 하나 태어났소.

세 사람 모두 눈이 초록색이었다.

오래도록 살피느라, 희망 때문이 아니고.

---

* ell. 약 115센티미터.

카페

갑자기 보니, 잔에 아무것도 없다, 입술로 들어올리고 있지 벼랑을. 대리석 탁자들 헤엄쳐간다 부빙(浮氷)처럼. 거울들만 추파를 던진다 거울들에게, 그들만 믿는다 무한을.

지금이다, 치명적인 거미가 덮치기를 기다릴 게 아니라, 자리를 뜰 시간. 밤에 다시 오면 된다, 와서 방치된 쇠살대 통해 살피는 거지 을씨년스런 가구 도살장을. 짐승처럼 살해된 의자와 탁자 들 등 베고 누워 다리를 석회 공기 속으로 뻗었고.

곰

곰은 나뉜다 갈색과 흰색으로 그리고 발, 몸통과 머리로. 주둥이 코가 훌륭하고 눈이 작다. 식탐 엄청나다. 학교 가는 거 좋아 않지, 숲에서 잠이나—요구는 많다. 꿀이 별로 없으면, 손으로 머리를 감싸쥐고 너무나 슬퍼, 너무나 슬퍼, 가늠할 수 없을 정도로. 아이들, 곰돌이 푸를 좋아하니까, 모든 걸 주려고 들지, 그러나 숲속을 다니며 사냥꾼들 겨냥한다 라이플총으로 작은 두 눈 사이를.

하프

물이 얕다. 그 물속에 빛 황금색이고 평평하다. 은빛 갈대 속, 바람의 손가락이 부둥켜안는다 단 하나 구조된 기둥을.

검은 소녀 하나 하프를 부둥켜안는다. 그녀의 커다란 이집트풍 눈 떠간다 현들 사이 슬픈 물고기처럼. 그뒤로 멀리, 작은 손가락들.

해적들

해적들 볼링 게임 하고 있다. 그때 하늘은 붉지. 완전히. 왕이 볼링공 포탄에 낙담, 동요할 때, 수평선에 나타나지 하얀 배들. 들린다 정말 멋진 웃음과 벼락 소리.

할아버지

착한 분이셨다. 사랑하셨지 카나리아, 아이들과 긴 미사를. 드셨다 마시멜로 과자를. 모두 말했어: 할아버지는 황금 심장이셔. 그러다 그 심장에 안개 끼었다. 할아버지 돌아가셨다. 자신의 착한, 걱정하는 육신 버리고 유령 되셨다.

철도 건널목지기

그는 176번이라 불리고 창 하나뿐인 커다란 벽돌 안에 산다. 나와서 그는—어딘가 제단 복사 같은 동작과 밀가루 반죽 묻은 듯 무거운 손으로 경례한다 나는 듯 지나가는 열차들한테.

주변 수 마일 내—텅 비었다. 한 군데만 봉긋하고 나머지는 평원, 일단의 외로운 나무들, 그 한가운데에. 이곳에서 삼십 년을 살았어야 셀 수 있는 건 아니겠지, 그 나무들 일곱 그루를.

끝에서부터

그런 다음 거대한 식탁이 차려지고 정말 멋진 결혼 잔치가 벌어졌다. 공주는 그날 더 아름다웠다 평상시보다. 음악 연주되었다. 달처럼 어여쁜 아가씨들 춤췄다 아래층에서.

좋다마다, 하지만 그 전은? 오, 그건 생각도 하지 마. 검은 점쟁이 두드린다 창을 나방처럼. 사십 인의 도적 잃어버렸다 도망치던 중 긴 칼과 수염을, 그리고 용 한 마리 왕풍뎅이로 변형되어 자고 있다 아몬드 잎새 위에서.

델피 가는 길

델피 가는 길이었다. 붉은 바위를 지나가는 바로 그때, 반대편에서 나타났다 아폴로가. 그는 빠른 걸음으로 걸었고 어떤 것에도 유의하지 않았다. 다가왔을 때, 내가 보니, 그가 갖고 노는 것은 메두사 머리였다, 노년으로 쪼그라들고 말라버린. 그가 뭐라 속삭였다 바로 코밑에서. 내가 제대로 들은 거라면, 그는 반복해서 이렇게 말했다: "마술사는 통찰해야 하지 잔혹을."

바람과 장미

정원에 장미 자랐다. 사랑에 빠졌다 그녀와 바람 한 점이. 완전히 달랐다, 그—가볍고 맑은—와, 그녀—부동이고 피처럼 무거운—는.

왔다 한 사내가 목재 나막신 신고 와서 두터운 손으로 꺾었다 장미를. 바람이 펄쩍 뛰며 쫓아갔지만, 사내는 그의 면전에서 문을 쾅 닫았다.

—내 몸 돌로 되어버렸으면—울었지 비참한 자는. —온 세상을 돌아다녔고, 몇 년을 안 돌아오기도 했으나, 나는 알고 있었지, 그녀가 항상 날 기다리고 있다는 것을.

바람은 이해했구나, 정말로 고통받으려면, 충실해야 한다는 것을.

암탉

암탉은 가장 좋은 사례지, 인간과 밀접한 관계를 맺으면 어떻게 되는가를 가르쳐주는. 완전히 잃어버렸다 새의 가벼움과 우아를. 튀어나온 엉덩이에 돌출한 꼬리가 매달린 촌스런 취향의 커다란 모자를 쓴 것 같다. 드문 고양의 순간, 한 발로 서서 둥근 눈을 막질(膜質) 눈꺼풀로 접착할 때는, 정말 충격적으로 역겹지. 그리고 또하나, 저 패러디, 노래의, 목구멍 찢어진 탄원, 말할 수 없이 우스꽝스러운 것을 놓고: 동그란, 하얀, 더럽혀진 달걀 말이다.

암탉들 보면 몇몇 시인들 생각난다.

고전

커다란 나무 귀, 목화 털로 꽉 막힌, 그리고 키케로의 따분함. 위대한 문장가—모두 그렇게 말하지. 요즘은 아무도 문장을 그렇게 길게 안 쓴다. 그리고 그 현학이라니. 자기가 돌도 읽을 수 있다는 거지. 다만 그는 결코 생각해내지 못한다, 디오클레티아누스* 목욕탕 대리석 속 정맥은 채석장 노예들의 터져버린 혈관이라는 것을.

---

* Diocletian(치세, 284~305). 기독교 박해에 특히 열을 올렸던 고대 로마 황제.

화가

자작나무처럼 하얀 벽 아래 자란다 그림의 양치식물들. 테레빈기름 냄새 속 미로가 재구성하지 초록 휘장과의 성교 형을 선고받은 감귤의 드라마를. 여인 누드도 하나 있다.

—내 약혼녀—미로가 말한다. —그녀가 내게 자세를 취해주었지 짐령군 시절에. 겨울이었어 빵과 석탄이 없는. 그녀의 하얀 살갗 아래 피가 모여 푸른 점 되었다. 그러면 내가 그려주었어 따스한 핑크빛 배경을.

철길 풍경

쇠 가지 위 익고 있다 빨강과 초록 신호 열매들이다. 조용한 플랫폼도 있다, 상자에 세미라미스* 정원 미니어쳐가 걸려 있는.

그러나 한련과 길 잃은 벌들은 아무 소용없지. 둥근 분(分) 단위 기요틴이 12:31을 가리키면, 집어삼킨다 이것들 모두를 검은 괴물이, 괴물은 하얀 환경의 쉭쉭 소리 바로 그 소리 내며 다가오고.

* Semiramis. 그리스 전설상 바빌론 창건 여왕.

헤르메스, 개와 별

헤르메스가 세상을 가고 있다. 개를 만난다.

—나는 신입니다—자신을 소개한다 공손하게 헤르메스가.

개가 그의 발에 킁킁댄다.

—나 외롭소. 사람들이 배반했어요 신을. 하지만 짐승, 의식 없고 필멸인, 그건 우리가 바라는 바지요. 하루종일 걷고 저녁에 오크나무 아래 앉읍시다. 그때 말해주겠소, 내가 늙은 기분이고 죽고 싶다고. 필요한 거짓말일 거요, 당신이 내 손을 핥게 하려면.

—그러죠 뭐—개가 무심하게 답했다—핥지요 당신 손을. 차고 냄새가 이상하네요.

그들이 가고, 간다. 별을 만난다.

—나 헤르메스요—신이 말한다—그리고 자아낸다 가장 아름다운 그의 얼굴 가운데 하나를.—당신 혹시 가보지 않으려오 우리와 함께 세상 끝까지? 내가 어떻게든, 거기가 무서워 당신이 머리를 내 어깨에 기대지 않을 수 없게 해볼 테니.

—좋지요—말한다 유리 목소리로 별이.—난 상관없소, 어딜 가든. 그런데 세상의 끝이라니 뭘 모르는 소리. 불행하게도, 세상의 끝이란 건 없다오.

가고, 또 간다. 개, 헤르메스 그리고 별이. 손에 손잡고. 헤르메스 생각한다, 다음번에 길 떠나 친구 찾을 때는, 이렇게 솔직해선 안 되겠다고.

침모

아침부터 비 내린다. 장례식은 건너편에서부터일 것이다. 침모. 그 여자 결혼반지 꿈꾸었고, 죽었다 손가락에 골무 끼고. 모두 그걸 비웃는다. 마음 착한 비가 짜깁는다 하늘부터 땅까지. 하지만 그래도 달라질 것 하나 없다.

식물원

그것은 식물들의 기숙사, 규율이 아주 엄하다 수녀원 부속학교처럼. 풀, 나무와 꽃 들 무성하게 생장 않고 고상하게 자란다, 삼간다 호박벌과의 허락되지 않은 포옹을. 계속 얽매여 있다 자기들의 라틴풍 품위와, 자기들이 본보기여야 한다는 사실에. 장미조차 봉한 상태다 입을. 꿈꾸는 것은 말린 식물 표본집.

노인네들 책 들고 이리 와 잠든다 부진한 해시계 째깍 소리 아래.

숲

길 하나 맨발로 숲을 내닫는 중. 숲에는 나무가 많고, 뻐꾸기 한 마리, 헨젤과 그레텔 그리고 다른 작은 동물들이 있다. 난쟁이들은 하나도 없다, 밖으로 나갔으니까. 어두워지면, 부엉이가 잠근다 숲을 커다란 열쇠로, 왜냐면 고양이가 몰래 들어올 경우, 해코지밖에 안 할 테니.

황제

옛날에 황제 하나 있었다. 눈이 노랗고 포식자 턱이었다. 대리석과 경찰로 가득찬 궁궐에 살았다. 홀로. 밤에 잠에서 깨어 비명을 지르곤 했다. 아무도 그를 사랑하지 않았다. 무엇보다 그가 좋아한 것은 사냥과 테러였다. 그러나 그는 사진을 찍으라 했다 어린 아이들을 곁에 끼고 꽃들에 둘러싸여. 그가 죽었을 때, 아무도 감히 치우지 못했다 그의 사진을. 보라, 아직도 집에 그의 가면이 있을지 모른다.

군인

간다 군인 하나 전쟁터로. 자주색 띠 가로질렀다 가슴을. 불꽃의 끈이 묶는다 기병도 끝과 박차를. 깃털 세 개 달린 모자, 그의 가벼운 머리 위에. 간다 군인 하나, 노래 부르며.

그가 만난다 농부를, 그 농부 말 한 마리를 장터로 데려가는 중이고. 용감한 군인 그 말을 사지 강력한 주먹 한 방과 모자 깃털 하나로.

밤에 그가 빼앗는다 한 아가씨의 잠을, 그리고 떠난다 그녀를 그녀 가슴에서 싹트는 희망과 모자 깃털 하나와 함께 남겨두고.

새벽에 그가 죽인다 푸른 띠 군인을. 멍청하게도 길가에 앉아 있었다 경계선 위 한 마리 토끼처럼.

그게 바로 전쟁의 모습이다. 가장 중요한 명분이지. 깃발을 자주색 비단으로 짜야할지 푸른색 비단으로 짜야할지.

그러다 결국, 교차로에서, 발견한다 뼈만 남은 노파를. 그가 모자를 벗고 본다 섭섭한 마음으로, 세번째이자 마지막 깃털이 천천히 땅으로 내려앉는 것을.

코끼리

사실 코끼리는 매우 민감하고 신경질적이다. 상상력이 굉장하여, 이따금씩 자기 외모를 잊을 수도 있다. 물속으로 들어갈 때, 눈을 감는다. 자신의 다리 모습에 짜증내고 운다.

내가 아는 코끼리 하나는 사랑에 빠졌다 벌새와. 살이 빠지고 잠을 못 자고 결국 죽었다 상심으로. 사람들이, 코끼리 성격을 모르고, 말했다: 이렇게 비만이니.

정물화

계산된 부주의로 흩어져 있다 탁자 위에 이 모양들, 생명이 광포하게 단절된: 물고기 한 마리, 사과 한 개, 채소 한줌, 꽃과 뒤섞인. 덧붙여 빛의 죽은 잎새와 작은 새 한 마리, 머리가 피칠갑인. 저 새 쥔다 화석 발톱으로 작은 행성, 무(無)와 빼앗긴 공기로 이뤄진 그것을.

물고기

상상할 수 없지 물고기가 잠을 잔다는 거. 가장 어두운 연못 구석에서도, 갈대숲 한가운데, 그들의 휴식은 경계 중: 영원히 같은 자세고 절대 불가능하다 그들에 대한 이런 말: 잠자리에 들다.

또한 그들의 눈물 황야에서의 외침 같다—무수하다는 얘기.

물고기는 표현할 수 없지 몸짓으로 자신의 절망을. 그래서 써도 된다는 얘기다 무딘 칼을, 그걸로 물고기 등에 덥석 덤벼들어 비늘 스팽글 벗겨내도 된다는.

전사의 생애

그가 문지방에 서 있었고, 방안에 놓인 그의 죽은 아버지, 밀랍 침묵에 싸인 누에 같았고—그래서 외쳤다. 그게 시작이었다.

함성에 매달렸고 그것 따라 올라갔다, 알았으니까, 침묵은 죽음이라는 것을. 리듬, 징 박은 장화의, 말발굽 소리, 다리에—푸른 하렘 바지, 경기병의. 우레 같은 북소리에 머스킷총 든 병사들 진입한다 연기구름 속으로—은칼, 장교의. 포효, 대포의, 땅의 신음 소리, 북소리 같은—깃털 앞장식의 삼각전투모, 야전사령관의.

그렇게 죽자, 충성스런 병사들 소원이, 소란의 사닥다리 타고 그가 하늘에 오르는 것. 백 군데 종탑이 뒤흔들었다 도시를. 도시가 하늘에 가장 가깝게 흔들린 그 순간, 포병들 발사한다. 그러나 그들이 깎아낸 딱딱한 파랑 박편 충분치 못했다, 야전사령관이 칼과 삼각전투모까지 합쳐 온전하게 들어가는 데는.

이제 그가 다시 껍질처럼 벗겨져 떨어진다 대지의 얼굴에. 충성스런 병사들 그를 들어올리고 다시 한번 발사한다 하늘에 대고.

어린 고래 장례식

바다 말들, 엉덩이 뚱뚱하고 눈이 빈정대는, 말들, 오렌지색 침대 커버를 입은, 그것들이 이끈다 관을—검은 설탕 단지들, 가는 길에 커다란 진주 박힌 스웨이드 슬리퍼들 흘리며, 수놓는다 어두운 배경에.

그들이 그를 데려간다 협곡들 가(街)로 어마어마한 바스락 소리, 방울방울 스며나오는 물의 그것 와중, 수없는 무한들, 별-모래의, 모래-별의, 모래로 뒤덮인 모래-별의 그것들 와중.

태양이 공기 묶어 작은 활들로 만든다. 나비들 그를 정성스레 지킨다, 날아가버릴까봐. 꽃 끈을 잡고 있다, 그가 영구차 만(灣) 밖으로 흘러나오는 일 없게끔.

바다 메뚜기들—키틴질(質)이지만, 존재의 문제에 민감한, 그들 통곡한다: 그게 무슨 잘못이라고, 배들한테 호의로 장난 좀 치고, 회오리 소리 좋아하고, 상자 하나에 익사한 사람들 가득 채우고, 장난감 병정 놀이 했기로서니. 그게 무슨 잘못이라고?

그들이 그를 데리고 가로지른다 감귤빛 홍건한 광대한 숲속 빈터, 평평한 공간을, 그곳에서 쉿쉿 소리 하얀 산소가 제대로 봉인 안 된 시야처럼 빠져나가고.

오로지 지금 도착한다 종(鐘)들이. 그들이 올린다 높은 곳에 거대한 베틀을. 짠다 음침한 시트를 행렬 전체, 시신, 그리고 심지어 한 조각 슬픔도 입을 만치.

나 휘갈겨 쓴다 그 시트 위에 시 한 편의 도입부를

오 달콤한 육(肉)이라는 핑크빛 산—잘 가라

오 멜론, 너무 일찍 잘린
대양이라는 가지에서 잘린—

이피게니아 희생

아가멤논 화장 장작더미에 가장 가깝다. 외투로 얼굴 가렸으나, 눈 감지는 않았다. 생각한다, 직물 통해 섬광 알아볼 수 있을 거라고, 자신의 딸을 녹여 머리핀으로 만들 그 섬광을.

히피아스 서 있다 첫번째 병사 열 속에. 이피게니아의 작은 입만 본다, 울음으로 균열된 입, 그때 같았다, 그가 아우성 생난리를 쳐댔을 때, 그녀가 머리에 꽃을 핀으로 꽂고 거리에서 낯선 사내들이 말을 걸어오게 하는 것 때문에 말이다. 자주 히피아스의 시야 불균형적으로 길어지고 이피게니아의 작은 입 점한다 하늘에서 땅까지 엄청난 공간을.

칼카스는, 각막에 백반이 끼어, 모든 것을 곤충의 침침한 시력으로 본다. 단 하나, 그의 마음을 움직이는 것은, 내포에 정박한 배들의 고개 숙인 돛들인데, 그것들 보면, 늙은 슬픔을 이제 정말 견딜 수 없다는 느낌에 사로잡히는 것이다. 그가 그러므로 손을 쳐든다, 희생을 시작하라고.

비탈에 위치한 합창대는 세계를 포괄한다 적절한 균형으로. 크지 않은 빛나는 숲, 장작더미의, 하얀 사제들, 자주색 왕들, 요란한 구리와 미니어처 불, 병사들 전투모의, 그 모든 것의 배경이 눈부신 모래와 깊이를 알 수 없는 바다색이고 말이지.

그 조망 굉장하다, 적절한 원근법의 힘을 빌린다면.*

---

* 그리스신화에서 트로이 원정을 떠난 그리스 연합군 함대가 역풍으로 발이 묶이자 총사령관인 미케네 왕 아가멤논은 칼카스의 예언에 따라

순풍을 빌기 위해 자신의 딸 이피게니아를 아르테미스 여신에게 희생으로 바친다.

웃음의 방

흔드는 거, 미친 듯 도는 거, 쏘는 거—이런 것들은 보통 사람들 오락이죠. 복잡 미묘한 마음, 사색적인 성품을 지닌 분들은 웃음의 방을 선호하십니다. 이 방의 숭고하고 은밀한 목적은 준비시키자는 겁니다 우리를 최악에. 이 안의 한 거울은 보여줍니다 세상이 치워버린 우리 육신을—부러진 뼈들의 울퉁불퉁한 자루, 다른 말로 우리들의 육체, 오래 공기 건조 증류 후 갈고리에서 치워진.

오세요 웃음의 방으로. 오십시오 웃음의 방으로. 이곳은 생의 현관, 고문 대기실입니다.

옷장 속

늘 의심했었지, 도시가 가짜 아닐까 하고. 하지만 이른 봄 어느 안개 낀 한낮, 공기가 건초 냄새나던 오로지 그때였다, 내가 발견한 것은, 그 사기의 내용 말이지. 우리는 옷장 안에서 살고 있다, 망각의 바닥에서, 부러진 작대기와 꽝 닫힌 상자들 와중. 갈색의 벽 여섯 개, 구름의 다리들, 머리 위에 그리고 그것, 최근까지 우리가 성당이라 생각했던 것—썩은 향수 담긴 홀쭉한 병이었고.

오, 불쌍한 밤, 우리가 기도드리는 혜성이 날아다니는 나방이었다니.

자살

너무 연극적이었지. 거울 앞에 섰다 검은 옷에 꽃을 단춧구멍에 꽂고. 입에 댔다 그 도구를, 기다리며, 총열 따스해지기를, 넋 빠진 미소를 지으며, 거울에 비친 모습에—탕.

떨어졌다 어깨에서 벗어 던진 외투처럼, 그러나 영혼은 서 있었다 얼마 동안 머리를 흔들며 더 가벼워지며, 더 가벼워지며. 그리고 나서는 마지못해 들어갔다 꼭대기가 피투성이인 이 육체 속으로 그런데, 그때는 그 온도가 사물의 온도와 수평을 이루는 중, 그러니까—우리가 알고 있듯이—장수(長壽) 예언과.

균형

새였다, 아니 정말 불쌍한 새 나머지였다, 기생충한테 뜯어먹힌. 깃털 벗겨졌고, 검푸른 살갗, 고통과 혐오의 한기로 진저리치며, 그것 여전히 자신을 지키며 기를 쓰며 부리로 쪼아댔다 자신을 떼지어 하얗게 덮은 벌레들을.

그것을 손수건에 싸서 내 친구 동식물학자한테 가져갔다. 얼마 동안 살펴보더니, 그가 말했다:

—전혀 문제가 안 되지. 벌레들은, 새를 먹지만, 눈에 안 보이는 기생충이 몸에 붙어 있고 필시 그 기생충들 세포 속에서 벌어지고 있을 것이야 더 강력한 물질대사 과정이. 그건 그러니까 고전적인 사례지, 닫힌 체계, 적대적 상호의존의 무한 사다리가 전체 균형의 조건인 그것의. 겉보기와 달리, 우리가 보는 것은 발그레한 결실이거나, 이런 표현 뭐하지만, 생의 진홍빛 장미일세.

조심해야 한다, 숨쉼과 숨막힘의 두터운 구조가 어디에서도 터지지 않게끔, 그때 우리는 보게 될 테니까, 죽음보다 훨씬 더 나쁘고 생보다 더 끔찍한 그 무엇을.

리넨 압착소

종교재판관들 우리 한가운데 있다. 거대한 공동주택 지하층에 살고 오직 문패에 새긴 '리넨 압착함'만 드러낸다 그들의 존재를.

팽팽한 청동 근육의 탁자, 강력한 롤러, 으깨는 게 느리지만 정확한, 구동 바퀴, 자비를 모르는—그것들이 기다린다 우리를.

시트들, 리넨 압착소에서 나오는데, 텅 빈 육체 같다, 마녀와 이교도의.

눈물의 테크놀로지

오늘날 지식 상태로는 거짓 눈물만 처리 및 그 너머 생산이 가능하다. 진짜 눈물은 뜨겁다, 그래서 매우 어렵지 얼굴에서 분리해내기가. 고체 상태로 만들었더니, 판명되었다, 매우 잘 부서지는 것으로. 진짜 눈물 착취 과제로 골머리를 앓고 있다 최신 과학기술 분야 전문가들이.

가짜 눈물은 얼리기 전 증류 처리된다, 성질상 흐리니까, 그리고 그것이 달하는 상태는, 순도 면에서 거의 뒤지지 않는다 진짜 눈물에. 매우 견고하고, 아주 오래가고 유용하다 장식뿐 아니라, 유리 세공에도.

일본 동화

이자나기[*] 공주 도망친다 용한테서. 용은 자주색 발톱이 네 개, 그리고 황금빛 발톱이 네 개. 이타나기 왕자 자고 있다 나무 아래서. 모르지, 어떤 위험에 처했는지, 이자나기의 작은 발이 말이지.

용이 점점 더 근접 중. 몰아간다 이자나기를 바다 쪽으로. 각각의 눈에 검은 번개 아홉 개 씩. 이타나기 왕자 잔다.

공주 던진다 뒤로 빗 하나를. 일어선다 열일곱 기사들 그리고 시작된다 피비린 전투가. 차례로 죽는다. 너무 오래 머물렀지 이자나기의 검은 머리칼 속에. 완전 여자 같았으니.

이타나기 왕자 찾았다 바닷가에서 그 빗을. 지었지 그것 묻어줄 무덤을. 누가 보았나, 빗 위해 세워진 무덤? 내가 보았다.

나무와 망아지의 날 벌어졌던 일이다.

* 일본 창조신화에서는 이자나기가 남신이고 여신은 이자나미이다.

황제의 잠

틈!—소리친다 자면서 황제가, 급기야 그의 머리 위 타조 깃털 침대 덮개 몸을 떨고. 병사들이, 칼 뽑아 들고 침실 주변을 돌았는데, 생각한다, 황제가 포위 작전 꿈을 꾸는 거라고. 바로 지금 벽에 난 틈을 보고 원하시는 거다, 그것 통해 요새 안으로 우르르 돌진하기를.

그런데 사실 황제는 지금 쥐며느리다, 음식 찌꺼기 찾느라 마루를 뛰어다니는. 갑자기 머리 위로 거대한 샌들 보이고, 당장 당장 그를 으깰 것 같다. 황제는 틈을 찾지, 제 몸을 끼워넣을 틈을. 마루는 매끄럽고 미끄럽다.

맞아. 황제의 잠보다 더 평범한 것은 없다.

오르간 연주자

몸통을 벗은 나무들의 숲에 산다. 접종한다 나무들한테 잎새, 가지, 초록이고 불 같은 왕관 전체를. 때린다 바람으로. 때때로 불 붙인다 푸가 또는 코랄이라 불리는 불을.

나무좀만큼 작은 사제 하나 움직인다 음(音)들 위에 걸린 거울 속에서, 그리고 그가 펼친다 더욱 우아한 춤을, 더욱 장려한 타락을.

끝낸다 대천사 나팔 경련으로, 내려간다 어두운, 나선 계단을, 기침하고 침 뱉는다 체크무늬 손수건, 가래 천지인 그것에.

달

이해 못 하겠다, 어떻게 시를 쓸 수 있는지 달을 소재로. 뚱뚱하고 지저분하구만. 굴뚝의 코를 쿡 찌르지. 좋아하는 소일거리가 침대에 기어올라 구두 냄새 맡는 거지.

선장의 망원경

나폴리 거리 행상한테서 샀다. 얘긴즉슨 선박 마리아호 선장 거였다는데, 마리아호는 침몰한 배다 황금해안 바로 근처에서 어느 화창한 날 신비스러운 정황 속에.

이상한 물건이다. 어느 것을 겨냥해도, 보이는 건 오로지 푸른 줄 두 개뿐—하나는 검은 사파이어색, 다른 하나는 가벼운 푸른색.

러시아 동화

늙었다 황제 아빠, 늙었어. 벌써 비둘기조차 제 손으로 목 졸라 죽이지 못하지. 앉아 있다 왕좌, 황금이고 차가운 그것에. 오로지 수염만 자란다 마루까지 그리고 더 아래로.

지배했다 그러고는 다른 사람이, 누군지는 알려지지 않았다. 호기심 많은 사람들이 창을 통해 궁전 안을 들여다보았지만, 크리보노소프가 가렸다 창을 교수대로. 그래서 오로지 교수형당한 사람들만 보았다 그게 뭣이든.

결국 죽었다 황제 아빠 영영. 종 울렸지만, 시신이 밖으로 공개되지 않았다. 달라붙었다 황제 왕좌에. 왕좌 다리가 섞였다 황제 다리와. 손이 뿌리내렸다 팔걸이에. 떼어내는 게 불가능했다. 그리고 황제를 황금 왕좌와 함께 묻자니—젠장.

들여다보는 쇼

거대한 갈색 통, 그 안이 위에서 쏟아지는 파리풍 파랑, 아랍풍 은색, 잉글랜드풍 초록인. 사람들이 인디안풍 핑크 첨가하고 휘젓는다 커다란 국자로. 두터운 액체 새나온다 갈라진 틈으로, 그리고 사람들, 통 위에 파리처럼 앉아 있었는데, 핥는다 게걸스럽게 한 방울씩. 그러나 오래가지 않는다, 불행하게도. 전차, 빈정대는 대서양 횡단 운항선 한 척이, 고동 울린다 백일몽 꾸는 자들 위해.

사물 연구

1961

목제 새

따스한 손,
아이들의 그것 속에서
목제 새
살아나기 시작했다

래커 깃털 아래
쏟아졌다 작은 심장

유리 눈
불붙었다 시선이

움직였다
페인트칠한 날개가

마른 몸이
소망했다 숲을

걸었다
발라드에 나오는 병사처럼
젓가락 다리로 북을 쳤다
오른쪽 다리 북을 쳤다—숲
왼쪽 다리 북을 쳤다—숲

꿈꿨다
초록빛을
둥지의 감긴 눈을
바닥에서

가장자리에서
딱따구리들이 뽑아냈다 그 눈을
그 작은 심장 검어졌다
직선으로 쪼아대는 고문에
계속 걸었다
독버섯들한테 떠밀리며
찌르레기들한테 조롱당하며
죽은 잎새들 바닥에서
찾았다 둥지를

산다 이제 그 새
불가능한 경계,
생기 있는 물질과
발명된 것 사이
숲에서 난 양치식물과
라루스 사전에서 나온 양치식물 사이 그것에
마른 줄기 위에

한 다리로
바람의 머리칼 위에
현실로부터 떨어져나가지만
마음이 충분치 않고
힘이 충분치 않고

하나의 그림으로
변형되지 않는 것들 위에

상상력이라 불린 상자

두드려봐 손가락으로 벽을—
빼꾸기 한 마리 튀어나올걸
네모난 덩어리,
오크 목재의 그것에서

그것이 나무들 부를걸
하나 그리고 둘
급기야 설 때까지
숲 하나가 말이지

휘파람 가볍게 불어봐—
그러면 강 하나 흐를 걸
강력한 끈이지,
언덕을 계곡과 묶는

목을 가다듬어봐—
여기 하나의 도시 있다
탑 하나에
이빨 빠진 성벽 하나
그리고 주사위 모양
노란 집들 있는

이제
두 눈 감아봐
눈이 내릴걸
꺼뜨릴 거야
나무들의 초록 불꽃을
붉은 탑들을

눈 아래는
밤,
꼭대기에 환한 시계 하나,
풍경의 부엉이 한 마리 있는

글쓰기

의자에 올라
탁자를 부여잡고
손가락 쳐들어
태양을 멈추려 할 때
얼굴에서 가죽을 쓸어내고
집을 어깨에서 쓸어내고
내 은유에
거위 깃털 펜
단단히 걸어 매고
이빨은 공기에 처박힌 채
창조하려 기를 쓸 때,
새로운
모음 하나를 말이지—

탁자의 사막에
종이꽃들
프록코트 벽 잠긴다
비좁은 공간의 단추 하나로
그만 그만
실패했다
상승

잠시 더
내 깃털 펜 발을 헛디딘다 페이지 위에
그리고 악의적인 노란 하늘에서
떨어진다
방울,
모래의

특별할 게 없는 것

특별할 게 없는 것
판자 페인트칠
손톱 칠
종이 끈

예술가 씨
세계를 짓는다
원자 아니라
쓰레기를 갖고

아든 숲을
우산으로
이오니아 바다를
잉크로

단
현명한 표정이여야 한다는 조건
단
확신하는 손—

그리고 이미 세계이어야 한다는 조건—

바늘 풀잎 위
꽃의 갈고리들
철조망 구름들,
바람이 잡아당긴

고갱 최후

망고 꽃은 하얀 날씨 검은 비 속에
푸르노 거리 위에 태평양 위에
이미지와 잎새들을 갈퀴로 대폭 긁어모으는 중
엄청난 고갱 무겁게 귀먹게 나막신 두들긴다
샘 찾는다 그런 다음 길게 들이마신다
칼에 베여 벌어진 하늘을 그리고 달콤한 잠에 든다

그는 원하지 않았다 휴식을 원했다 꿈을
그것은 작업 정오의 긴 행군,
이미지들의 검은 양동이를 든

　　　　때때로 여전히 그는 듣는다
파리 살롱의 쉬익 소리 집에 남아 있지
하얀 여인 하나 커튼을 닫았다
아마 아직 자고 있는 중
자게 두지

토해낸다 대양이 기타를 앵무새를
처녀들 사랑하지 않았다 테후라도
입술 사이 침의 끈을 문 메트 가드도
알리나 죽었다 너무 일찍 그는 곰팡이라면 질겁을 했지

망고 꽃과 함께 간다 거대한 수레 하나
마지막 왕 포마레가 이 썩어가는 파인애플을
해군 제독 차림으로 몰고 간다 시골로
나무 종 울린다

참을성 있는 고흐, 햇빛 속 해바라기 같은
태우지 태양이 그의 불그레한 두뇌를
그는 용기 있었다 면도날로 그림 그렸지
모네가 아냐 그가 외쳤다 내 그림 전시하지 않겠노라고
어쩌다 남보다 먼저 만난 아마추어 애호가들과 함께는 말이지

코발트 색의 의미를 간파했던 자 떠난다 주식시장을
다른 길 없었다 오직 바다로 가는 길뿐
엉금엉금 기며 고갱이 움직인다 몸을
열매는 암 덩이 같다 숲은 이끼 속
마오리 족 기업 인수 신들 이빨 쑤신다
토해낸다 대양이 기타를 앵무새를

불의 하늘 사이 불의 풀—눈,
망고 꽃 핀 브르타뉴 지방 마을에

검은 장미

나온다
검게
두 눈동자,
석회에 눈먼 그것으로부터

공기를 건드리고
선다
다이아몬드
검은 장미
행성의 혼돈 한가운데

상상의 작은 피리
불며
이끌어낸다
색깔을
검은
장미로부터
추억을
불타버린 도시에서 이끌어내듯

보라—독(毒)과 성당 위해
빨강—비프스테이크와 황제 위해

파랑—시계 위해
노랑—뼈와 대양 위해
초록—나무로 변한 소녀 위해
하양—하양 위해

오 검은 장미,
한 송이 검은 장미 속
무엇을 숨기고 있느냐
죽은 전자(電子) 파리들 가운데

아폴로와 마르시아스*

진짜 결투, 아폴로와
마르시아스의 그것
(절대 음감
대〔對〕 엄청난 음계)
이 벌어진 저녁은
우리가 이미 알고 있듯
심판들이
신의 승리를 인정한 때였다

단단히 나무에 묶여
완전히 살갗 벗겨진
마르시아스
비명 지른다
그 비명 그의
높은 귀에 가 닿기 전에
그가 쉰다 그의 비명의 그늘 속에서

---

* '음악을 겨뤄 이긴 쪽이 진 쪽한테 어떤 짓을 해도 좋다'는 마르시아스의 도전을 받은 아폴로가 시합에서 이긴 후 마르시아스의 껍질을 벗겨 버리니 정령과 구경꾼들이 흘린 눈물이 모여 깨끗한 강을 이루고, 마르시아스 강이라 불리우게 되었다.—오비디우스, 『변형』 중.

혐오에 진저리치며
아폴로가 닦는다 자신의 악기를

단지 겉보기에만
마르시아스의 목소리
단조롭고
이뤄져 있다 단 하나 모음
A로만

사실
이야기하고 있다
마르시아스
무궁무진한 양(量),
그의 몸의 그것을

민둥산들, 간(肝)의
영양 공급의 하얀 협곡들
웅웅거리는 숲, 허파의
멋진 언덕 꼭대기들, 근육의
합동 담즙의 피와 전율
겨울바람, 뼈의
기억의 소금물 위로

혐오에 진저리치며
아폴로가 닦는다 자신의 악기를

이제 그 합창단에
결합된다 마르시아스의 등뼈 더미가
원칙적으로는 같은 A
다만 녹이 첨가되어 더 깊게

이것은 견딜 수 없는 일
신경이 인조 플라스틱인 신으로서는 말이지

좁은 자갈길,
회양목 산울타리 그 길로
간다 이긴 자
생각은
마르시아스의 비명에서
언젠가 나오지 않을까 하는 생각
새로운 유의
예술 — 말하자면 — 몸을 갖춘 그것 말이지

갑자기

그의 발에 떨어진다
석화(石化)한 나이팅게일 한 마리

돌아보는 그의 눈에
보인다
마르시아스가 묶였던 그 나무
납빛이다

완벽하게

작업실에서

가벼운 발걸음으로
움직인다
얼룩에서 얼룩으로
열매에서 열매로

훌륭한 정원사
막대기로 꽃을 받쳐주지
인간을 기쁨으로
태양을 하늘 파랑으로 받쳐준다

그러고 나서
안경 고쳐 쓰고
차 끓이고
중얼거린다
쓰다듬는다 고양이를

주 하나님 세상 지을 때
찌푸렸다 이마를
계산하고 계산하고 계산했으므로
세상은 완벽하고
그 안에서 살 수가 없지

그 대신
화가의 세상
은 훌륭하고
실수투성이
눈이 오간다
얼룩에서 얼룩으로
열매에서 열매로

눈이 중얼거린다
눈이 미소 짓는다
눈이 기억한다

눈이 말한다 우리 버텨낼 수 있다고
우리가 어떻게든 들어설 수 있다면
한가운데,
그 화가 있는 한가운데로
날개 없이
헐렁한 슬리퍼 신고
베르길리우스 없이
주머니에 고양이 한 마리
마음씨 착한 상상력
무의식적인 손,

세상을 가다듬는 그것이 들어 있는 화가 말이지

단장(斷章)

우리 말 들어주소서 은(銀)활의 궁수 잎새와 화살의 혼란을 통해
전투의 완고한 침묵과 죽은 자들의 강력한 외침 통하여
다시 가을입니다 은활의 궁수여 숲과 사람들 떠나고
우리 자는 곳 저주로 구겨진 하늘 아래 숨막히는 텐트 속
먼지에 얼굴을 담그고 땀으로 몸을 씻나이다
칼에 베여 벌어진 가슴 피 한 방울 피 한 방울 내지 않고
짐승들 죽고 노새들 감춥니다 두 눈을
우리들 함선의 돛 썩어가고 내포에 바람 한 점 없습니다
우리 아내한테 돌아가지 못할 것 이국의 씁쓸한 아가씨들
허락치 않으리다 우리가 그들 팔에 안겨 오래 우는 것을
트로이의 돌 화환 아니오 우리가 주님께 부탁하는 것은
아니오 명예의 깃털 장식 피부 하얀 여인들과 황금 아니오
다만 가능하시면 복원토록 하소서 얼룩을 착한 얼굴에
그리고 쥐여주소서 손에 단순을 바로 쇠를 일전에 그리하셨듯—

구름 내려주소서 아폴로여 구름 내려주소서 구름을

폼페이 돕기

행정당국, 소방수들과 청년 조직의 왕성한 활동 덕분에 이미 스무 세기가 지난 후 베수비오 희생자 이천 명이 밖으로 꺼내졌고, 그들은 (이런 말은 즉시 해야지) 좋은 상태며 그들의 생명을 위협할 위험은 이미 하나도 없다. 연인들 등을 돌려버렸다 성가신 언론인들과 천사 같은 노부인한테서, 사슬에 묶인 개들 홀린 듯 짖고, 거리의 부랑아들 물려준다 역사한테 어떤 기쁨조라는 이름을.

공국(公國)

여행 안내 책자에 별 두 개로 표시된(실제로는 더 많다) 그 공국 전체, 말하자면 도시, 바다와 하늘 조각은, 얼핏 훌륭하다. 무덤들 희게 칠해졌고, 집들 부유하고, 꽃들 살쪘다.

모든 시민들 지킴이다, 기념품의. 들르는 관광객 수가 적기에 일은 별로 없다—아침에 한 시간과 밤에 한 시간.

그사이 낮잠.

공국 위로 인다 코끔 구름, 붉기 가마솥 같은 그것이. 오로지 공작만 자지 않는다. 그는 지방 신 머리를 흔들어 재우고 있는 중.

호텔과 펜션은 천사들 차지, 그들이 그 공국을 선호하는 건 따뜻한 목욕, 경건한 습속 그리고 기억에 광을 내주는 깃털 노동으로 증류된 공기 때문이다.

모나리자

산 일곱 개 국경 뚫고
강들의 철조망과
처형당한 숲과
교수형당한 다리 뚫고
나는 걸었다—
계단들의 폭포 뚫고
바다 날개들의 선회와
바로크풍 하늘,
통째 천사들로 거품 이는 그것 뚫고
—너에게
액자 속 예루살렘이여

나는 선다
두드러기 기운
여행의 그것
자주색 끈과 눈
가장자리에 묻히고

그래 여기 나 있다
보다시피 내가

희망이 없었지만

여기 있다

열심히 미소 짓지
새카맣게 말없이 그리고 볼록하게

마치 렌즈 볼록면에
풍경이 구성된 것처럼

그녀 등의 검음,
구름 속 달 같은 그것과

인근 첫 나무 사이
는 거대한 진공 거품, 빛의

그래 여기 나 있다
때때로 그랬고
때때로 그런 것 같았다
말할 가치도 없지

째깍거린다 그녀의 규칙적인 미소
그녀 머리는 정지한 시계추

그녀 두 눈 무한을 꿈꾸지만
그녀 눈 표정 속에 잠들어 있는 것은 달팽이들

그래 여기 나 있다
모두 왔어야 하는데
나 혼자

이미
머리를 움직일 수 없었을 때
그가 말했지
다 끝나면
난 파리로 갈 참이야

오른손
두번째와 세번째 손가락 사이
갈라짐
나 보탰다 이 고랑에
의미 없는 마구잡이 비늘을

그래 여기 나 있다
여기 나다
마루로 낙착된

살아 있는 뒤꿈치로

뚱뚱하고 안 예쁜 이탈리아 여자
마른 바위 위에서 머리를 풀었지

생의 고깃덩어리에서 거칠게 잘려나온
집과 역사로부터 유괴된

무서운 밀랍 귀가
송진 머리띠에 질식된

그녀 텅 빈 육체 볼륨
고정되어 있다 다이아몬드로

그녀 등의 검음과
내 생의 첫 나무 사이

칼이 놓여 있다
녹은 벼랑이

마지막 요청

그녀 더이상 머리를 움직일 수 없었다
내가 고개 끄덕이고 몸을 굽혔다
—이거 이백 즐로티다
나머지를 보태서
부탁해다오 그레고리오 미사를

원하지 않았다
포도를
원하지 않았다
모르핀을
원하지 않았다
가난한 이들한테 기쁨되는 일을
원했다 미사를

그래서 가졌다

우리 무릎 꿇는다 더위에
번호 매겨진 벤치에
남동생 문지른다 이마를 손수건으로
여동생 부채질한다 기도서로
내가 반복한다
우리가 용서하였듯이

그다음을 잊고
다시 시작한다 처음부터

사제
걷는 중이다 좁은 길,
불 켜진 백합 일곱 송이 그것을
오르간 흐느낀다
열리고
불려갈 것 같다

하지만 아니지
모든 게 닫혀 있다

양초 줄기 따라
밀랍 흘러내린다
생각한다
그 밀랍으로 뭘 할까
모아서 새 양초로 쓰는지
아니면 내버리는지

아마도
그 사제

우리 위해 할 수 있다
우리가 할 수 없는 것을
그가 조금 오를 수 있을지도

종 울리고
그가
검은 몸통과
은빛 날개로
첫 두 계단을 오르다
미끄러져 도로 내려온다
한 마리 파리처럼

우리 무릎 꿇는다 더위에
번호 매겨진 벤치에
땅에 부착되어
땀 실로 말이지

마침내 끝
우리 떠난다 서둘러
그리고 바로 문턱에서
잇따르는 드높은 행동,
심호흡의

왕조의 끝장

왕의 가족 모두 살았다 그때 한 방에서. 창밖은 벽이고, 벽 아래는 쓰레기통이었다. 거기서 쥐들이 물어 죽였다 고양이들을. 볼 수는 없었다. 창에 석회칠이 되어 있었다.

사형 집행인들이 들어섰을 때, 그들 눈에 비친 것은 일상의 장면이었다.

국왕 폐하가 그리스도 변용 연대 규율을 손보고, 심령술사 필립이 암시로 왕비의 신경을 누그러뜨리려 하고, 왕세자가 몸을 공 모양 똘똘 만 채 팔걸이의자에서 자고, 대(그리고 빼빼)공비가 경건한 노래 부르며 옷을 꿰매는 중이었다.

집사는 칸막이 벽 아래 서서 태피스트리 흉내를 내려 했다

서랍

오 나의 칠현(七絃) 판자
거기 있었다 마른 눈물이
반역으로 얼어붙은 주먹과 종이가
그 종이 위에 어느 추운 밤 내가 써내려갔지
내 청춘의 우스꽝스러운 유서를

그리고 이제 그것 깨끗이 쓸려나갔다
팔았으니까 그 눈물과 주먹 무리를
장터에서 가격은
자그만 명예 한두 푼
그리고 이제 아무것도 잠을 놀래키지 않고
이제 내게 없구나 이〔虱〕와 콘크리트

서랍이여 수금이여 나는 잃었으나
그만큼 얻었지 칠 수 있다
북처럼 손가락으로 네 텅 빈 바닥을
그리고 얼마나 좋았던지 그 자포자기가
하여 얼마나 어려웠던지 떨어지기가
희망 없이 영양가 높은 불편과 말이지

나는 너를 두드려 연다 용서해다오
더이상 침묵할 수 없었다 팔아야

했지 내 의견 차이의 돌을
자유란 이런 것 우리가 거듭 발명하여
신들을 거꾸러뜨릴 필요가 있는 자유는
이미 카이사르가 곰팡이와 씨름하고 있는 마당에 말이지

그리고 이제 웅웅댄다 빈 조가비가
모래로 소멸된 바다에 대해
소금 결정으로 짓눌린 폭풍우에 대해
서랍이 몸을 입기 전에
도덕의 네 판자에게 드리는
일관성 없는 내 기도는 이렇다

우리들의 두려움은

우리들의 두려움은
잠옷 차림이 아니다
부엉이 눈을 하고 있지 않다
들어올리지 않는다 뚜껑을
끄지 않는다 촛불을

또한 죽은 사람 얼굴을 하고 있지도 않다

우리들의 두려움은
발견된다 주머니 속
종이쪽지에서
"보이체크*한테 경고하게
들루가 가(街) 그곳은 덥다고"

우리들의 두려움은
강풍의 날개로 오르지 않는다
교회 탑에 앉지 않는다
재미없고 일상적이다

서둘러 묶은

---

* 게오르그 뷔히너 동명 희곡 주인공.

꾸러미 모양이다
따스한 옷을 입었다
마른 식량과
무기가 있다

우리들의 두려움은
죽은 사람 얼굴을 하고 있지 않다
죽은 사람들은 우리에게 친절하지

우리가 그들을 어깨로 실어나른다
한 이불 덮고 잔다
감는다 그들의 눈을
매만진다 그들의 입술을
마른자리 골라
그들을 묻는다

너무 깊지 않게
너무 얕지 않게

숲에 앉아 있다

그들은 여전히 계속 앉아 있다 뻗어가는 나무들 가지 위에. 돌아다닌다 죽어가는 새들처럼 느른하게. 때때로 석양만 빛낸다 그들 깃털의 유례없는 색깔을.

보호구역인데도 농부들이 총을 쏘았다 그들에게. 식용 아니라, 다른 색의 피를 보려고.

그 모든 나무들이 그 거주자들과 함께 시들었을 때, 조심스레 땅에서 떼내어 곧바로 식물표본집, 문장서(紋章書)라 불리는 그것 페이지로 옮겨야 했다.

신화에서

먼저 밤과 폭풍의 신이 있었다, 눈 없는 검은 돌대가리들, 그리고 그것들 앞에서 사람들이 펄쩍펄쩍 뛰었다 알몸에 피를 처바르고. 그런 다음 공화국 시기 많은 신들이 있었다 아내들, 아이들 거느리고, 삐걱대는 침대와 안전하게 폭발하는 번개 갖추고. 마지막에는 오로지 미신적인 신경병 환자들만 주머니 속에 소금으로 된 작은 상(像)을 넣고 다녔는데, 아이러니의 신상이었다. 없었다 그 당시에는 더 위대한 신이.

그때 왔다 야만인들이. 그들 또한 매우 높게 쳤다 그 아이러니 우상을. 발로 부수어 음식에 쳤다.

공정한 가을

이 가을 나무들 마침내 평온을 찾았다. 견고한, 약간은 경멸적인 초록 속에 내내 서 있고 잎새 속에 노랑의 그늘도, 빨강의 난알도 없다. 풀 두텁고, 땅 살갗 속으로 파고들었고, 아무리 보아도 늙은 짐승의 털가죽 같은 구석이 없다. 건들지 않은 장미들 돌린다 더운 행성들을 달처럼 야위고 움직이지 않는 벌레들 둘레로.

오직 기념비들만 이 가을 비극적이다, 이게 마지막이거든. 쇠락한 받침대 보여준다 제국 건설자들의 덧없음을. 바스라진다 천사날개와 해군 제독 문장들이. 균열된 철학자 이마가 드러낸다 터진 혈관의 끔찍한 공허를. 거기, 예언자의 가리키는 손가락이 있던 곳에, 이제 거미 한 마리 헤엄친다 봄날처럼 화창한 늦가을 날씨에 갈고리로 걸려.

반백의 연인들 걷는다 영원의 나무들 아래 부서지기 쉬운 신과 황제 손가락들 흩뿌려진 길 따라.

요나

이제 주께서 거대한 물고기가 요나를 집어삼키게끔 하셨다

아밋대의 아들 요나
위험한 사명으로부터 달아나다가
승선했다 배, 항로는
요파에서 타르쉬쉬까지

그런 다음 알려진 일 벌어졌다
거대한 바람 폭풍우
선원들 던져버린다 요나를 심연 속으로
바다가 멈춘다 자신의 폭풍우를
떠오지 예견된 물고기가
사흘 낮과 사흘 밤
기도한다 요나 물고기 위장 속에서
그 위장 결국 그를
육지에다 내던지고

오늘의 요나는
돌처럼 물에 빠진다
고래와 맞딱뜨리면
한숨 토할 시간도 없을 것

구조된 그
하는 짓 영리하지

성경의 그 친구보다 더
두번째는 그가 떠맡지 않는다
위험한 사명을
수염을 자라게 놔두고
바다에서 떨어져
니네베에서 떨어져
가명으로
거래한다 소와 골동품을

레비아단의 대리인들
매수할 수 있지
그들은 운명을 모른다
우연의 직원들인 것

깔끔한 병원에서
죽는다 요나 암으로
스스로 잘 모르고
자신이 누군지 말이다

우화,
그의 머리를 짓눌렀던 그것
사라지고

성경 우화의 향유
효과가 없다 그의 살에

지방 총독의 귀환

마음을 정했다 황제 궁정으로 돌아가기로
한번 더 해보리라 거기서 살 수 있는지
머물 수 있었다 여기 멀리 떨어진 지방에
꽉 찬 상쾌한 단풍나무 잎새와
병약한 친척 등용의 온화한 정부 아래

돌아가서 나 튀지 않으리
박수 칠 것이다 계산된 분량으로
미소는 온스로 재서 이마 찌푸리는 건 신중하게 하리라
그들이 내게 그 대가로 황금 사슬을 주지 않겠으나
이 쇠사슬로 족하다

마음을 정했다 내일이나 그다음날 돌아가기로
포도밭 한가운데 살 수는 없지 여기 내 것은 없다
나무들 뿌리가 없다 집들 토대가 없다 비 내리는 게 유리 같다
꽃이 밀랍 냄새 풍긴다
텅 빈 하늘에 대고 두드린다 마른 구름이
그러니 돌아가야지 내일이나 모레 어쨌든 돌아가야지

새로 정돈할 필요가 있겠군 내 얼굴을
아랫입술이 경멸을 제어할 수 있게끔
두 눈이 이상적으로 텅 비게끔

그리고 그 비참한 턱 내 얼굴의 토끼
경비대장이 들어서면 덜덜 떠는 그것도

이것 하나는 분명하지 내가 그와는 포도주 한잔도 같이 안 하겠다는 거
그가 잔을 갖다 대려고 하면 나는 눈을 내리깔고
이빨 사이 음식 찌꺼기를 파내는 척할 모양이니까
황제는 더군다나 좋아하지 민간의 용기를
어느 정도까지는 어느 합리적인 정도까지는
모두 다 그렇듯 그도 본질은 인간이고
독(毒)의 속임수에 이미 너무 지쳐
만끽할 수 없다 끝나지 않는 체스를
이 왼쪽 잔은 오른쪽 드루수스에게 입술을 담근
다음은 물만 마실 것 내리깔지 말 것 눈을 타키투스한테서
정원으로 나갔다가 돌아올 것 시체를 내간 다음에 말이지

마음을 정했다 황제 궁정으로 돌아가기로
나 정말 그러면 어찌어찌 잘되리라 본다

포틴브라스*의 비가

C. M.**에게

이제 우리 둘만 남았으니 얘기를 나눌 수 있겠다 왕자여 사내 대 사내로
비록 그대 계단에 놓였고 보이는 것 고작 죽은 개미만큼
즉 빛살 부러진 검은 해뿐이겠으나
그대 두 손을 생각하면 나는 미소 짓지 않을 수가 없었고
이제 돌 위에 부서진 둥지처럼 놓여
그 두 손 취약하기 전과 마찬가지다 이것이 바로 끝이지
두 손 따로 놓였다 칼 따로 놓였다 따로다 머리와
부드러운 슬리퍼 신은 기사의 발

그대에게 군인의 장례를 치러주리라 그대는 군인 아니었으나
내가 조금이나마 아는 의식이 그것뿐이기에
촛불과 노래 없고 있을 것은 대포 기폭과 폭발
포장도로 따라 질질 끌리는 관 전투모 징 박은 장화 포병부대 말들 북소리 북소리 나는 아름다움을 모르니
이런 것들이 나의 작전이구나 통치를 시작하려면 그 전에

---

* 셰익스피어 비극 『햄릿』 가운데 마지막 장, 햄릿이 죽은 직후 등장하는 노르웨이 왕자.

** 체스와프 미워시(Czesław Miłosz, 1911~2004). 1980년 노벨문학상을 수상한 폴란드 출신 미국 시인. 1961년 폴란드에서는 그의 이름이 출판물에 나올 수 없었다.

도시의 목을 쥐고 약간 흔들어줘야 하지

어쨌든 그대는 죽어야 했었다 햄릿 생에 맞지 않았다 그대가
믿은 것은 수정의 개념이지 인간의 진흙 아니었다 그대
끊임없는 수축으로 살았다 자면서 키메라를 사냥하는 것처럼
게걸스레 공기를 씹었으나 토하기만 했을 뿐
몰랐다 인간의 것을 전혀 심지어 숨쉬는 법도 몰랐다

이제 그대 평정을 찾았도다 햄릿 그대 맡은 바를 다했고
평정을 찾았다 나머지는 침묵이 아니고 내게 속하지
그대는 택했다 더 편한 역할을 굉장히 멋진 그림을
그러나 영웅적 죽음이 뭐 대수겠는가 그 영원한 경계 태세,
차가운 사과 한 알 한 손에 쥐고 높은 의자에 앉은
개미탑과 시계 얼굴이 전망인 그것에 비하면 말이지

잘 가시게 왕자 나를 기다리고 있네 하수구 기획과
창녀 및 거지들에 대한 칙령이
또한 고안해야 하네 개선된 수형 제도를
그대가 옳게 언급했듯 덴마크는 감옥이니까
나는 내 일하러 가네 오늘밤 태어났지
햄릿이라는 별이 장차 우리 만날 일 없을 터
내가 남기게 될 것은 비극거리가 되지 않을 것

환영도 작별도 말자 우리는 군도에 사는데
그 물 이런 말들 무슨 소용인가 무슨 소용인가 왕자여

별의 조상들

시계가 보통 때와 같이 가는 중이라 그들 그냥 기다렸다
쇄도 효과와 그뒤에도 그것이 같지
창공 종이에 그려진 곡선 따라서 말이다
고요하고 확신했다 그들 계산의 탑 위에서
온화한 화산들 한가운데 납의 경비대 아래
침묵으로 뒤덮인 유리와 신비 없는 하늘 아래
시계가 보통 때와 같이 가는 중이라 폭발이 뒤따랐다

모자를 힘껏 이마 위로 잡아당기고 그들 갈라져나갔다
별의 선조들이 자기들 의복보다 더 작게
생각했다 어린 시절 연 몸 떨었지 팽팽한 줄이 손안에서
그리고 이제 모든 것이 그들로부터 분리되었다
시계가 그들 위해 분주했고 그들에게 남은 것 오로지
아버지의 유품 같은, 낡은 은(銀) 맥박 하나

저녁에 숲 근처 집, 짐승과 양치식물 없는
콘크리트 포장도로와 전기부엉이 있는 숲 근처 집에서
그들이 아이들에게 읽어주리라 다이달로스 이야기를
그리스인들이 맞아 달을 원한 게 아니지 별도 아니고
그는 다만 새였다 머물렀지 자연의 질서 안에
그리고 그가 창조한 것들 그를 따랐다 짐승들처럼
그리고 그가 등, 날개와 운명의 그것에 걸쳤던 외투처럼

벌거벗은 도시

그 도시, 평원 위에 평평하기 금속판 같은
성당의 절단된 손가락 가리키는 발톱 있는
포장도로가 내장 색깔이고 집들이 살갗 벗겨진
그 도시, 태양의 노란 파장 아래
달의 석회질 파장 아래

오 도시 어떤 도시냐 말해다오 무슨 도시인지
어느 별 아래 어느 길 위에 있는지

사람들은: 일한다 도살장에서 거대한 날 콘크리트
벽돌 속이다 바닥에 흥건한 피 냄새와
짐승들의 참회 찬송 있는가 시인들(말없는 시인들)
몇몇 부대들 있다 거대한 우르르 소리, 교외 병영의
일요일이면 다리 건너 가시나무 숲 차가운 모래 위
붉은 풀밭에서 아가씨들 받는다 군인들을
있지 꿈에 바쳐진 장소들도 몇 군데 영화관,
벽이 하얀, 그 벽에 부재하는 것들의 그림자 던져져 있고
작은 홀들, 알코올이 얇고 두터운 잔에 따라지던
있다 또한 개들이 마침내 굶주린 개들, 울부짖는
식으로 도시 경계를 나타내는 그것들이 아멘
그렇게 여전히 네가 묻는다 어떤 도시냐
통렬하게 분노할 만한 그 도시 어디에 있느냐

어느 바람의 심금 위 공기의 어느 기둥 아래냐
그리고 거기 누가 사느냐 우리와 피부색이 똑같은 사람이냐
아니면 우리 얼굴을 한 사람이냐 아니면

민족 문제에 대한 생각

우리가 똑같은 악담을 퍼붓고
비슷한 사랑의 마법을 쓴다 해서
멋대로 결론을 내리면 안 되지
같은 강의를 들었다는 것도
죽일
충분한 전제가 될 리 없다.
마찬가지 경우다 땅도
(버드나무들 모래 뒤덮인 길 밀밭 하늘 더하기 솜털 구름)

나는 결국 알고 싶은 거다
어디서 설득이 끝나고
진짜 관계가 시작되는지
역사를 살아내느라
정신적 왜곡을 당하고
우리가 이제 사사건건 까칠한 옳음으로 반응하는 것 아닌지
우리는 여전히 야만족 아닌지
인공 호수와 전기 숲 한가운데서 말이지

솔직히 나는 모르겠다
다만 언명한다
이 관계의 있음을
드러나지 그것은 창백에서

그리고 갑작스런 붉어짐에서
울부짖음에서 활짝 벌린 팔에서
그리고 나는 안다 그것이 데려가는 곳
서둘러 판 구멍일 수 있다는 것을

그러니 결국 유서 형태로
알릴밖에:
나 반란을 부추겼으나
생각하노니 이 피 흘리는 매듭
마땅히 마지막이었으면 한다
자신을 해방시키며
헝클어뜨린

우선 개가
라이카*에게

그렇게 우선 갈 것이다 착한 개가
그리고 나서는 돼지나 나귀 한 마리가
검은 풀밭에 길을 내겠지
그뒤를 첫 인간이 살그머니 따르고
그가 철의 손으로 막으리라
자신의 유리 이마 위 두려움 한 방울을

그렇게 우선 개 온화한 똥개,
한 번도 우리를 떠난 적 없는 그것이
지상의 등잔과 뼈를 꿈꾸며
빙빙 도는 자신의 개집 속에서 잠들 것이다
끓고—마르지 그의 따스한 피는

그러나 우리는 개 뒤에서 두번째 개,
가죽끈으로 우리를 이끄는 그것 뒤에서
우리는 우주비행사의 흰 지팡이 짚고
서툴고 거칠게 밀쳐대지 별들을
아무것도 보지 않고 듣지 않고

---

* Laika. 1957년 소비에트 우주선 스푸트니크 2호에 탑승했던 모스크바의 집 잃은 개. 궤도 비행 며칠째에 평화로이 죽었다는 당시 당국 발표와 달리 발사 몇 시간 후 과열과 스트레스로 죽었다.

쳐댄다 주먹으로 어두운 창공을
온갖 파장에 짐승 낑낑대는 소리

무엇이든 여행에 가져갈 수 있다
어두운 세계의 괴저를 통과하는 여행에
사람 이름 사과 향기
소리의 견과 색의 4분의 1
이것들 모두 가져가야지 돌아오려면
돌아와 가능한 한 빨리 길 찾으려면
우리를 이끄는 눈먼 개가
달한테 그러듯 지구한테 짖어댈 때 말이지

묘사해보다

우선 묘사하겠다 내 자신을
머리부터
아니 발부터가 더 나을까
아니면 손부터
내 왼손 새끼손가락부터

내 새끼손가락
은 따스하다
약간 굽었다 안으로
손톱으로 끝나고
세 개 분절로 구성된다
손바닥에서 곧장 자라난다
따로라면
꽤 큰 벌레일 터

특이한 손가락이다
세상에 단 하나 내 왼손 새끼손가락,
내게 직접 주어진

다른 왼손 새끼손가락들
은 차가운 추상이다.
내 손가락과

나는 공유한다 생일을
사망일을
공유한다 외로움을

오로지 피가
어두운 동어 반복 운율 읊어대며
한데 묶는다 멀리 있는 해변들을
의견 일치의 끈으로

사물 연구

1

가장 아름다운 것은 사물이다,
존재하지 않는

쓰이지 않는다 물을 담는 데도
영웅의 재를 보관하는 데도

그것을 안티고네가 껴안지 않았고
익사하지 않았다 그 안에서 한 마리 쥐가

구멍이 없고
통째 열렸다

보인다
어느 쪽에서도
말하자면 그냥
느낌이 온다는 거지

그것의 모든 선(線)들의
머리카락
합쳐진다
하나의 빛 흐름으로

눈멂
도
죽음
도
잡아 뜯을 수 없지 사물,
존재하지 않는 그것을

2
표시해보라 장소,
존재하지 않는
사물이 서 있던 그곳을
검은 정사각형으로
그러면
똑바른 비가(悲歌) 되리라,
아름다운 부재를 위한

남성적 슬픔,
사각형으로
닫힌

3

이제
공간 전체가
고조된다 대양처럼

허리케인이 매질해댄다
검은 돛을

눈보라 날개 돈다
검은 정사각형 위로

그리고 가라앉는다 섬
소금기 있는 급등 아래로

4

이제 갖게 되었다
텅 빈 공간,
사물보다 더 아름다운
사물이 떠난 장소보다 더 아름다운
그것은 세계 이전
하얀 천국,
온갖 가능성의

우리는 그곳에 들어갈 수 있다
소리칠 수 있다
수직-수평으로

갈긴다 벌거벗은 수평선을
수직의 번개가

이 정도로도 우리는
이미 창조한 것이다 세계를

5
귀를 기울일 것 충고,
내적인 눈의 그것에

굴복하지 말 것
속삭임에 중얼거림에 혀 차는 소리에

그것은 창조되지 않은 세계다,
그림의 입구로 밀착해오는

천사들이 제공하고 있다
장밋빛 구름 씨실을

나무들이 채워놓고 있다 도처에
단정치 않은 초록 머리카락을

왕들이 자주색을 추천하고
명 내리고 있다 나팔수들에게
금칠하라고

심지어 고래가 부탁한다 초상화를

귀기울이라 내적인 눈의 충고에
아무도 허하지 말 것

6

꺼낼 것
존재하지 않는
사물의 그림자로부터
남극 북극 공간으로부터
내적인 눈의 엄격한 꿈으로부터
의자 하나를

아름답고 쓸모없기

사막 속 성당 같은

그 의자 위에 놓을 것
구겨진 테이블보를
덧붙일 것, 질서의 개념에
모험의 개념을

그것이 신앙 고백이게 할 것
수평과 씨름하는 수직에 직면하여

그것이
천사들보다 더 조용하게 할 것
왕보다 더 당당하게 할 것
고래보다 더 실질적이게 할 것
마지막 것들의 얼굴을 하게 할 것

표현해다오 오 의자여
내적인 눈의 깊이를
필요의 무지개를
죽음의 동공을

자갈

자갈은 피조물이다,
완벽한

자신에 달하고
지킨다 자신의 경계를

꽉 차 있다 정확하게
돌 의미로

아무것도 상기시키지 않는 냄새
아무것도 놀라 달아나게 하지 않고 욕망을 일으키지 않는다

그 열의와 차가움
은 정당하고 권위로 꽉 차 있다

나는 느끼지 무거운 자책을
내가 그것을 손에 쥐면
그 숭고한 몸에
거짓 따스함 스며들 때

—자갈들은 길들여지지 않아
끝까지 우리를 쳐다보겠지

고요하고 아주 맑은 눈으로

물에 사는 말〔馬〕

크지 않다
해마
기껏해야
삼 인치
반

강력한 장갑(裝甲)이 보호한다
그것의 존재,
소화관
생식기관
뇌 매듭을

친절한 인상,
차 마시는 출납원의 그것은
어울리지 않지 이 킬러,
민물 정수(靜水)의 이놈 성격에는

이놈은 사냥한다 머리 큰 물고기를
물러서지 않는 꼬리로
친다 머리 맨 아래
급소를

싸우다 몸이 뒤엉켜
그것들 씨름한다 오래
흔들리는 수초들 가운데
야단스러운 침묵 속에서

일 년에 두 번
그것들 직조한다 물의 사랑을

여섯 주 지나면
터지네 암컷의 막성(膜性) 배가
알이 너무 많거든
토해낸다 암컷이 경련으로
딱딱한 물체에 몸을 문질러대며
그러면 강바닥으로 떨어지지
그 고통 출산의 껍데기가

이듬해
가을 무렵
물에 사는 말
죽는다

수초들의 탑 위에

종 울리지 않는다
그리고 흘리지 않는다
호수가 눈물을

*

물에 사는 말들의 성당들
그것들의 서커스와 수로(水路) 들
그것들은 어디로 가라앉았는지
혹은 언제 올라올지

누가 증명해줄지 그것들 필요하다는 것을

누가 받아줄지 그것들의 존재를

드러냄

두 번 아마도 세
번
자신했다
내가 사물의 본질을 만지고
그걸 알 거라고

내 공식의 세포조직,
『파이돈』에서처럼 암시들로 이뤄진 그것은
지녔었다 또한 치밀,
하이젠베르크 등식의 그것도

꼼짝 않고 앉아 있었다
눈물 글썽한 눈으로
느꼈다 내 등뼈 더미가
멀쩡한 분명(分明)으로 가득차는 것을

땅 섰다
하늘 섰다
나의 꼼짝 않음
거의 완벽했다

　　우편배달부가 벨을 울렸다

내가 지저분한 물을 붓고
차를 끓여야 했지

시바 신이 들어올렸다 손가락을
하늘과 땅의 가구들이
빙빙 돌기 시작했다

나는 돌아왔다 방,
그 완벽한 평화가 있는 곳으로
유리잔이라는 관념이
탁자 위로 엎질러지고 있었다

나는 앉았다 꼼짝 않고
눈물 글썽한 눈으로
공허로 가득 채워져
그러니까 욕망으로 가득

그런 일이 다시 한번 일어난다면
나는 움직이지 않을 테다 우편배달부 벨 소리에도
천사들의 비명소리에도

앉아 있어야지

꼼짝 않고
응시하면서
사물의 핵심을 말이지

죽은 별 하나를

무한의 검은 방울 하나를

능수버들

전투 이야기를 하는 중이었다
탑과 군함
살해당하는 영웅과
살해하는 영웅 이야기를
그런데 까먹었다 이 사람을

바다 폭풍우 이야기를 하는 중이었다
세게 후려 맞은 벽
불타는 곡식과
때려눕혀진 언덕들 이야기를
그런데 까먹었다 능수버들을

　창에 꿰뚫려
　땅에 눕고
　상처의 입술이
　닫히면
　그는 보지 못한다
　바다도
　도시도
　친구도
　그의 눈에 보이는 것은
　얼굴 바로 앞에

능수버들

그가 들어간다
능수버들의
가장 높은 마른 가지로
그리고 갈색 잎 푸른 잎을
우회,
시도한다
날아가기를
날개 없이
피 없이
생각 없이
—없이

내면의 목소리

내 내면의 목소리는
아무 충고도 하지 않는다
아주 경고도 하지 않는다

예스라고도
노라고도 하지 않는다

약하게 들리고
분절이 거의 없다

아주 깊숙이 수그려도
들리는 건 오로지 의미가
찢겨나간 음절뿐이다

나는 노력하지 그가 귀먹게 하지 않으려고
그를 잘 대해준다

그를 동격으로 대하는 척
그에게 관심을 가진 척 해준다

어떤 때는 심지어
노력한다 그와 얘기를 나누려고

—알다시피 어제 내가 말을 했다
전에는 그런 적 한 번도 없지
이제 그러지도 않을 것이고

—글루—글루

—그래 너는
내가 잘했다고 보는구나

—가—고—기

받아들인다니 좋네

—마—아—

—그래 이제 좀 쉬고
내일 다시 담소 나누자구

그는 내게 아무 소용이 없다
그에 대해 잊으면 그만이지

나는 아무 희망도 없고

약간의 슬픔이 있다
그가 거기
자비를 덮고 누워
무겁게 숨을 쉬고
입을 열고
자신의 마비된 머리를
들어올리려고 노력할 때

하늘에 못 하나

내 생애 가장 아름다운 파랑이었다: 물기 없고, 단단하고, 너무 맑아, 숨이 멎을 정도였다. 거기서 나오고 있었다 천천히 엄청난 공기 천사들이.

그건 갑자기 내 눈에 못 하나 들어왔을 때까지, 녹슨, 하늘에 비스듬히 박힌 못 하나가. 노력했지 그것에 대해 잊으려고. 소용없었다, 내 눈 구석이 계속 붙들고 늘어졌다 그 못을.

하여 내 하늘 가운데 무엇이 남았나? 눈언저리 멍든 파랑.

내 뼈들에게

꿈속에서 그것들 찢고 나온다
내 빈약한 살갗을
붉은 살덩이 붕대를 떨쳐내고
방을 가로지르며 산보한다
내 기념비다, 약간 불완전한

우리는 낭비할 수 있다
눈물과 피를
가장 오래 이곳에 남아 있을 것은
현명하게 준비되어야 하지

더 낫다 사제의 마른 손가락으로
모래 구름에서 방울방울 떨어지는 비한테 그러는 것보다
내 기념비는 대학에 넘기는 것이

그들이 세워놓겠지 밝은 유리 보관장 안에
그리고 기도할 것이다 라틴어로
이마뼈로 만든 제단 앞에서

뼈와 겉을 계산 처리하고
잊지 않겠지 무시하지 않겠지

행복하게 나는 건네겠다 내 눈 색깔을
손톱과 눈썹 모양을
나, 완벽하게 객관적인 자,
해부의 하얀 수정으로 만든 나는

생각 통조림
심장 가둔 새장
뼈 더미
그리고 두 정강이

너, 나의 불완전한 기념비여

나무 주사위

나무 주사위는 바깥에서만 묘사될 수 있다. 우리는 그러므로 영원히 그것의 핵심을 알지 못하게 될 저주를 받았다. 재빨리 둘로 갈라봤자, 그 즉시 그것의 내부가 벽으로 되고 번개처럼 빠르게 신비는 살갗으로 변형된다.

이런 이유로 창설이 불가능하다 돌 공의, 쇠막대의, 나무 정육면체의 심리학은.

교회 생쥐

시궁창 가장자리로 나아갔다 배고픈 생쥐 한 마리. 그것 앞에 하얀 치즈 대신 교회 놓였다. 생쥐가 그 안으로 들어갔다 겸손 아니라, 우연으로.

온갖 걸 했지, 그래야 할 일은: 십자가에 기어오르고, 제단 앞에 무릎 꿇고, 잤다 신도 좌석에서. 내리지 않았지 그것한테 만나 낟알 단 하나도. 주께서는 업무중이셨다 이 시간 대양을 조용히시키는.

생쥐는 여태 교회 바깥으로 나갈 수가 없었다. 교회 생쥐가 되었다. 근본적인 차이가 있지. 들에 사는 여동생 생쥐들보다 훨씬 더 신경이 예민해서, 그것은 먼지와, 몰약 냄새가 양식이었고, 그래서 쉽게 흔적을 들켰다. 그것은 매우 오래 단식할 수 있었다.

물론 모종의 한계는 있는 법.

황금 성배 바닥에서 사람들 발견한 적 있다 갈구의 검은 방울 하나를.

굴뚝

집 위로 자란다 또하나 집 다만 지붕이 없지—굴뚝. 그 길로 나온다 부엌 냄새와 나의 한숨이. 굴뚝은 공정하다, 그것들 가르지 않는다. 하나의 거대한 깃털 머리장식. 검은, 매우 검은.

혀

뜻하지 않게 그녀 이빨 경계를 넘어 삼켰다 그녀의 날랜 혀를. 그것은 이제 내 안에 산다 일본 물고기처럼. 문지른다 내 가슴과 횡격막을 수족관 벽에 대고 그러듯. 일으킨다 먼지를 바닥에서.

이 사람, 내가 목소리를 빼앗은, 나를 큰 눈으로 응시하며 내 말을 기다린다.

하지만 나는 모르겠다, 어떤 혀로 그녀에게 말할지—훔쳐온 혀로 할지, 아니면 그 혀, 내 입안에서 무거운 친절 과잉으로 녹는 그것으로 할지.

시계

겉보기에 그것은 아무 일 없는 방앗간 주인 얼굴, 사과 한 알처럼 꽉 차 빛난다. 검은 머리카락 하나만 그 위에서 움직인다. 안을 들여다보면: 구더기들 둥지, 개미집 내부. 이런 것이 우리를 영원으로 인도했다고.

심장

인간의 모든 장기는 대머리고 매끄럽다. 대머리지 위장이, 내장이, 허파가. 심장만 머리카락이 있다—붉은, 두터운, 때로는 매우 긴. 이건 좋지 않다. 심장의 머리카락은 간섭한다 피의 흐름에, 수초처럼. 종종 벌레들이 묻어 살기도 한다. 깊이 사랑해야, 우리는 가까스로 떼어낼 수 있다 따스한 마음의 머리카락에서 그 작고 분주한 기생충들을.

악마

그는 완전 실패한 악마다. 꼬리도. 길거나, 살집 있고 마무리가 검은 귀얄 털인 게 아니라, 짧고, 솜털 났고 우스꽝스럽게 튀어나왔다 토끼처럼. 살갗은 분홍, 단지 왼쪽 주걱 어깨뼈 밑에 금화 한 닢 크기 모반. 하지만 최악은 뿔이다. 다른 악마들과 달리 밖으로 자라지 않고, 안으로, 두뇌 속으로 자란다. 그래서 그가 그토록 자주 두통을 겪는다.

그는 슬프다. 하루종일 잔다. 그의 마음을 끌지 못한다 악도, 선도. 그가 길을 갈 때, 분명, 동력을 주는 것은 분홍빛 날개다, 그의 허파의.

어떻게든 천사만은

죽음 이후 그들이 우리를 한 점 시든 불꽃으로 변형시켜, 바람의 길 밝게 할 요량이라면—반역할밖에. 아무것도 아니지 영원한 안식, 공기의 가슴 위, 노란 영광의 그림자 속, 이차원적 합창의 중얼거림 가운데 그것은.

들어가야지 돌 속으로, 나무속으로, 물속으로, 문틈 속으로. 낫다 삐걱거리는 마루가 끔찍하게 명징한 완벽보다 더.

영혼의 위생

우리가 사는 곳은 우리 육체의 좁은 침대 속이다. 초짜들만 꼼지락대지 그 안에서 쉼 없이. 자신을 축으로 한 선회는 금물, 그럴 경우 날카로운 실이 실패에 감기듯 심장에 감겨드니까

양손을 목 뒤로 깍지 끼고, 눈을 가늘게 뜨고, 더 가야지 그 느른한 강을, '머리카락의 샘'에서 첫번째 '거대한 발톱의 폭포'까지.

탁자 조심

탁자에서는 조용히 앉아야 되고 백일몽 꾸면 안 되지. 생각해 봐, 얼마나 힘들었을까, 속이 휘저어진 바다의 흐름이 고요한 항아리로 배열되려면. 방심하는 일순, 모든 게 씻겨나갈 수 있다. 탁자 다리를 문질러도 안 된다, 매우 예민하니까. 탁자에서는 모든 진행이 쿨하고 간단명료해야 하지. 충분히 생각지 않은 문제로 여기 앉아 있으면 안 돼. 백일몽용으로는 다른 목재 물건이 있잖나: 숲, 침대.

의자

따스한 목이 가로대로 변할 줄이야, 혹은 도망쳐 놀고 싶은 다리가 뻣뻣해져 네 개의 꼿꼿한 목발로 될 줄이야. 전에는 의자가 아름다운, 꽃을 먹고 사는 짐승이었다. 하지만 너무 쉽사리 길들임에 몸을 내주었고 이제 네발짐승 가운데 가장 비참한 종(種)이다. 잃었다 완강과 용기를. 잘 참을 뿐이다. 누구를 짓밟은 적 한 번 없고 누구를 날라간 적 한 번 없다. 분명 인식하고 있다 낭비된 생을.

의자의 절망이 드러난다 삐걱거림에서.

세상이 설 때

매우 드문 일이다. 지구의 축이 삐걱이고 선다. 그런 다음 모든 것이 선다: 폭풍우, 선박과, 계곡에서 풀 뜯는 구름들. 모든 것이. 심지어 초원의 말들도 꼼짝 않는다 시작되지 않은 체스 게임에서처럼.

그리고 얼마 후 세상이 움직여간다. 대양이 삼키고 토한다, 계곡에 김이 난다, 말들이 건너간다 검은 밭에서 흰 밭으로. 공기가 공기를 때리는 요란굉장한 소리도 들린다.

나무꾼

아침이면 나무꾼 숲으로 들어가 내동댕이친다 자기 뒤로 거대한 오크나무들을. 나무들의 초록 머리카락 무서워 일어선다. 들린다 그루터기의 낮춘 신음과 가지의 마른 고함.

그러나 나무꾼 나무로 만족하지 않는다. 사냥하지 태양을. 수풀 가장자리에서 잡는다. 저녁에 지평선을 비추는 건 쪼개진 나무 몸통. 그 위로 큰 도끼가 식는 중.

날씨

하늘 봉투 속에 우리한테 부친 편지가 있지. 거대한 공기, 폭넓은, 오렌지와 하양 줄을 이룬. 우리 앞에 간다 친절한 거인이: 몸을 흔들며. 막대기에 반짝이는 공 달아 매고.

명銘

1969

프롤로그

그

누구를 내가 연주하느냐고? 잠긴 창과
오만하게 반짝이는 문손잡이
비의 바순—슬픈 시궁창과
더러운 거품 한가운데 춤추는 쥐들

마지막 캐틀드럼, 폭탄이 때려대는 그것
이 평범한 장례였다, 뜰에서의
두 널 십자가와 구멍 난 전투모와
하늘에 거대한 장미 화염이

합창

쇠꼬챙이로 송아지가 돌아간다.
오븐에서 익는다 갈색 빵이.
불이 꺼진다. 회복된 불꽃만 영원히 지속되지.

그

그리고 조잡한 명(銘), 그 널 위에
이름들, 예포처럼 짧은
'그리핀', '늑대'와 '총알'* 기억하는 자의
이름들 빛이 바랬다 붉은 색깔 빗속에

세탁했다 숱한 해가 지나서야
붕대를. 이제 아무도 울지 않는다
성냥갑 안에서
군복 상의 단추를 우두우둑 씹으며

합창

던져버리라 유품들을. 기억을 불태우고 새로운 생의 흐름에 합류해.

땅만 있다. 하나의 땅과 그 위로 계절이 있지.

벌레의 전쟁—인간의 전쟁 그리고는 짧은 죽음들, 꿀꽃 위에.

익을 것이다 곡식. 꽃필 것이다 오크나무. 대양으로 간다 강은 산에서.

---

* 모두 폴란드 레지스탕스 투사들 가명.

그

나는 상류로 헤엄치고 그들이 나와 함께다
가차없지 나를 쳐다보는 그들의 눈
완고하게 속삭인다 옛날의 단어들을
먹는다 우리는 쓰라린 절망의 빵을

나는 그들을 데려다줘야 해 마른 곳으로
그리고 모랫둑을 쌓아야 해 크게
꽃비 내리는 봄이 그들을
질초록 잠 속으로 현혹시키기 전에

그 도시—

합창

이제 없다 이 도시
땅속으로 내려갔지

그

여전히 반짝인다

합창

숲속 부패처럼

그

텅 빈 곳이지만
여전히 그 위에서 공기가 몸을 떤다
그들 목소리로

*

혼탁한 강이 흐르는 그 도랑을
나는 비스툴라라 부르지. 받아들이기 힘들구나:
이 사랑의 형벌이 우리의 운명이라는 것
이것이 우리를 꿰찌르는 조국이라는 것

섬

있다 갑자기 섬이 조각이 바다가 요람이
무덤들이 에테르와 소금 사이
그 오솔길 연기가 바위를 휘감고
목청을 높이지 솨솨 소리와 침묵 위로
여기가 계절의 방향의 세계의 집이고
그늘 좋고 밤 좋고 태양 좋다
대양은 기꺼이 이곳에 뼈를 묻을 터
하늘의 고단한 팔을 감싼다 잎새들이
원소들의 비명 속 부서지기 쉬운 그것을
밤 언덕에서 인간의 불이 수다떨 때
그리고 아침 오로라가 빛나기 전
첫번째로 양치식물에서 원천의 빛 인다

하강

계단이 없었지만 계단 내려가듯 발을 밟았다
왜냐면 빛의 축배를 너무 든 돌이었다
그가 먼 산맥에서 어깨에 지고 온 것은
아침 하늘 파랑 날개 윤곽 같았지
이슬의 따스한 마음을 지닌 공기의 종소리
길은 물방앗간 근처 다리와
멈춰 선 초록 구름 무리를 거쳐
내포까지 이른다, 거기서 즐거운 떼거리
새와 사람들이 무거운 시계를 익사시키고

깨어남

공포가 가라앉았을 때 나갔다 투광조명이
보니 우리는 쓰레기 더미 위에 있었다 아주 이상한 자세로

몇몇은 목을 죽 뻗고
다른 몇몇은 입을 벌리고 입에서 여전히 조국이 뚝뚝 떨어지는데

또다른 몇몇은 주먹으로 눈을 누르고
수축, 단호하고 애처로운 태세의
우리는 손에 들고 있었다 뼈와 판금 조각을
(투광조명 빛이 변형시켰었다 그것들을 상징으로)
그러나 이제 그것들은 단지 뼈와 판금일 뿐이었다

갈 곳이 없어 우리는 머물렀다 그 쓰레기 더미 위에
깔끔하게 정리했다
뼈와 판금을 치워두었다 문서고에다

귀를 기울였다 전차 지저귀는 소리에 제비 같은 공장 목소리에
그리고 새로운 생이 우리 발아래 펼쳐지고 있었다

그곳

나는 돌아갔다 그리로 몇 년 지난 후
아마도 너무 배부른 상태로

점검하고 싶었다 그곳을

언덕들 더 작았다
구멍 참호에
갈색 물 흘렀다

풀밭 대체로 똑같은
안젤리카였다

축소된 전망
이야말로 멀쩡한 것이었지
그토록 커다란 공포에
그토록 커다란 희망에

새들 날았다
낮은 가지에서
높은 가지로

그렇게 그것들 있음에도

나는 찾을 수 없었다 확증을

***

신선합니다
방금 잡은 것처럼
두터운 피가 꽉대기고
바닷물고기 만하지요

광고하며 그녀 광장을 돈다
그것에 소금을 뿌리고
큰소리로 권한다

신선합니다
방금 잡은 것처럼
이 바이올렛색 정맥은
사실 별 얘기 아네요

사람들 다가간다
손가락으로 더듬는다
머리를 흔든다

자기 가슴에 갖다 댈 때
그때 그녀는 정말 느낀다
신선하고
여전히 따스한 것을

신선합니다
방금 잡은 것처럼
파렴치한 크기죠

누구 상처 하나 들여놓으실 분

머물다

우리는 작은 도시에서 잠시 멈췄다 주인이
탁자를 정원으로 내가게 했다 첫 별이
빛나고 꺼졌다 우리는 빵을 뜯었다
귀뚜라미 소리 들렸다 저녁 명아주풀 속에서
울음 그러나 어린아이 울음 그밖에는 부산함,
벌레들의 인간의 두터운 냄새, 땅의
벽에 등지고 앉은 이들한테는
보였다—이제 라일락빛인—교수대 언덕이
벽 위에 밀집한 담쟁이덩굴, 처형의

우리는 많이 먹었다
아무도 식대를 내지 않을 때 대개 그러듯이

도시의 작별 인사

굴뚝이 경례한다 이 떠남에 연기로

강 아래로 떠간다 바지선 한 척 창유리 떨며 흐느낀다
회반죽이 놓는다 자갈 깔린 길 위에 회색 화환을
뻗는다 먼지의 머리카락 거의 무한 속으로

섬 위에 검은 케이블 속 빛의 우당탕퉁탕 속에
게 모양 눈먼 성당이 뚝뚝 흘리고 있다 검댕을

합창대의 돌 입들
예언자의 머리들, 조가비와 뼈 왈각달각 소리
찬송가 선물, 별과 장미 그리고 성배에 주는 그것을

도시 한가운데를 거지 장례식처럼 서두르며
강 아래로 떠간다 바지선 한 척 돌무더기 잔뜩 싣고

오솔길

아니었다 진리의 오솔길 그냥 오솔길이었다
붉은 뿌리 가로질렀고 떨어진 솔잎 양쪽에
그리고 수풀, 월귤나무와 불확실한 혼령 들로 가득찬

진리의 오솔길 아니었지 왜냐면 갑자기 그것
단일성을 잃었고 그뒤로 계속 생에서
우리의 목표가 불분명한 바였다

오른쪽에 샘이 있었다

샘을 택하면 어두운 계단 밟고 들어가지
갈수록 깊어지는 어둠 속으로 눈먼 더듬이만으로
원소들의 어머니, 탈레스가 경의를 표했던 그것 쪽으로
그리고 마침내 화해한다 축축한 사물의 핵심과
까닭의 검은 알갱이와

왼쪽에 언덕 있었다

주었다 그것은 안식과 전체 조망을
숲의 경계와 어두운 덩어리
서로 다른 각각의 잎새 그루터기 산딸기 아니라
숲은 많은 숲들 가운데 하나라는, 위안이 되는 지식을

정말 불가능한 것인지, 샘과 언덕을 이데아와 잎새들을
한꺼번에 누린다는 게
그리고 너무 밝은 추상의 어두운 연금술의
악마의 용광로 없이 다중성을 부어낸다는 게

흔한 죽음

타데우시 제브로프스키에게*

무엇이었나 죽음은 앞서:
속수무책의 하얀 개미 알들,
길 잃은, 숲속 어린 숲속에
허파 오크나무 아래 심장 굴속에
거기에 급류 터져 온통 쿵쾅대고
샘이고—마신다 입이

작은 무게 없는 하양 흘러
가운데서 떨어진다 흉부 바닥에
체내 촉각 거둔다 촉수를
꺼져간다 의식의 횃불
시각 외면하고 청각 장애가 온다

나를 나르지 빛 받은 손가락으로
사랑의 양초 밀랍의 눈물로
불꽃 딱딱해진다 살갗 밑으로
양초가 칼처럼 파고들고
늑골을 눈먼 부리로 두드려
순간에 영원을 부여하려 할 때에

---

* Tadeusz Zebrowski. 헤르베르트의 처남.

눈 돌려 찬장 대신
거울과 촛불과 잠든 머리 대신
대동맥 쪽을 보면
보인다 심장 바닥에서의 일
그 작은 무게 없는 하양 이제
고치를 찢어 열고 한 마리 벌이다

나는 잘 안다 여섯 개 다리의 촉각,
꿀 위로 오를 때의 그것을 알지
갑작스런 톡 쏨, 그것이 자면서
꿈꾸는 것이 섬세한 정맥 줄기 위
끈적한 꽃 아닌 다른 꽃일 때의 그것도

운명 아니라 번개 아니라 벌레 한 마리가
달한다 솔잎 바늘처럼
갖고 다닌다 키틴질 집게 속에
—텅 빈 심장 벌집 속에

겨울 정원

가볍게 두드렸다 서리 발톱이 창을
두 눈 열린다 정원 쪽으로
감각으로는 움직이지 않는 나무들
빠르게 빙빙 돈다 가벼운 유리 속에서
그리고 무모한 발톱만이
설명한다 그 비상을 풀려난 흰서리로

더이상 없다 발이 끈적했던 땅
꽃의 사체 속에 묻혔고
옮겨 갔다 눈구름 뒤
가벼운 중력 선 위로
그리고 오로지 일순의 검은 그루터기와
베이스처럼 귀먹은 가지만이
비슷했다 땅의 목소리,
서리 불이 귀먹게 하기 전 그것과

마름모꼴들 삼각형들 피라미드들로부터
무릅쓰면서—가만히 못 있는 머리카락 선,
그것 통해 피가 뚝뚝 떨어지는
부적절하게 겹쳐진 비단
나비 묻을 초록색 관(棺)을 말이지—
마름모꼴들 삼각형들 피라미드들로부터

재건축되었다 현명한 정원
다이아몬드로 고정시키지 그물을 평면이
더이상 초대하지 않을 것이다 벌레들을
꿀과 독의 잔치에 말이지

반가이 맞으라 서리를 너희 새들로부터
그것의 숙련된 부리가 심장을 꺼낼 때
둥지인양 길 위에 지나간 자취를 망가트리고
강 위를 걸으라 명할 때
검은 그루터기 무거운 몸에서
자라날 것이다 가지 하나가 하얀 숨이
자라나 우리들 온갖 꿈의 원자를
공기와 다시 연결할 것이다.

재판 언저리에서

산헤드린은 밤에 재판을 열지 않았다
검음은 상상력에 필요하지
비까번쩍 충돌한다 관습과는

있을 법한 일이 아니지
유월절 공휴 율법 더럽혀진 게
체구 작은 위험한 갈릴리인 때문이라니
수상해 의견 합치,
전통적인 두 적대 세력의 그것은—사두개인과 바리새인 말야

카야파 몫이었다 심문 업무는
형법은 로마인 수중에 있었지
그렇다면 왜 부르냔 말야 그림자들과
군중, 바라바를 달라고 울부짖는 그들을

겉보기에 모든 일이 벌어진 것은 법원 서기들 사이
창백한 빌라도와 4분의 1 주(州) 영주 헤롯 사이
흠잡을 데 없는 행정 처리지만
누가 그것으로 드라마를 만들 수 있겠나

그래서 나오는 거지 시나리오, 소심한 수염쟁이들 나오고
왁자한 무리들이 일명 해골

언덕에 모이는 시나리오가

잿빛일 수 있으니까
수난의 열정은커녕

천사 심문

그들 앞에
의심의 그림자로 설 때
그는 여전히 통째
빛의 물질이다

머리카락의 영겁
매였다 고수머리,
결백의 그것으로

첫 질문 후
뺨이 피로 확 붉어진다

피가 더 몰린다
도구와 심문으로

쇠막대기로
느린 불로
정해진다 경계,
그의 육체의 그것이

등 때림 한 번이
굳히지 그의 등뼈를

물웅덩이와 구름 사이

며칠 밤 지나
작업은 완료된다
천사의 목구멍 살갗이
가득찼다 끈적한 합의(合意)로

얼마나 아름다운가
그가 무릎 꿇는 순간은
죄 속으로 인간-육화하여
내용으로 흠뻑 적셔져서 말이지

그의 혀 망설인다
박살난 이빨과
자백 사이

그들이 그를 거꾸로 매단다

천사의 머리카락에서
뚝뚝 떨어진다 밀랍 눈물이
짓는다 바닥에
곧바른 예언을

천국 사정

천국에서는 주 삼십 시간 근무다
급여가 더 높고 물가가 계속 내려간다
육체노동이 피곤하지 않다(인력(引力)이 덜한 관계로)
나무 빠개는 게 타이프 치는 거와 같고
사회체제 지속적이고 통치자 사려 깊다
정말 천국 형편은 어느 나라보다 더 낫다

처음 예정은 달랐지—
합창대가 이룬 빛나는 척추뼈 모양과 추상의 단계
그러나 정확하게 떼어낼 수 없었다
육체를 영혼에서 하여 영혼이 이리 온 거라
지방 한 방울과 근육 한 가닥을 갖고 말이지
결론을 내릴밖에 없었다
절대의 알갱이를 진흙 알갱이와 섞기로
또 한번의 원칙 위배 마지막 원칙 위배
오직 요한이 그걸 예견했다: 육신의 부활

하나님 보는 자 얼마 되지 않는다
하나님은 순전한 영(靈)들한테만 보이지
나머지는 듣는다 기적과 홍수에 대한 공식 발표를
언젠가는 모두 하나님을 보게 되리라
그 일이 언제일지 아무도 모른다

당분간은 토요일 한낮 정오
사이렌 음매 운다 달콤하게
그리고 공장을 떠난다 천상의 프롤레타리아들이
겨드랑이 속에 품고 다니지 서툴게 그들 날개를 바이올린처럼

생-베노아 일화

르와르 강변 낡은 수도원
(온갖 나무들의 즙이 이 강으로 흘러들었으니)
바실리카 입구 앞
(나르텍스가 아니고 돌 알레고리다)
한 대접받침 위에서
벌거벗은 막스 야콥*
잡아 뜯기고 있다
악마와 날개 넷인 대천사에 의해

이 레슬링의 결과는
발표되지 않았다
그 옆 대접받침
한테 말고는

사탄이 강력하게 쥐고 있다
찢겨나간 야콥의 팔을
나머지는
피 흘려 죽게 놔두고

---

* Max Jacob(1876~1944). 생-베노아-쉬르-르와르의 한 버려진 수도원에서 살다 프랑스 경찰한테 피체, 드랑시 과도 수용소에 사망한 프랑스 국적 유태인 시인.

보이지 않는 네 개의 날개 한가운데서 말이지

롬바르드족

엄청난 추위 닥쳐온다 롬바르드족한테서
단단히 말안장에 앉았다 물매진 의자인 듯
왼손에 아침을 들었다
오른손 채찍으로 빙하를 갈긴다 짐 나르는 짐승들을
불의 채찍질 소리 별의 재 등자의 진자 운동
그들의 손톱 아래 눈꺼풀 아래
이방의 핏덩이 검고 딱딱하기 부싯돌 같다
불붙은 가문비나무 짖는 소리, 말의 잉걸불의
걸어놓지 낭떠러지에서 뱀을 방패 곁에
꼿꼿하게 행군해온다 북쪽에서 깨어
거의 눈멀어 여인네들 불 위로 흔들어준다 붉은 아이들을

엄청난 추위 닥쳐온다 롬바르드족한테서
그들의 그림자 풀밭 태운다 그들이 계곡으로 내려갈 때에
외치면서, 늘어뜨린 아무것도 아무것도 아무것도 아냐 소리를 말이지

왕 묘사

왕의 수염, 지방과 갈채가
떨어져 급기야 도끼처럼 무거워진 그것이
나타난다 갑자기 죄수의 꿈에
그리고 살[肉]의 촛대 위에 홀로 빛난다 어둠 속에

고깃덩어리 손 하나 한 주(州)만큼 크다
그것을 한 농부 핥으며 가고 빙빙 돈다 소형 호위함 하나
왕홀 휘두르는 손 시들었다 남다름이
늙어 맛이 갔다 옛날 동전처럼

심장의 모래시계 속에서 모래 떨어진다 찔끔찔끔 게으르게
장화 벗겨진 발 구석에 보초처럼
서 있다 때는 밤에 왕좌 위에서 응고되며
왕이 후계자 없이 삼차원을 상실하는 때

시인의 집

전에는 이곳에 있었다 창유리에 숨이, 굽는 냄새가, 거울 속에 똑같은 얼굴이. 지금은 박물관이다. 닦아냈다 바닥의 식물군을, 비워냈다 서랍을, 실내를 떡칠했다 왁스로. 낮밤 없이 내내 열어두었다 창문을. 생쥐들 기피한다 이 기밀(氣密)의 집을.

침대가 깔끔하게 정돈되었다. 하지만 아무도 여기서 보내려 하지 않을 것이다 단 하룻밤도.

그의 옷장, 그의 침대와 그의 탁자 사이—하얀 윤곽, 부재의, 정확하기 그의 주물 손 같은.

말라코프스키*의 산골짜기

병사들 이끌고 율리우시 백작 간다 어두운 산골짜기 뚫고, 이끈다 산맥 속으로. 그는 하늘 파랑, 당비름색, 그리고 콧수염은 황금색. 산맥 속으로 이끈다 서어나무와 4월의 새들 와중.

그리고 여기서부터 쇄도, 러시아인들의, 숲속에 숲, 개미떼. 율리우시 백작 눈을 쳐든다, 찾는다 태양의 후광을. 구름에 가려졌다. 몸을 세운다 등자 딛고, 목을 내뻗는다, 하늘에서 광선 하나 끌어내고 싶다. 갑자기 어두워진다 그의 군복 장식띠가. 이제 더이상 기억나지 않는다 라틴어 문장이.

오늘날, 산골짜기 끝나는 곳에—회색 돌 하나와 삼종기도.

---

* Juliusz Małachowski 백작(1801~1831). 장군이자 시인. 1830~1831년 반 러시아 봉기를 이끌다 폴란드 동부 카지미에시 돌니에서 전사했고 그곳에 기념석이 세워졌다.

사제와 농부들

사제는 데려가지 농부들을 평평한 고지대로. 심는다 그들을 균등하게 감자처럼, 산성 둔덕 한가운데, 완만한 비탈에. 참피나무 잘 차려입었다가 잎새 흘리고.

농부는 사제들을 데려가고 싶어한다 밭으로. 방어하지 사제들은 하얀 손으로. 싫은 거다 이 이교도적인 씨뿌리기가. 한 번 흙으로 돌아갔으면 그만이지 무슨 꽃을 피운다고. 참피나무 잘 차려입었다가 잎새 흘리고.

그러니 교회지기 머큐리와 부닥쳐 거래해볼밖에, 줄을 잡아당기지 말라고, 그 무거운 심장 흔들지 말라고, 까마귀 겁주는 허수아비 짓 관두라고.

엮은 울타리

잡초 엮은 울타리와 사슬에 묶인 개들
달한테 달려들지 않도록 말이지
함께 나누는 밤, 사람과 파충류와 흙의
어두운 초록 속 축축한 바닥에

공유 목초지가 희미하게 파랑 띠자마자
농가 화답한다 삐걱거리는 삼주문으로
새벽에 가 있다 농부들 지평선에
데려가지 농부들을 농부들의 거대한 장화가
콩 줄기 받침 막대로 작은 태양 밀어내면서

토박이 악마

1

서쪽에서 왔다 10세기 초. 처음에는 터질 듯했다 에너지와 아이디어로. 도처에 들렸다 그의 발굽 달가닥 소리. 공기에서 악마 냄새났다. 이 처녀지, 하늘보다 지옥에 더 가까운 이곳이, 보였다 그에게 약속된 땅처럼. 변덕스런 민심이 원할 정도였지 검은 불의 세례를

언덕 위에 몸을 떨었다 종탑이. 수도사들 찍찍댔다 생쥐처럼. 흘렀다 병째 성수가.

2

성과 도시들을 그가 빌려주었다 연금술 학위자와 사기꾼 마법사들한테. 자신은 찔러넣었다 자신의 발톱 열 개를 나라의 건강한 고깃덩어리 속으로—농민들 말이다. 살 속을 깊이 파고들었지 하지만 남지 않았다 흔적은. 어머니 살해범들이 대충 뚝딱 세웠다 봉헌 예배당을. 타락한 아가씨들이 발돋움했다. 홀린 자들이 웃었다 백치처럼.

천사들 축 늘어졌다 근육이. 사람들 추락했다 무딘 덕(德) 속으로.

3

아주 빠르게 사라졌다 그에게서 유황 냄새가. 그가 풍기기 시작했다 결백의 건초 냄새를. 술을 조금씩 입에 댔다. 사라졌다 완벽하게. 외양간에 들어가도, 묶지 않는다 소꼬리들을. 지분대지 않는

다 밤에도 여편네들의 젖꼭지를.

그러나 그가 그 누구보다 더 오래 산다. 새조개처럼 완강하게, 우엉처럼 게으르게.

'장식적'과 진짜

삼차원 삽화, 한심한 교과서에 실린. 죽음처럼 하얀, 메마른 머리카락의, 텅 빈 화살통과 오글쪼글한 바커스 지팡이. 서 있다 꼼짝 않고 메마른 섬에, 녹음 우거진 하늘 아래 살아 있는 돌 사이. 대칭을 이루는 아프로디테류, 개들이 비통해하는 조브류, 술 취한 석고 바커스류. 자연의 치욕. 정원의 오점.

진짜 신들은 잠시만 그리고 마지못해서만 들어갔다 돌의 살갗 속으로. 그들의 강력한 책략들—벼락과 여명, 굶주림과 황금 비—이 요했다 보통 아닌 기동성을. 불타는 도시로부터 도망쳤다, 파도를 움켜쥐고 항해했다 멀리 떨어진 섬까지. 거지 누더기 차림으로 건넜다 시대 및 문명의 경계를.

뒤쫓기고 뒤쫓으며, 땀흘리며, 고함지르며, 도망자 인류를 좇는 중단 없는 추적에서 말이지.

투스쿨룸*

그는 한 번도 신뢰한 적 없었다 선박 밧줄의 행복을
그래서 샀다 정원 달린 집을 마침내 그들처럼
쓸 수 있을 거였다 자연과 조화를 이루며
높은 풀 탑 필멸의 잎새 한가운데서

곤충들의 근면을 백 년에 걸친 잡초들의 전쟁을
짐승들의 사랑 제의를 눈먼 살해를
질서가 없었다 단지 모래 흩뿌려진 길 하나
위안을 줄 뿐

그가 곧 물러나 달한 상태는 너무도 의심할 여지가 없어
아무도 감히 묻지 않았다

그 달아남의 불명예를

* Tusculum. 로마에서 십오 마일 떨어진 고대 라틴 도시. 키케로(Marcus Tullius Cicero, BC 106~43) 저택이 있었다.

케르눈노스*

새로운 신들 로마군을 따라왔다 점잖은 거리를 두고, 그래야, 베누스 엉덩이 흔드는 것이며 바쿠스 참지 못하고 웃음 터뜨리는 게 너무 부적절해 보이지 않았을 터, 재가 아직 따스하고 야만족 영웅들 시신을 예식에 따라 딱정벌레와 개미 들이 묻고 있는 판에 말이지.

오래된 신들 살폈다 나무 뒤에서 새로운 것들이 잠식해오는 것을 공감 없이, 그러나 찬탄하며. 창백하고 털 안 난 몸이 약해 보였지만, 마음을 끌었다.

언어적 어려움에도 불구하고 열리게 되었다 모임이 꼭대기에서. 몇 번의 회의 끝에 나뉘었다 세력 영역이. 오래된 신들이 받아들였다 부차적으로 지방에 머무는 것을. 그렇지만 더 큰 예식 때는 그들이 조각되었다 돌(성긴 사석)에 정복자 신들과 함께.

진짜 그림자를 이 협동에 던진 것이 케르눈노스였다. 동료가 채근하여 정말 그 라틴식 결말을 받아들이기는 하였으나, 그의 뻗으며 계속 자라는 뿔을 어떤 화관으로도 숨길 수 없었다.

그러므로 그의 주거지는 대개 오지 숲이었다. 자주 보였다 어두운 숲 개간지에서. 한 손에 들고 있다 어린 양 머리를 한 뱀 한 마리를, 다른 손은 그린다 공중에 도무지 알 수 없는 기호를.

---

* Cernunnos. 풍요와 연관된 브리튼 골족 신화 뿔 달린 신.

궁정과 면한 언덕

미노스 궁정과 면한 언덕은 그리스 극장 같다
비극이 기댄다 등을 격렬한 비탈에
열 지어 아주 향긋한 떨기나무들 궁금한 올리브나무들
갈채를 보낸다 파멸에

참으로 자연과 인간의 운명 사이
본질적인 연결 없다
풀이 재앙을 능멸한다는 말
은 변덕, 슬픔을 가누지 못하고 휘청거리는 자들의

별난 우연: 두 개의 직선은
교차하지 않을 것이다 무한에서조차

그게 다다 우리가 그것에 대해 정직하게 말할 수 있는 것은

둑

그녀가 기다린다 거대하고 느린 강둑에서
저쪽 둑에 카론 있다 하늘 빛난다 혼탁하게
(결국 하늘이 전혀 아니지) 카론
이미 줄을 던졌다 나뭇가지 위로
그녀(이 영혼) 꺼낸다 은화 한 닢,
그녀 혀 아래서 잠깐 시어진 그것을
그녀 앉는다 이토록 텅 빈 배 뒤켠에
이 모든 것 말 한마디 없이

달 하나만 있었더라도
아니면 울부짖는 개 한 마리라도

큐라티아 디오니시아*

돌 상태 양호하다 묘비명(엉성한 라틴어)
내용은 큐라티아 디오니시아가 사십 년을 살았고
자비(自費)로 이 소박한 기념물을 내놓았다는 것
홀로 지속된다 그녀의 연회 멈춰 선 컵
미소 없는 얼굴 너무 무거운 비둘기들
말년을 브르타뉴에서 보냈다
야만인들을 멈추게 한 벽 근처
토대와 땅광이 아직 남아 있는 고대 로마 요새 안에서

종사했다 가장 오래된 여성 직업에
짧지만 진심 어린 문상을 받았다 그녀의 제3군단 병사들과
어떤 몇몇 나이든 장교들한테서

일렀다 조각가들한테 베개 두 개를 팔꿈치 밑에 놓아달라고

돌고래와 바다사자는 뜻하지 먼 여행을
여기서 단 두 걸음이면 지옥이지만

* Curatia Dionisia. '디오니소스의 치료'.

신화 해체 시도

신들이 모였다 교외에. 제우스의 말 평소처럼 길고 지루했다. 마지막 결론: 조직을 해체해야 한다, 무의미한 음모는 그만, 이성적인 공동체로 들어가서 어찌어찌 살아남아야 한다. 아테나가 구석에서 칭얼댔다.

공정하게—이 점을 강조할 필요가 있는데—나뉘어졌다 마지막 수입은. 포세이돈은 기질이 낙천적이었다. 시끄럽게 으르렁댔다, 문제없다고. 최악의 사태를 맞은 것은 유량 규제 하천과 잘려나간 수풀의 수호자들. 조용히 모두 꿈을 기대했으나, 누구도 그것에 대해 말하고 싶지 않았다.

아무 결론도 나지 않았다. 헤르메스가 투표를 중단시켰다. 아테나가 구석에서 칭얼댔다.

그들이 돌아왔다 도시로 저녁 늦게, 주머니 속에 가짜 서류와 한줌의 동전과 함께. 다리를 건널 때, 헤르메스가 강으로 뛰어들었다. 보니, 익사중이었지만, 아무도 그를 구하지 않았다.

의견이 나뉘었다 이것이 나쁜, 아니면 정반대로, 좋은 징후인지. 어느 쪽이든 그것은 출발점이었다, 새로운 어떤 것, 막연한 것을 향한.

없는 매듭

클리타임네스트라 창 열고 살펴본다 거울 속 자신을, 새 모자를 써보려고. 아가멤논이 홀에 있다, 담배에 불을 붙이고, 아내를 기다린다. 입구로 아이기스토스 들어온다. 그는 모른다, 아가멤논이 어젯밤 돌아왔다는 것을. 둘이 만난다 계단에서. 클리타임네스트라가 제안한다, 극장엘 가자고. 앞으로는 자주 함께 걷자고.

엘렉트라는 협동조합을 위해 일한다. 오레스테스는 약학과 학생이다. 곧 결혼할 것이다 조심성 없는 여자 친구, 얼굴 창백하고 영원히 눈에 눈물 고일 그녀와.

새벽

여명 전 가장 심오한 순간 첫 목소리 울린다, 무디고 날카롭지 비수로 찌르듯. 그러고는 시시각각 자라는 바스락 소리 구멍을 낸다 밤의 그루터기에.

보기에, 전혀 없다 희망이.

빛을 위해 싸우는 것, 치명적으로 연약하다.

그리고 지평선에 피 흘리는 나무 횡단면 나타날 때, 초현실적으로 크고 거의 고통스럽게 말이지, 잊지 않을 일이다 그 기적 축복하기를.

그녀가 머리를 매만지고 있었다

그녀가 머리를 매만지고 있었다 취침 전에
그리고 거울 앞에서 그 일 무한히 길게 지속되었다
팔꿈치 굽힌 한 팔과 다른 팔 사이
흘렀다 시대들이 그녀 머리카락에서 쏟아졌다 조용히
제2군단 병사들이 아우구스투스 안토니누스의 군대
롤랑의 동지들 베르됭 전투 포병으로 불리며
강력한 손가락으로
그녀가 확실히 했다 후광을 그녀 머리 위로
그 일 너무나 오래 지속되어
그녀가 마침내
그녀의 몸 흔드는 행군을
내게로 시작했을 때
내 심장 너무도 유순히 복종하더니
얼어붙었다
그리고 내 살갗에 돋아났다
굵은 소금 알갱이들이

방점

모습은 빗방울 하나, 사랑하는 얼굴 위에 잎새 위 얼어붙은 딱정벌레 한 마리, 폭풍우 다가올 때의. 어떤, 되살릴 수 있고, 지울 수 있고, 돌릴 수 있는 것. 뭐랄까 멈춤, 초록 그림자 있는 그것, 끝장이라기보다는.

사실 방점은, 우리가 어떤 대가를 치르고서라도 그것을 길들이려 애쓰지만, 모래에서 튀어나온 뼈, 쾅 닫힘, 재앙의 부호. 원소들의 구두점이다. 사람들 그것을 사용할 때 겸손해야 하고 마땅한 진정성을 갖춰야 하지, 어느 정도냐면, 운명 여신을 도울 때만큼이나.

손목시계

시계 안에 개미가 한 마리, 두 마리 혹은 세 마리 있는 한, 모든 게 질서 정연하고 아무것도 위협하지 않는다 우리의 시간을. 최악의 경우 시계가 청소를 위해 넘겨지는데, 이것은 아무튼 넌센스지. 둥지를 틀면, 박멸이 불가능하다. 그것들 육안에 보이지 않는다, 붉고 매우 게걸스럽다.

얼마 후 그들은 격렬하게 번식하기 시작한다. 시각언어로 이렇게 말할 수 있다, 손목에 우리가 차고 있는 게 이제 시계 아니라, 흙더미라고. 게걸스런 턱의 노동을 우리가 재깍 소리로 여긴다.

음식을 찾아 개미들이 우리 피를 약탈한다. 저녁 속옷 주름에서 우리는 비워낸다 우리의 적갈색 혈구를.

개미들 노동이 끝나면, 시계가 일반적으로 멈춘다. 그러나 그것을 아이들에게 물려줄 수 있다. 그러면 모든 게 새로 시작된다.

중국산 벽지

화산의 설탕 머리 있는 황무지 섬. 평평한 물 한가운데 어부 하나, 낚싯대와 갈대를 들고 있는. 그 위로 섬, 사과나무처럼 펼쳐지는, 탑과 다리 하나 있는, 거기서 연인들 만나고, 싹트기 시작한 달 아래 말이지.

여기서 끝났다면, 멋진 에피소드였겠지—몇 마디 말 속 세계의 역사. 하지만 이것이 반복된다 무한히 생각 없는, 완고한 정확성으로—화산, 연인들, 달.

세계를 겨냥한 이보다 더한 모욕 있을 수 없다.

재앙이 벌어질 때 유용한 준수사항

그것은 대개 시작된다 아무 잘못 없이 지구 자전의, 처음에는 감지되지 않는 가속화로부터. 즉시 집을 떠나고 친척 누구도 데려가지 말 것. 필요한 것 몇 가지만 챙길 것. 중심에서 가능한 한 멀리 떨어져, 숲이나 바다 혹은 산맥 근처에 있을 것, 자전운동이, 시시각각 더 강해지면서, 내부로부터 물밀듯 밀려들기 시작, 빈민가, 옷장, 지하층에서 질식시키기 전에. 꽉 잡고 있을 것, 곁의 둘레를. 머리를 낮게 둘 것. 계속해서 양손을 자유롭게 할 것. 다리 근육을 보살필 것.

***

우리는 단어들 위에서 잠들고
단어들로 깨어난다

어떤 때는 그것들이 부드럽고
단순한 명사
숲이나 배다

그것들 떨어져나간다 우리한테서
수풀이 가버린다
지평선 가로질러

배가 출항해버린다
자취와 이유 없이

위험하지 단어,
전체에서 떨어져나온 그것들
문장 구절 조각들
후렴 도입부,
잊혀진 찬송가의 그것은

"구원받으리 ……한 자는"
"잊지 말고 ……하라"

혹은 "처럼"
작고 다루기 힘든 핀이지
굳힌다
세계의 가장 아름다운
잃어버린 은유를

꿈꿀 일이다 끈기 있게
희망으로, 내용이 채워지리라는,
실종된 단어들이
불구의 문장 속으로 들어오고
우리가 기다리는 확실성이
닻을 내린다는 희망 말이지

우리 주 수난, 라인 강 지역계 화가들 가운데 이름을 알 수 없는 하나 그림

머그잔 못생겼고, 손은 솜씨가 좋다, 익숙하지 망치와 못에, 쇠와 나무에. 사람들이 마악 못박으려 한다 우리 주 예수 그리스도를 십자가에. 작업 소리 쿵쾅, 서둘러야 한다, 정오에 모든 준비를 마치려면.

말 탄 기사들—드라마의 장식. 무관심한 얼굴들이다. 긴 창들 흉내낸다 가지 없는 나무를 나무 없는 그 언덕에서.

훌륭한 장인들 못박으려 한다—앞서 말했듯이—우리 주를 십자가에. 밧줄, 못, 숫돌이 배열되어 있다 가지런히 모래 위에. 부산한 움직임, 그러나 불필요한 조바심 없는.

모래가 따스하다, 정확하게 그려졌다 한 알 한 알. 여기저기 팽팽하고 뻣뻣한 풀 다발과 즐거운 눈 들, 죄 없는 흰 데이지꽃의.

왜 고전인가
A.H.*에게

1

『펠로폰네소스 전쟁사』 제4권에서
투키디데스는 자신의 실패한 원정 얘기도 하고 있다

지도자들의 연설 한가운데
전투와 포위 작전과 역병과
외교적 처치의 음모의 촘촘한 그물 한가운데서
그 에피소드는 핀 한 개 같다,
숲속의

아테네 식민지 암피폴리스가
브라시도인 수중에 떨어졌다
투키디데스의 구원병이 늦었던 까닭에

그는 그 일로 치렀다 모국 도시한테
평생 추방의 죗값을

망명은 시대를 막론하고
안다 치른 값이 얼마인지

* Alice Paula Marie Suchanek(1922~1983). 오스트리아 영화 및 연극배우. 막스 라인하르트의 제자.

2

가장 최근 전쟁의 장군들은
비슷한 일이 벌어지면
후대 앞에 무릎 꿇고 울먹이지
강매한다 자기들의 영웅적 행위와
무죄를

비난한다 부하들을
시기심 많은 동료들을
역풍을

투키디데스가 하는 말은 단지
그에게 배가 일곱 척 있었다는 것
겨울이었고
항해 속도는 빨랐다는 것뿐이다

3

예술이 그 주제로
삼을 것이 부서진 물주전자
엄청난 자기 연민을 지닌
작고 부서진 영혼이라면

우리 뒤에 남는 것은
연인들의 울음 같을 것이다
작고 더러운 호텔에서
벽지 밝아올 때의

어떻게 될까

어떻게 될까
손이
시에서 떨어져나가면

다른 산맥에서
내가 마른 물을 마실 것이면

무슨 상관이랴 싶지만
그렇지가 않다

무슨 일이 일어날 것인가 시한테
숨이 가버리고
거부된 상태라면
목소리의 은총이 말이지

나는 탁자를 떠나
계곡으로 내려갈 것인지
검은 숲 곁에서
새로운 웃음이
쿵쿵 울리는 그곳으로

코기토 씨

1974

어머니

그가 떨어졌다 그녀 무릎에서 털실 꾸러미처럼. 서둘러 자신을 풀고 도망쳤다 무턱대고. 그녀가 붙잡았지 생의 시작을. 감았다 그것을 손가락에 친근한 반지처럼, 보호해주고 싶었다. 그가 굴러내렸다 가파른 경사를, 어떤 때는 올랐다 산들을. 헝클어져서 왔고 아무 말 없었다. 결코 다시 돌아가지 못하리 그녀 무릎의 달콤한 옥좌로.

펼쳐진 그녀의 두 팔 빛난다 어둠 속에 오래된 읍처럼.

코기토 씨 거울 속 자신의 얼굴을 뜯어보다

누가 썼는가 우리 얼굴에 확실하게 우두 자국을
서예 붓으로 'ㅇ'자 찍으며
그러나 어쩌다 내가 이중턱 되었는가
어쩌다 식충이 되었는가 내 영혼 전체가
한숨지으며 금욕을 향하건마는 왜 나의 두 눈
그리 가깝게 박혔는가 정말 내가 아니라 그가
염탐했다 잡목 숲에서 베네드족*의 급습을
너무 튀어나온 귀 두 개의 살갗 조가비를
물려준 내 조상은 분명 귀를 기울였다 메아리,
스텝 지대를 가로지르는 매머드들의 천둥 우르르 소리의 그것에

이마 너무 높지 않고 생각이 아주 적다
—황금빛 땅 여인들이 말에서 떨어질 리 있나—
군주가 그들 대신 생각하고 바람이 길 따라 실어갔지
그들 손가락으로 벽을 찢고 갑자기 거대한 울음과 함께
진공 속으로 떨어져 돌아왔다 내 안으로

그렇지만 나 샀다 미술전람회장에서
파우더를 조제약을 가면을

---

* Veneds. 원(原) 슬라브족 가운데 하나. 타키투스, 프톨레마이오스, 그리고 플리니우스가 언급한 바 있다.

우아의 립스틱을
갖다 댔다 눈에다 베로네세 초록의 대리석을

모차르트한테 비벼댔다 귀를
훈련시켰다 코를 헌책 향기에

거울 속에 얼굴, 내가 물려받은
부대 자루, 그 안에서 오래된 고깃덩어리 발효중인
중세 육욕과 죄악이
구석기 굶주림과 두려움이 발효중인

사과는 사과나무 곁에 떨어지지
종의 사슬에 몸은 매여 있다

그렇게 나는 졌다 내 얼굴과의 마상 시합에서

코기토 씨의 두 다리에 대하여

왼쪽 다리는 정상이다
낙천적이란 말씀
조금 짧은 편
소년 같다
잔물결 모양 근육과
잘빠진 장딴지가

오른쪽은
하나님 불쌍히 여기소서—
말랐다
상처 두 개로
하나는 아킬레스건 따라
다른 하나는 계란 모양에
창백한 핑크빛
창피한 기념품이다, 도망의

왼쪽은
기질이 도약이고
춤이고
너무나 생을 사랑하여
몸을 드러내지 않는다

오른쪽
고상하게 뻣뻣하다
위험을 조롱하며

그렇게
양다리로
산초 판자와 비교될 수 있는 왼쪽
과 오른쪽,
틀린 기사를 닮은 그것으로
간다
코기토 씨
세계를 꿰뚫고
약간 비틀거리며

곰곰 아버지 생각

그의 얼굴, 유년의 바다 위 구름 속 윽박지르는
(그토록 인색했다 두 손으로 내 따스한 머리를 감싸주는 일에)
결코 실수를 용서치 않을 거라 여겨지기 마련이었던
그가 수풀 나무 베어 넘어뜨리고 길을 곧게 하고
높이 들었다 등잔을 우리가 밤으로 들어갈 때에

내 생각은 그의 오른손 위에 앉고
둘이서 빛을 어둠과 가르고
산 자들을 심판했으면 하는 거였다
—일은 다르게 풀렸다

그의 옥좌를 수레에 실어갔다 고물상이
담보 대출 계약서와 우리 집문서도

그가 두번째 태어났다 작은 체구로 아주 연약하고
피부 투명하고 연골 아주 무르고
몸을 줄였다 내가 받아들일 수 있게끔

변변찮은 곳에 그림자 하나 있다 돌 아래

그 자신 자란다 내 안에서 먹는다 우리의 패배를
우리는 폭발적으로 웃지

화해란
정말 쉬운 거 아니냐고 사람들이 말할 때

누이

얼마 안 되는 나이 차 덕에 어린이다운 친밀
함께한 목욕 솜털 머리카락 및 부드러운 살갗의 비밀 덕에
꼬마 코기토 알아냈다 — 그가 자신의 누이일 수 있고
(이건 아주 간단했다 식탁에서 자리를 서로 바꾸는 것만큼이나
그의 부모 외출중이고 할머니가 모든 걸 눈감아줄 때 말이지)
그녀가 소유할 수 있다는 거, 그의 이름 남자용 자전거 그의 코까지
다행히 코는 서로 달랐고 육체적 닮음 없음 덕에
그들이 피할 수 있었다 극적인 결말을
그것은 끝났다 감촉으로 감촉이 열리지 않았고
어린 코기토 머물렀다 자신의 살갗 경계 안에

개성 형성 원칙을 허무는 의심의 씨앗은
그러나 깊숙이 박혔고 어느 날 오후
13세 코기토가 레기오누프 가에서
마차 운전사를 보다가
그를 어찌나 철두철미 느꼈던지
자신의 적갈색 코밑수염을 흘릴 정도였고
그의 손을 태웠다 차가운 채찍이

코기토 씨와 진주

이따금씩 코기토 씨 회상한다, 감회가 없지 않은 상태로, 젊었던 자신의 완벽을 향한 행군, 그 소년풍 역경을 통해 별들에게로를. 그렇게 어느 날 그가, 서둘러 강의실로 가는데, 그의 신발에 작은 돌 하나 끼어들게 되었다. 자리잡았다 심술궂게 생살과 양말 사이에. 이성은 그 틈입자를 제거하라 명했지만, 운명 사랑의 원칙은—달랐다, 견뎌라 그것을. 그는 선택했다 두번째, 영웅적 해법을.

처음에는 아주 나빠 보이지 않았다, 그냥 성가시고 그뿐, 그러나 얼마 후 의식 영역에 출현했다 뒤꿈치가, 하필 젊은 코기토가 열심히, 플라톤의 이데아 개념이라는 주제를 전개하는 교수 말을 따라잡고 있던 순간에. 뒤꿈치가 자라고, 부풀고, 맥박 치고, 창백한 분홍으로 물들며 얼어붙었다 지는 해 자줏빛으로, 머리에서 몰아냈다 플라톤의 이데아뿐 아니라, 다른 모든 생각까지.

밤이 되어 자러 가기 전에 그가 털어냈다 양말에서 이물질을. 작고, 차가운, 노란 모래 알갱이였다. 뒤꿈치는, 다른 한편, 고통으로 크고, 뜨겁고, 검었다.

동질감

동질감을 지녔다면 아마 돌과의 그것이었겠다
사석 한 개, 구멍 너무 숭숭 뚫리지 않았고 밝고 옅은 잿빛의
천 개의 부싯돌 눈이 달린 그것과의
(말도 안 되는 비유, 돌은 살갗으로 본다)
깊은 연결감을 지녔다면 바로 돌과의 그것이었다

만고불변 얘기가 아니었다 돌은
달라졌다 게으르게 햇빛 속에서 입었다 빛을 달처럼
폭풍우 다가올 때 그것은 어두워져 구름 푸른빛이 되었다가
마셨다 비를 탐욕스럽게 그 물의 레슬링과
달콤한 파괴 충동적인 멱살 드잡이 원소들의 한데 묶임도 마셨다
자기 자신의 성질 잃으며 취한 그 침착은
아름답기도 굴욕적이기도 하였다

그리하여 결국 그것은 공기로 정신이 들었다 깨게 한 것은 번개
수줍은 땀 덧없는 구름, 열광적인 사랑의

코기토 씨 고통에 대해 곰곰 생각하다

소위 쓴잔을 피하려는
온갖 노력이—
심사숙고
집 없는 고양이들을 위한 광란의 캠페인
깊은 숨
종교—
잘못이다

받아들여야지
부드럽게 머리 숙여야 한다
안 되지 양손을 쥐어짜면
써먹으라구 고통을 온건한 정도로
보철처럼
거짓된 수치심 없이
그러나 오만 또한 없이

휘두르지 마 자기 그루터기를
다른 사람들 머리 위로
두들기지 마 자기 흰 지팡이로
실컷 먹은 창유리를

마셔라 쓴 약초 추출액을

그러나 바닥까지 비우지는 말 것
조심해서 남겨둘 것
한두 모금 미래를 위해서

받아들일 것
그러나 동시에
따로 떼어놓을 것 자기 안에서
그리고 가능하다면
창조할 것 고통을 재료로
하나의 사물이나 개인을

놀 것
그것과
물론
놀 것

그것과 즐길 것
매우 조심스럽게
병든 아이와 그러듯
결국은 강제하면서
멍청한 속임수로
희미한

미소로 말이지

코기토 씨 고향 읍으로 돌아갈까 생각해보다

그리 돌아갔더라도
분명 나는 찾지 않았을 것이다
내 집의 그림자 하나도
유년의 나무들도
쇠판이 붙은 십자가도
앉아서 마법 주문을 속삭였던 벤치
밤과 피
우리 것이었던 어느 물건 하나도

살아남은 것은
이 돌판이 전부다,
백묵 원(圓) 표시된 돌판
나는 그 한가운데 선다
한 발로
뛰어내리기 직전

나는 성장할 수 없다
세월이 흘러가고
머리 위에서 행성과
전쟁이 떠들어대도

나는 그 한가운데 선다

기념물처럼 꼼짝 않고
한 발로
변경 불가의 최종 속으로 뛰어내리기 전

백묵 원 붉어진다
오래된 피 같다
그 둘레 자란다 더미,
재의 그것이
팔까지
입까지

코기토 씨의 구렁텅이

집은 늘 안전하다

그러나 바로 현관 너머
아침에 코기토 씨
산책 나갈 때
마주친다—벼랑

파스칼의 벼랑 아니다
도스토옙스키의 벼랑 아니다
이 벼랑은
코기토 씨 수준이다

바닥 없는 나날
공포 깨우는 나날

그를 따른다 그림자처럼
기다리고 있다 빵집 앞에서
공원에서는 그것이 코기토 씨 어깨 너머로
읽는다 그가 읽는 신문을

성가시기 습진 같고
애착하기 개 같고

너무 얕아 집어삼키지 못한다
그의 머리 그의 팔과 다리를

언젠가는
그 구렁텅이 자랄지 모르지
구렁텅이 성인 되어
진지할지 모른다

알면 좋겠네
어떤 음료를 마시는지
어떤 곡식을 먹여야 할지

현재
코기토 씨
모래 몇 줌
모아
그것을 채울 수 있지만
그러지 않는다

그래서
귀가할 때
그가 놓아둔다 구렁텅이를

현관에
덮는다 그것을 깔끔하게
한 조각 낡은 소재로

코기토 씨의 여성지용 늦가을 시

계절, 떨어지는 사과들 여전히 버티는 잎새
갈수록 짙어지는 아침 안개 머리 벗겨지기 시작한 공기
마지막 극히 조금의 꿀 단풍의 첫 빨강,
11월 야외 총살 집행장에서 피살된 그것들의

사과들 잠긴다 땅속으로 그루터기들 다가온다 눈에
잎새들 나무줄기로 쾅 닫히고 말한다 나무
들리지 이제 또렷하게 행성들 구르는 소리
높이 뜬다 달 입으라 눈에 백반(白斑)을

코기토 씨와 순수 생각

시도한다 코기토 씨
순수 생각 달성을
최소한 잠들기 전까지

그러나 시도 바로 그 자체가
배고 있다 좌절의 싹을

하여 그가 접근중인 것이
생각이 물 같은 상태
거대하고 순수한 물
무심한 해변 바다 같은 그것일 때

주름 잡힌다 갑자기 그 바다
그리고 파도가 데려온다
양철 깡통
나무조각
누군가의 더부룩한 머리카락을

사실을 말하자면 코기토 씨가
전혀 잘못이 없다고는 할 수 없다
그가 떼어낼 수 없었다
자기 내면의 눈을

우편함에서
콧구멍에 들어 있었다 바다 냄새가
귀뚜라미가 간지럽혔다 그의 귀를
그리고 그가 느꼈다 갈비뼈 아래 그녀 손 없음을

그는 평범했다 다른 이들처럼
비치했다 생각에
의자 팔걸이 위 손 살갗을
정다움의 골,
뺨에 난 그것을

어느 날
어느 훗날
차분할 때
그가 달하리라 돈오에

그리고 선사들이 이른 것처럼
텅 비고
굉장하리라

코기토 씨 신문을 읽다

1면
소식은 병사 백이십 명 전사 건

전쟁 난 지 오래되었다
익숙해질 수 있지

바로 다음 기사가
세상을 놀라게 한 범죄
살인자 사진도 실렸다

코기토 씨의 시선
옮겨간다 무심하게
병사 학살 너머
뛰어든다 좋아서
매일 벌어지는 섬뜩한 죽음의 묘사 속으로

서른 먹은 농업 노동자가
신경과민성 우울증 탓에
죽였다 그의 아내와
두 어린아이를

전달한다 정확하게

살해 과정
시신들 위치와
기타 세부사항들을

백이십 명 전사자들을
지도에서 찾아봤자 소용이 없다
너무 엄청난 거리가
가린다 그들을 정글처럼

그들이 말하지 않는다 상상한테
너무 많으니까
숫자 0이 결국
변형한다 그들을 하나의 추상으로

좀더 곰곰 생각해볼 주제:
연민의 수학

코기토 씨와 생각들의 움직임

생각들이 머리 위를 걸어간다
입말은 그렇다

그 입말
과대평가한다 생각들의 움직임을

그것들 반 이상
꼼짝 않고 서 있지
따분한 경치,
잿빛 언덕과
시든 나무들의 그것 한가운데

때로는 그것들이 이른다
다른 누군가 생각들의 물살 빠른 강에
강둑에 선다
한 발로
배고픈 왜가리들 모양

슬픔으로
회상한다 말라버린 샘을

회전한다 거듭거듭

낟알 찾느라

걷지 않는다
도착할 일 없으니까
걷지 않는다
'어디로'가 없으니까

그것들 바위 위에 앉는다
양손을 쥐어짜며

구름 잔뜩 낀
낮은
하늘,
두개골 아래

교외의 집들

흐린 가을날 오후(popołudnie) 코기토 씨가 지저분한 교외로 즐겨 자주 나간다. 없다—그의 말이다—그곳보다 더 순전한 우울의 원천은.

교외의 집들, 창가에 검은 그림자 드리운
집들, 소리 없이 기침하는
오한, 회반죽의
집들, 머리칼 성기고
피부가 병든

오직 굴뚝들만 백일몽 꾸는 중
그것들의 날씬한 불평이
이르지 숲 가장자리
엄청난 물 가장자리에

　　　너희에게 지어주고 싶구나 이름을
　　　채워주고 싶구나 인도 향기로
　　　보스포러스 해협의 불로
　　　폭포 왁자지껄 소리로

교외의 집들, 무너진 사원들이 있는
집들, 씹고 있는 빵 껍질
차갑기 불구자의 잠 같은
계단이 먼지의 종려나무인
집들, 늘 팔려고 내놓은 상태인
시골 여관들, 불운한

집들, 한 번도 극장에 가본 적 없는

교외의 집들에 사는 생쥐들아
데려가라 집들을 대양 해변으로
앉히라 그것들 뜨거운 모래에
보게 하라 그것들 아열대 밤을
파도가 그것들한테 상 주게 하라 폭풍의 박수갈채,
낭비된 생한테만 어울리는 유의 그것으로

코기토 씨의 소외

코기토 씨 두 팔로 들고 있다
따스한 두상 암포라

나머지 몸은 숨겨져 있다
만져야만 보인다

그가 살핀다 잠든 그 두상,
낯설고 정겨움 가득한 그것

그러나 다시
보니 놀랍게도
누군가가 존재하는 것이다 그의 바깥에
불가해하기
돌과도 같이

경계가
열리는 건
잠깐뿐이고
그런 다음 바다가 그것을
암석 많은 해변에다 던져버리는

그 자신의 피가

낯선 꿈이
그의 살갗으로 맞추어진

코기토 씨 되돌려놓는다
그 잠자는 머리를
섬세하게
남지 않도록
뺨에
지문이 말이다

그리고 갈라진다
홀로
석회 시트 속으로

코기토 씨 사망한 친구를 살피다

숨이 가빴다

밤이 고비일 거였다
열두시 정오였다
코기토 씨가 복도로 나와
담배에 불을 붙였다

그 전에 베개를 바로 놓아주고
미소를 지었었다 친구한테

숨이 가빴다

누비이불 위에서
계속 이리저리 움직였다
그의 손가락이

돌아왔을 때
없었다 이미 친구가
그의 자리에
누워 있었다 다른 것이,
머리가 삐딱하고
두 눈 휘둥그레 뜬 상태로

보통의 법석
뛰어왔다 의사 한 명이
찔렀다 주사기를
그것이 채워졌다
검은 피로

코기토 씨
기다렸다 좀더
남아 있는 것에 눈을 고정시키고

그것 텅 비었다
자루처럼
오그라들었다
점점 더
보이지 않는 펜치로 짓눌려
다른 시간으로 으깨져

그가 돌로 돌아갔다면
무거운 대리석 조각,
무심하고 권위 있는 그것으로 돌아갔다면
참으로 안도했을 터

그는 누워 있었다 좁은 곳,
파괴의 그것 위에
그루터기에서 찢겨나와
고치처럼 흘려져

　　점심시간
　　접시들이 울렸다
　　삼종기도 종을
　　앞서 아무 천사도 내려오지 않았다

우파니샤드가 위안을 주었다

그의 말이
생각 속으로 들어가고
생각이 숨 속으로
숨이 불속으로
불이 최상의 신성 속으로 들어가면
그때 그는 이미 안다는 게
불가능하다

그렇게 그는 알지 못하고

불가해했다
한 보따리 뻔한 비밀을 갖고
계곡 입구에서

흔해빠진 영혼

아침 쥐들이 뛰어다닌다
머리 주위를
머리 바닥에서
잘게 찢긴 대화 조각들
시(詩) 폐기물
등장,
뮤즈 하녀
하늘색 앞치마 차림으로
청소하면서

우리 주인님께
더 나은 손님들 오시라
꼭 집어 말하자면 에페수스의 헤라클레이토스
아니면 예언자 이사야 정도

오늘은 아무도 벨을 안 누르네

우리 주인 발걸음 초조하군
혼잣말하고
죄 없는 종이 찢으며

저녁에 나간다 방향은 불명

뮤즈가 푼다 앞치마를
기댄다 팔꿈치를 창턱에
목을 뺀는다
기다린다
그녀의 경찰관
구레나룻 붉은 그를

코기토 씨 인간 목소리와 자연 목소리 사이 차이를 고려하다

지치지 않는다 세계들의 연설은

그것을 모두 반복할 수 있다 처음부터
거위와 호메로스가 물려준 펜으로
줄어든 그 창으로
직면할 수 있다 원소들과

그것을 모두 반복할 수 있다 처음부터
안 되지 손은 산한테
목구멍은 샘보다 약하다
모래보다 더 크게 외치지 않는다
갖다 붙이지 않았다 은유의 침으로
눈을 별에다
과립 침묵으로 이뤄진
돌에 귀를 대고
나오게 하지도 않았다 고요를

그리고 결국 모았다 그리 많은 단어를 한 줄로
손금 전부보다 더 길고
그러므로 운명보다 더 긴
한 줄, 계산된 포즈의,
한 줄, 너머를 겨냥하는

한 줄, 곧기 용기와 같은 궁극의 한 줄로
그러나 그것 수평선 축소판에 불과했고
더 멀리 구른다 꽃의 번개 풀의 연설 구름의 연설
중얼거린다 나무들 합창단 별일 없이 타고 있다 바위 하나
대양이 끈다 서쪽 낮 제비 밤을 그리고 바람의 통과 속
새로 뜬다 빛

아침 안개가 섬의 방패 쳐들고

사물들을 나오게 하려면

사물들을 각자의 그 군왕다운 침묵에서 나오게 하려면, 속임수를 쓰거나, 죄를 지을밖에.

얼어붙은 목재 판벽널—녹인다 배반자의 노크 소리가, 바닥에 떨어진 유리잔 비명 지르지 다친 새처럼, 그리고 방화한 집 수다 떤다 말 많은 불의 언어, 헐떡이는 서사시 언어, 그것으로, 오랫동안 말이 없던 침대, 궤, 커튼에 대해.

세콰이어

침엽의 고딕 탑들, 시내 계곡 속에
타말파이어스 산* 근처 그곳은 밤낮 없이
안개가 두텁기 대양의 분노와 황홀 같은데

이 거인 보호구역에 가면 볼 수 있다 나무 횡단면, 서양 청동 몸통의 그것,
나이테가 엄청나고 규칙적이기 물위 파문 같은 그것을
그리고 삐딱한 누군가 새겨놓았다 인간 역사의 날짜를
줄기 중심에서 일 인치 되는 곳에 먼 네로 시대 로마 방화를
중간에 헤이스팅스 전투 드레카** 야간 원정
앵글로-색슨족의 공황 불행한 해럴드의 죽음이
얘기된다 둘레로
그리고 마침내 나무껍질 해변 바로 그곳에 연합군 노르망디 상륙

이 나무의 타키투스가 기하학자였다 없었지 형용사가
없었다 공포를 표현하는 통사법이 없었다 한 단어도
그래서 셌다 더했다 년과 시대를 마치 말하고 싶은 것처럼 그것이 그저 탄생과 죽음일 뿐 그냥 탄생과 죽음이라고
게다가 세콰이어의 유혈낭자한 펄프 속 그것이라고 말이지

---

* Mount Tamalpais. 북 캘리포니아 산. 국립공원이 있다.

** drekar. 바이킹족의 긴 배.

코기토 씨가 꿈의 쩨쩨함을 한탄하다

그리고 꿈이 작아진다
어디 있는가 우리 할머니와 할아버지의 그 꿈 행진
새처럼 오색찬란하게 새처럼 무모하게 두 분이 황제의
천 마리 빛나는 거미들의 계단 밟으며 높이 오르고
할아버지가 지금은 지팡이밖에 모르지만 옆구리에
은 검과 아직 숫처녀 할머니를 찼던, 할머니 워낙 예의 발라
그를 위해 그의 첫사랑 내색을 해주셨던 그것은

그런 두 분에게
구름에서 공 모양 담배 연기처럼 말했다 이사야가
그리고 두 분 보았다 성(聖) 테레사,
창백하기 성체 같은 그녀가 진짜 땔나무 한 바구니 나르는 모양을

두 분의 공포 타타르 대약탈단만큼 거대했고
꿈속 행복은 황금 비 같았다

내가 꾸는 꿈은—초인종 소리 나는 욕시에서 면도 중 문을 연다
미터 검사원이 내민다 내게 가스와 전기 요금 계산서를
나는 돈이 없다 욕실로 돌아가며 곰곰 생각한다
숫자 63,50을
두 눈 들고 거울 보니
내 얼굴 너무 사실적이라 비명 지르며 깨어난다

한 번이라도 내가 교수형 집행인 붉은 조끼나
여왕 목걸이 꿈을 꾼다면 꿈한테 감사했을 터

싸움에 진 자들

싸움에 진 자들 춤춘다 발에 종 달고
차꼬 차고 우스꽝스런 옷 입고 죽은 독수리 깃털 달고
인다 연민의 먼지가 작은 광장에서
그리고 영화 라이플총이 쏜다 부드럽고 정확하게

그들이 주석 도끼 들고 눈썹 가는 활로 잎새와 그림자들 죽이니
북소리 북소리만 쿵쿵대고 상기시킨다 오래전 그들의 긍지와 분노를

역사를 버리고 들어갔다 전시관의 게으름 속으로
누워 있다 지하 납골당 유리 속에 신실한 돌 옆에

싸움에 진 자들—살 수 있다 산타페 총독 관저 근처에서
(관저는 긴 단층 건물 따스한 불탄 황갈색
나무 기둥들 천장 들보 위로 불쑥 튀어나와 매달고 있다 날카로운 그림자 하나씩)
사람들이 판다 염주 비와 불의 신 부적 키바 신전 모형,
언덕으로 내민 두 짚 사다리 따라 풍요가 내려오는 그것을

사가라 신(神) 메아리 값싸고 의미심장하게 고요하다
머뭇댈 때 우리를 향해
신석기에서 내뻗은 손이 말이다

코기토 씨와 어느 정도 나이가 든 시인

1
갱년기 시인이라
얄궂은 사태다

2
거울을 들여다본다
박살낸다 거울을

3
달 안 뜬 밤에
빠뜨린다 증명서를 검은 연못에

4
모니터한다 젊은이들을
흉내낸다 그들의 엉덩이 스윙을

5
주재한다 모임,
독립 트로츠키파의 그것을
촉구한다 방화 폭동을

6

편지 쓴다
태양계 대통령에게
내밀한 고백 가득한 내용

7

어느 정도 나이가 든 시인,
불확실한 나이 와중인 시인

8

재배하려면
팬지와 성유법(聲喩法)이 옳겠건만
심는다 가시 많은 감탄사와
욕설과 논문을

9

읽는다 번갈아 이사야와 『자본론』을
그런 다음 토론 격앙중
섞는다 자신의 인용을

10

시인, 불확실한 시기,

갈라져나간 에로스와
아직 돌에서 나오지 않은 타나토스 사이 그것을 맞은

11
대마초를 피지만
보지 못한다
무한도
꽃도
폭포도
보는 것은 행렬,
두건 쓴 수도사들이
바위 많은 언덕 오르는
꺼진 횃불들 들고서 말이지

12
어느 정도 나이가 든 시인
회상한다 따스한 유년을
화려한 젊은 시절을
창피한 성인 시절을

13
프로이트

게임을 한다
희망
게임을 한다
빨강과 검정
게임을 한다
육체와
피
게임을 한다
게임을 하고 진다
성의 없는 웃음에 휩싸인다

14
이제서야 이해한다 아버지를
용서 못 한다 누이,
배우와 눈이 맞아 함께 달아난 그녀를
시기한다 남동생을
몸 굽혀 어머니 사진 보면서
그녀한테 한번 더 시도한다
임신하라고 설득하는 일을

15
꿈들,

무책임한, 사춘기의
교리문답 사제
툭 튀어나온 것들과
내 사람으로 만들 수 없는 자드쟈

16
새벽에
자기 손을 살피다
경악한다 살갗,
나무껍질 같은 그것에

17
젊은 파랑 바탕에
하얀 나무, 그의 혈관의

코기토 씨와 팝

1

팝 콘서트 중에
코기토 씨 곰곰 생각한다
소리의 미학에 대해

아이디어 자체는 정말
매력적이군

신이라는 건
말하자면 벼락을 집어 던지는 거라는 거지

혹은 덜 신학적으로
원소들의 혀를 집어삼킨다는 거

대체한다는 거, 호메로스를
지진으로
호라티우스를
돌사태로

꺼낸다는 거, 내장에서
그 내장 안에 든 것
공포와 굶주림을 말이지

드러낸다는 거, 길,
음식의 그것을
드러낸다는 거, 길,
숨의 그것을
드러낸다는 거, 길,
욕망의 그것을

연주한다는 것, 붉은 목구멍으로
미친 사랑 노래를

2
문제는
외침이 형식을 빠져나간다는 거
빈약하다는 거, 목소리,
오르고
내리는 그것보다 말이지

외침이 침묵을 만지지만
쉰 소리로 만지는 거지
욕망,
침묵을 묘사하려는 그것으로 만지는 게 아니다

비까번쩍하다 그 어둠
발언 불명료성으로

그것이 거부했다 유머의 호의를
반음을 몰랐으므로

그것은 칼날,
신비를 쑤셔버린 그것과 같다
감싸지 않지
신비 둘레를
알게 될 리 없지 자신의 모양을

그것이 말로 나타내는 건 감정 진실,
보호구역 자연으로부터의

그것이 찾는다 잃어버린 낙원을
새로운 정글, 질서 잡힌 그것 속에서

폭력적인 죽음을 달라고 기도한다면
그 낙원 허락되겠지

늙은 프로메테우스

쓰고 있다 회고록을. 그 안에서 밝히려 한다 불가피의 체계 속 주인공의 입장을, 조화시키려 한다 존재와 운명의 상호 갈등 개념을.

불이 타닥거린다 유쾌하게 난로에서, 부엌에서 부산하다 아내가—좋아서 어쩔 줄 모르는 아가씨, 그녀는 그에게 아들을 낳아줄 수 없지만 위로 삼는다 자신이 그나저나 역사에 들 거라는 사실을. 저녁식사 준비중, 식사에 초대했다 지역 교구 사제와 약사, 그는 요즘 프로메테우스와 가장 가까운 친구다.

불이 타닥거린다 난로에서. 벽에 독수리 박제 하나와 코카서스 폭군이 보낸 감사 편지 한 장, 프로메테우스의 발명 덕분에 태워버릴 수 있었단다 반역한 도시를.

프로메테우스 킥킥댄다. 이것이 현재 그의 유일한 방식이다, 세계와의 불화를 표현하는.

코기토 씨가 마법에 대하여

1

옳다 미르체아 엘리아데가
우리는—어쨌든
선진사회다

마법과 영지(靈知)
전에 없이 번창하지

날조된 천국
날조된 지옥
거리 구석마다 판다

암스테르담에서 발각되었다
플라스틱제 고문 도구가

매사추세츠 출신 처녀 하나
받았다 피의 세례를

긴장증의 제7일 안식일파들이
서 있다 활주로에

그들을 데려가겠지 사차원으로

앰뷸런스가 쉰 사이렌 소리로

전신국 대로에
턱수염떼
니르바나의 달콤한 냄새 속에

조 도브가 꿈을 꾸었다
자신이 신이라고
하여 하나의 신, 공(空)
떨어졌다 깃털처럼 느리게
에펠탑에서

미성년 철학자이자
사드 백작 추종자 하나
갈랐다 솜씨 좋게
임신부 배를
그리고 그 피로 벽에 칠했다
절멸의 시를

덧붙여 동방의 난교 파티,
강요되고 약간 지루한

2

이 운명으로부터 자라난다
산업의 가지
범죄의 가지가

근면한 선박들이 돛을 올린다
새로운 향신로를 찾는 여행에

보기에 방탕한 기술자들이
일한다 쉬지 않고

헐떡대는 환각의 연금술사들이
만들어내지
새로운 전율을
새로운 색깔을
새로운 신음을

그리고 탄생한다 예술,
공격적인 간질의 그것이

시간이 가면
방탕한 자들 머리가 셀 것이고

고려할 것이다 속죄를

생겨날 것이다 그런 다음
새로운 감옥이
새로운 정신병동이
새로운 묘지가

이것은 하나의 전망이다,
더 나은 미래의

당분간은
마법이
번창한다
전에 없이

코기토 씨가 만나다 루브르에서 작은 위대한 어머니 상(像)을

이, 불에 구운 흙의 소우주,
손보다 약간만 큰 그것은 보이오티아에서 출토되었다
꼭대기 그녀 머리, 신성한 메루 산 같은
거기서부터 머리카락 흐르고 — 대지의 거대한 강들이다
그녀 목은 하늘 그곳에 맥박 친다 따스함이
잠 없는 별자리들이
구름 목걸이가

> 미끄러뜨리듯 내려주세요 저희한테 신성한 풍요의 물을
> 손가락에서 잎새들 자라나는 분이시여
> 흙에서 태어난 우리
> 따오기 뱀과 풀과 마찬가지로 태어난
> 우리 원합니다 당신의
> 강력한 손바닥에 안기기를

그녀 복부에 사각형 지구,
두 겹 태양의 보호 아래

> 우리는 다른 신들 필요 없어요 잘 허물어지는 공기의 집이면
> 족합니다 돌멩이 나무 사물들의 단순한 이름이면
> 데려다주세요 우리를 살살 밤에서 밤으로
> 그리고 나서 꺼주세요 우리의 오감을 물음표의 현관 앞에서

전시 상자 안에서 버려진 어머니
쳐다본다 경악한 별의 눈으로

미노타우로스 사(史)

아직 해독되지 않은 선형문자 A 글 속에 미노타우로스 공(公)의 진짜 생애 얘기가 들어 있다. 그는—훗날의 소문과 달리—왕 미노스와 파시파에의 적자였다. 그 아이 건강하게 태어났으나, 머리가 비정상적으로 컸다—것을 점쟁이들이 장차 지혜의 징후로 여겼다. 사실은 미노타우로스가 몇 년 자라니 힘세고, 성격이 약간 우울한 게—저능아였다. 왕이 마음먹었다 그를 넘겨 사제로 키우게 하겠다고. 그러나 사제들 설명은, 정상 아닌 왕자를 받들 수 없다, 왜냐면 그것이 깎아내릴 수 있다 바퀴 발견으로 이미 너무 많이 침식당한—종교의 권위를.

미노스가 데려왔다 그때 그리스에서 날리던 기술자 다이달로스를—그는 요란한 교육 건축 분야 창시자였으니. 그렇게 미궁이 세워졌다. 그 통로 체계, 가장 단순한 것에서 점점 더 얽히고설키는 그 속에서, 추상의 여러 수준과 단계 들이 익히게 하였다 미노타우로스 공으로 하여금 올바른 사고 원칙을.

하여 뱅뱅 돌았다 그 불행한 공 지도교사들한테 떠밀려 귀납과 연역의 통로를, 멍한 그의 눈이 쳐다보았다 프레스코 화법 도해들을. 하나도 이해 못했다.

더 어쩔 수단이 없자 미노스 왕 결심했다 가문의 치욕을 없애버리기로. 데려왔다(다시 그리스로부터, 인재로 유명한 곳이었거든) 민첩한 암살자 테세우스를. 그리고 테세우스가 죽였다 미노타우로스를. 이 대목에서는 신화와 역사가 매우 조화롭다.

미궁—이제 쓸모없는 입문서—을 관통하며 돌아온다 테세우스 고글 눈을 한 미노타우로스의 크고 피 흘리는 머리를 들고, 그런데 그 눈에 처음으로 지혜가 싹트기 시작했다—보통은 경험으로 얻어지는 유의.

칼리굴라

옛 연대기, 시와 전기들을 읽으며, 코기토 씨 겪는다 이따금씩 오래전 죽은 사람들의 육체 임재를.

말한다 칼리굴라가:

모든 로마 시민 가운데
단 하나를 사랑했으니
인키타투스—나의 말이다

원로원 들어갈 때
흠 없는 그의 머리카락 토가
빛났지 순결하게 자주색 단 올린 복장 겁쟁이 살인자들 한가운데

인키타투스 미덕으로 가득찼었다
말한 적 한 번 없다
금욕주의자 성격
밤 마구간에서 철학 서적을 읽는 것 같다

그를 너무 사랑하여 어느 날 결정했다 그를
십자가에 못박으려 했다
하지만 반대했다 그 고상한 말 몸이

무심하게 받았다 총독 직위를
권위를 행사했다 최선으로
즉 행사하지 않았다 전혀

우리는 실패했다 그를 강권하여 지속적인 사랑 관계를
사랑하는 내 아내 케소니아와 갖게 하는데
그래서 불행하게도 생겨나지 않았다 켄타우로스 황제 혈통이

로마가 멸망한 이유다

나는 결심했다 그를 신으로 지명하겠다고
그러나 2월 초하룻날 전 아흐렛날
케레아 코르넬리우스 사비누스 및 다른 바보들이 가로막았다
이 가치 있는 의도를

그가 담담하게 받아들였다 내 죽음 소식을

그는 궁중 밖으로 내던져지고 추방형을 받았다

그 타격을 견뎠다 위엄 있게

후손 없이 죽었다
안티움 읍에서 온 살갗 두꺼운 백정한테 도살되어

그의 육(肉)의 사후 운명에 대해
타키투스는 말이 없다

아겔다마*

사제들 고민이다
윤리와 부기의 경계선에서

어떻게 하나 은화들,
유다가 그들 발에 내던진 그것들을

총액
지출란에 기재
적어넣겠지 그것을 연대기 작가들은
전설란에다

맞지 않지 그것을
예상외 수입으로 잡는 것은
위험하다 금고에 넣기가
은을 오염시킬 수 있거든

쓸 수도 없다 그걸
사원용 촛대 사는 데
가난한 자들한테 나눠줄 수도 없고

---

* Akeldama. 예수를 배반한 후 유다가 자살한 곳.

긴 의논 끝에
결정했다 옹기장이 구역 밭을 구매하고
그것을 순례자용
묘지터 삼기로

돌려주는 거지—말하자면
죽음의 대가인 돈을
죽음한테

그 출구 전략
꾀발랐다
하여 까닭,
수세기 걸쳐 요란하게 울렸던,
이곳의 이름
아겔다마
아겔다마
'피의 밭'이 말이지.

코기토 씨, 스피노자가 광야에서 시험받은 이야기를 하다

암스테르담 출신 바뤼흐 스피노자가
신에 달하려는 욕망을 느꼈다

갈고닦는 중이었다 고미다락방에서
렌즈를
갑자기 장막을 뚫고
직면했다

길게 말했다
(그리고 그렇게 말할 때
확장되었다 그의 마음과
그의 영혼이)
던졌다 질문을
인간성 주제로

—신이 쓰다듬었다 멍하니 자신의 수염을

그가 물었다 제1 원인에 대해

—신이 들여다보았다 무한 속을

그가 물었다 궁극 원인에 대해

—신이 손가락을 꺾었다
목을 가다듬었다

스피노자가 말을 멈추었을 때
말했다 신이

—말을 잘하는구나 바뤼흐
내 맘에 든다 네 기하학적인 라틴어와
아주 명징한 구문 또한
논증의 균형도 있고

하지만 우리는 얘기하자꾸나
진짜 위대한
것들에 대해

—보거라 네 손,
상처투성이에 덜덜 떨리는

—눈이 망가지잖나
어두운 곳에서

—먹는 것 변변찮고
입성 형편없다

—새집을 사거라
봐주려무나 베니스산 거울
상이 겹치는 거는

—봐줘 머리카락에 꽂은 꽃
술 취한 노래

—수입을 잘 관리해야지
네 친구 데카르트처럼

—약게 살라구
에라스무스처럼

—바치는 거야 논문을
루이 14세한테
그래봐야 그가 안 읽을 거고

—좀 죽여
이성적 분노를

그것으로 왕좌가 몰락하고
별들이 검어지거든

—생각해
한 여인
네게 아이를 안겨줄 그녀를

—알겠지 바뤼흐
우리가 얘기중이다 위대한 것들에 대해

—나는 사랑받고 싶어
못 배우고 폭력적인 자들한테
그들만이 유일하게
나를 진실로 고파하니까

이제 베일 떨어지고
스피노자 혼자다

없다 황금 구름
높은 곳에 빛 같은 거

보이는 것은 어둠

들린다 삐걱이는 계단
내려가는 발소리

코기토 씨 이따금씩 묘한 편지를 받다

다름슈타트 출신 아멜리아 양
도움을 청한다
그녀의 고조할아버지
루트비히 1세를 찾고 있다고

그는 실종되었다
다른 수많은 사람들처럼
전쟁의 혼란중에

마지막으로
그를 본 것은
엘레니아 구라 근처
가족 저택에서다

코기토 씨
생생하게 기억한다
살을 에는, 불로 가득찬 겨울
1944년 그것을

고조할아버지
직업이 대공(大公)으로
살았다 그때

틀 속에

서 있었다
제복 차림으로
흰 바지 입고
여름 정자 앞에
오른쪽에는
부서진 기둥 하나
뒤로는
검은 폭풍우 하늘,
지평선에 밝은 자국 하나 있는

코기토 씨
생각한다
아이러니의 그늘 없이
고조할아버지의 죽음에 대해

잃지 않으셨을지
냉정을
화염이
창턱을 타고 앉았을 때에

비명 지르지 않았을까
그를 들판으로 끌고 갔을 때

꿇지 않았을까
애원하면서 무릎을
그들이 겨냥했을 때
그의 가슴 위 커다란 별을 말이지

코기토 씨의
상상력은
작다
잡역병,
안개 속 길 잃은 잡역병처럼

보지 못하지
그 얼굴
그 제복
그 흰 바지를

그가 보는 것은 오로지
검은 폭풍우 하늘,
지평선에 밝은 자국 하나 있는

게오르그 하임*— 거의 형이상학적인 모험

1

그림이 사고보다 훨씬 앞선다는 게
사실이라면
생각할 만하다
하임의 아이디어들
그가 스케이트 지치던 중 생겨났다고

—움직임의 편안,
얼음 표면 위로의

여기저기 있었다
움직이는 중심 둘레를 돌며
행성이 아니었지
종(鐘)도
쟁기에 묶인 농부도 아니었다

—운동의 상대성
비춰진 체계들의 투과

---

* Georg Heym(1887~1912). 독일 초기 표현주의 시인이자 작가. 1912년 1월 16일 베를린 근처 하벨 강 빙판에서 스케이트를 치다 익사했다.

왼쪽 더 가까운 둑
(가토브의 붉은 지붕들)
뒤로 내뺐다
강제로 확 잡아당겨진 테이블보처럼
오른쪽은 반면
섰다 (표면상) 제자리에

—결정론 타도
놀라운 공존, 기능성들의

—나의 위대함은—
혼잣말했다 하임이
(이제 뒤로 지치며
쳐든 왼발로 말이지)
다음 사실을 밝혀냈다는 것이지
오늘날 세계에는
없다는 거 결과라는 게
귀추의 폭정이
인과관계가 전혀

온갖 생각

행동
사물
현상들
공존한다
스케이트 자국,
흰 표면에 난 그것들처럼

중요한 언명이지
이론물리학에 있어
위험한 언명이다
시 이론에 있어

2
오른쪽 둑에 서 있던 사람들
알아채지 못했다 사라지는 하임을

그를 지나던 고등학생 하나
보았다 모든 것을 뒤집힌 순서로

하얀 스웨터
바지, 무릎 조이는
뼈 단추 두 개 달린

종아리, 오렌지색 긴 양말 신은
스케이트 그 불행의 원인을

경관 둘이
구경 군중을 가르고 들어가
자세히 살폈다 얼음에 난 그 구멍을

(지하 감옥의 입구 같고
가면의 차가운 입 같았다)

연필에 침을 묻히며
적으려 했다 사건을
질서를 부여하려 했지
한물간
아리스토텔레스 논리에 따라
권력에 딱 맞는
무딘 무관심으로,
그 발견자와
그의 생각
지금
얼음 아래
하릴없이 헤매고 있는데

구원에 대한 코기토 씨의 곰곰 생각

그가 자기 아들을 보내는 게 아니었다

너무 많이들 보았다
꿰뚫린 아들의 손을
그의 보통 살갗을

성경을 보면
우리 죄를 대속하기 위함
최악으로 대속으로써 말이지

너무 많은 콧구멍들이
맡았다 좋아라며
그의 두려움 냄새를

안 되지 낮게
내려와
피와 형제처럼 지내다니

그가 자기 아들을 보내는 게 아니었다
더 나았지 지배하는 게
대리석 구름의 바로크 궁전에서
공포의 왕좌에 앉아

죽음의 왕홀로

코기토 씨 조언을 구하다

그리 많은 책들 어휘 사전들
뚱뚱한 백과사전들
하지만 아무도 없네 조언 줄 사람

그들이 살핀 것은 태양
달과 별들
나를 빼먹었다

내 영혼
거부한다 위안,
지식의 그것을

헤맨다 그때는 밤에
선조들의 길에서

그리고 여기는
브라츠와프 읍
검은 해바라기들 한가운데

우리가 버렸던 그곳
비명 지르는 그곳

유태교 안식일이다
늘 그러듯 유태교 안식일에
새로운 하늘 드러나지

—당신을 찾는 중이다 랍비

—여기 없네 그는—
하시드 파가 말한다
—저승 세계에 있지

—아름다운 죽음을 맞았어
하시드 파가 말한다
—아주 아름다웠어
마치 건너가는 것 같았다
이쪽에서
저쪽으로

통째 검었고
손에 들었다
불타는 토라를

—당신을 찾는 중이다 랍비

—어떤 창공 너머에서
숨기고 있는가 당신의 현명한 귀를

—아프다 내 가슴 랍비
—문제가 있거든

내게 조언을 해줄 수도 있을 것이나
랍비 나흐만*
내가 그를 찾는다는 게
그 숱한 재 속이니

---

* Nachman of Bracław (1772~1810). 근대 하시드회 지도자. 그가 죽은 우만은 사십 년 전 유태인 수천 명이 학살된 곳이고, 소비에트 시절 나흐만의 기념물이 섰고 현재 하시드 유태인들의 순례지다.

지옥에 대한 코기토 씨 생각

지옥의 가장 낮은 계(界). 보편적인 견해와 달리 거기 사는 것은 독재자도, 어머니 죽인 자들도, 다른 이들 육(肉)을 좇은 자들도 아니다. 그것은 예술가들 보호시설, 거울, 도구와 그림으로 꽉 차 있다. 첫눈에 지옥 가운데 가장 편안한 구역, 없다 역청, 불과, 물리적 고문이.

일 년 내내 치러진다 경연대회, 페스티벌과 콘서트가. 피크 시즌이란 게 없지. 피크가 영원하고 거의 절대적이다. 삼 개월 단위로 새로운 경향이 생겨나고 아무것도, 보기에, 멈추게 할 수 없을 것이다 아방가르드의 승리 행진을.

마왕이 예술 애호가다. 떠벌린다, 그의 합창단, 그의 시인과 화가들이 이미 그 하늘 파랑을 거의 능가한다고. 더 나은 예술이 있는 곳이, 더 나은 통치가 있는 곳—끼깔하지. 머지않아 재볼 수 있을 터, 양 세계 페스티벌에서. 그때 보자고, 단테, 프라 안젤리코와 바흐한테서 뭐가 남을지.

마왕이 후원한다 예술을. 보장한다 그의 예술가들한테 고요, 좋은 음식과 완전한 격리, 지옥의 생으로부터의 그것을.

코기토 씨의 게임

1

좋아하는 오락이라면
코기토 씨는
크로폿킨 게임이다

장점이 많지
크로폿킨 게임은

해방시킨다 역사적 상상력을
연대의 느낌을
야외에서 치러지고
극적인 에피소드들 천지다
규칙은 고상하고
독재가 늘 진다

거대한 상상력의 널 위에
코기토 씨 놓는다 말들을

왕 뜻은
표트르 크로폿킨, 피터폴 요새의
주교들 병사 셋 신호 주는 자 하나
성(城) 탈출용 탈것

코기토 씨는 고를 수 있다
많은 배역 중에서

맡을 수 있지
화려한 소피아 나콜라예브나 역도
그녀가 시계 갑 안에다
몰래 들여오지 탈주 계획을

깽깽이 악사도 될 수 있다
그는 일부러 임대한
감옥 건너
평범한 집에서
〈후궁으로부터의 유괴〉*를 연주하는데
거리가 자유롭다는 뜻이지

그러나 무엇보다
코기토 씨는 좋아한다
오레스테스 바이마르 박사 역을

* 모차르트 오페라 제목.

그는 극적인 순간
말을 건다 성문 병사들에게

—미생물 바냐를 보았는가
—못 보았소
—그 짐승들 자네 피부에 기어다니는구만
—그런 말씀 마십시오 나리
—기어다닌다니까 꼬리도 있고
—긴가요?
—이삼 킬로미터 정도

그때 모피 모자
떨어지는 거다 양(羊) 눈 위로

그리고 이때쯤이면
굴러간다 활기차게
크로폿킨 게임

왕-죄수 뛴다 성큼성큼 보폭도 크게
씨름한다 잠시 잠옷 위 플란넬 가운과
평범한 집안 깽깽이 악사
연주한다 〈후궁으로부터의 유괴〉

들린다 그 소리 그를 잡는다
오레스테스 박사 미생물 주변을 빙빙 돈다
뛰는 심장
징 박은 장화, 포석 깔린 도로 위에
마지막으로 탈출용 탈것
주교들 움직일 수 없다

코기토 씨
행복하다 아이처럼
또 이겼다 크로폿킨 게임

2
그토록 오랜 세월
그토록 이미 오랜 세월
게임을 했다 코기토 씨

그러나 한 번도
끌린 적 없다 역할,
도망자 주인공 그것에

꺼려서가 아니다
푸른 피,

그 아나키스트 군주의 그것을
끔찍해서도 아니다 이론,
그 상호부조 이론이

비겁 때문도 아니지
소피아 니콜라예브나
평범한 집의 깽깽이 악사
오레스테스 박사
또한 그들 머리를 걸었다

그러나 그들과
코기토 씨
자신을 동일시한다 거의 완전하게

필요하다면
심지어 말도 될 것이다,
도망자 탈것을 끄는

코기토 씨
되고 싶다 자유의 중개자가

탈출 밧줄을 잡고

감옥 밀서 몰래 들여다주고
신호를 주고 싶다

믿고 싶다 심장을
깔끔한 동정 반사동작을

그러나 맞추고 싶지 않다
월간 『자유』지 게재 글,
상상력 미약한
털보 사내들이 쓴 그 내용에

그는 받아들인다 하찮은 역을
역사 속에 살지 않을 것이다

코기토 씨가 올바른 자세에 대하여

1

우티카
시민들
원하지 않는다 방어를

도시에 돌았다 역병,
자기 보존 본능의 그것이

자유의 신전
변했다 벼룩시장으로

원로원 토론한다
원로원 아닐 방안을

시민들
원하지 않는다 방어를
참석한다 단기 연수 과정,
무릎 꿇고 먹는 그것에

수동적으로 기다린다 적을
적는다 비굴한 청원서를
묻는다 금을

깁는다 새 깃발들을
순결하고 하얗게
가르친다 아이들에게 거짓말을

열었다 성문을
그것을 통해 지금 들어오고 있다
모래 기둥이

평상시의
장사와 짝짓기 말고도

2
코기토 씨
맞서고 싶다
그 상황에

말하자면
쳐다보고 싶다 운명을
똑바로

아들 카토*처럼

『영웅전』 참조

그러나 없지
칼이
기회도 없고
가족을 바다 건너로 보낼 기회 말이다

기다린다 그러므로 다른 이들처럼
불면의 방에서 왔다갔다하며

스토아학파 철학자 조언에도 불구하고
갖고 싶다 몸, 다이아몬드와
날개의 몸을

바라본다 창으로
공화국의 해가
서쪽으로 지는 모습을

그에게 남아 있는 것 많지 않다

---

* Cato the Younger Uticensis(BC 95~46). 카이사르에 반기를 들었다가 패하자, 카이사르의 화해 손짓에도 불구하고 자살하였다.

실제로 단지
자세의 선택뿐이다

그가 죽고 싶은 자세
몸짓의 선택
마지막 말의 선택

그래서 그가 눕지 않는다
침대에
피하기 위해서지
자다가 목 졸려 죽은 일을

그는 끝까지
맞서고 싶다 그 상황에

운명이 쳐다본다 그의 눈을
그의 머리가
있었던 곳의

코기토 씨가 보냄

가라 다른 사람들 갔던 곳 어두운 끝으로
가서 찾으라 허무의 황금 양모 네가 받을 마지막 보상을

가라 곧장 사람들 무릎 꿇은 한가운데로
등돌리고 먼지로 무너진 한가운데로

살아남은 것 살기 위한 것 아니니
시간이 별로 없다 증언을 해야지

담대하라 이성이 너를 실망시킬 때 담대해야 한다
궁극에 가서는 그거 하나다

그리고 너의 무력한 분노 바다 같게 하라
모욕당하고 매맞은 목소리 들을 때마다

그리고 버림받지 마라 네 누이 경멸한테서
기웃대는 자들 고문자들 겁쟁이들은—그들이 이긴다
가겠지 네 장례식에 그것도 안도하면서 던지겠지 언 땅덩어리
그리고 나무좀이 쓸 것이다 네 매끈한 전기를

그리고 용서하지 마라 사실 네 권한 밖이지
새벽에 배반당한 이들의 이름으로 용서한다는 게

조심하라 그러나 불필요한 자부심을
쳐다보라 거울 속 네 바보 광대 얼굴을
반복하라: 나는 부름받았다—더 나은 사람 없었을까

조심하라 심장 메마름을 사랑하라 새벽 샘을
알려지지 않은 이름의 새를 겨울 오크나무를
벽 위에 빛을 하늘의 광채를
그것들 필요로 하지 않는다 네 따스한 숨을
그것들 거기 있다 이 말 하기 위하여: 아무도 너를 위로하지 않을 것이다

빈틈없이 경계하라—언덕 위 빛 하나 신호를 줄 때—일어나 가라
피가 네 심장에서 검은 별 돌리는 한

반복하라 인류의 오래된 마법 주문을 동화와 전설을
왜냐면 그것이 얻는 방법이다 네가 얻지 못할 선(善)을
반복하라 위대한 단어들 반복하라 그것을 완고하게
사막을 건너고 모래로 죽은 사람들처럼

그러면 사람들이 네게 보답하리라 수중에 있는 것으로

웃음의 채찍으로 쓰레기 더미 위 살인으로

가라 왜냐면 그렇게만 너는 받아들여질 것이다 차가운 해골들의 핵심 그룹에
네 선조들의 핵심 집단에: 길가메시 엑토르 롤랑
끝없는 왕국과 재의 도시들을 지킨 사람들의

충직하라 가라

포위 공격 받는 도시에서 온 소식 外

1983

코기토 씨의 영혼

옛날에는
역사에서 알 수 있듯
그것이 몸을 떠났다
심장이 멈출 때

마지막 숨과 함께
조용히 물러났다
하늘 초원으로

　　코기토 씨의 영혼은
　　다르게 남는다

　　살았을 때 몸을 떠난다
　　작별 인사도 없이

　　몇 달 몇 년을 즐긴다
　　다른 대륙
　　코기토 씨의 경계 너머에서

　　주소를 알기 어렵다
　　연락이란 걸 모르니까

접촉 피하고
편지 쓰지 않는다

아무도 모른다 언제 돌아올지
아마 영영 가버린 걸지도

코기토 씨 누르려 애쓴다
천박한 질투 감정을

자기 영혼을 좋게 생각한다
자기 영혼을 애틋하게 생각한다

아마도 살아야겠지
다른 사람 몸에서도

영혼들 충분치 않다
인류 전체한테

코기토 씨 받아들인다 자신의 운명을
다른 방도가 없다

이렇게도 말해본다

—내 영혼 나의 것—

자기 영혼을 사랑스럽게 생각한다
자기 영혼을 애틋하게 생각한다

그래서 그것이 나타나면
예고도 없이 말이지
그는 이런 인사말로 맞지 않는다
—잘 왔다

그냥 곁눈질로 본다
그것이 거울 앞에 앉아
머리카락 빗을 때
헝클어지고 센 그것을 말이지

내가 본 것
카지미에시 모차르스키*를 기리며

보았다 예언자들 그들의 가짜 수염 잡아당기는 것을
보았다 협잡꾼들 일어나 채찍질 고행자 분파에 달하는 것을
양의 탈을 쓴 압제자들
인민의 분노로부터 달아난 그들이
목동의 피리 부는 것을

보았다 나는 보았다

보았다 한 사람, 고문에 내맡겨진
그 사람 앉아 있다 이제 안전하게 그의 가족과
우스갯소리 하며 수프를 떠먹으며
나는 쳐다보았다 그의 벌어진 입을
그의 잇몸—두 개의 야생 자두나무 가지, 껍질 벗겨진
그것 말할 수 없이 파렴치했다
나는 보았다 통째 적나라를
통째 굴욕을

그런 다음

---

* Kazimierz Moczarski(1907~1975). 폴란드 레지스탕스 투사. 제2차 세계대전 후 나치에 협력한 혐의로 투옥되어 독일 전범 한스 위르겐 슈툼프와 수 년 동안 같은 감방에 있었다.

학술원
숱한 인간 꽃들,
숨막힐 듯한
누군가 쉬지 않고 얘기했다 뒤틀림에 대해
나는 생각했다 그의 뒤틀린 입에 대해

이것 혹시 마지막 막 아닐지,
무명씨 작품의
평평하기 수의와 같은
숨죽인 흐느낌과
그들의 킬킬거림으로 가득찬,
이번에도 일이 잘 끝난 것에
안도의 한숨을 쉬며
죽은 소품들이 깨끗이 치워진 뒤
천천히
들어올리는

피 묻은 커튼 들어올리는 그들의

1956

계단 꼭대기에서

명백히
계단 꼭대기에 선 사람들
그들은 안다
그들은 안다 모든 것을

다른 한 편 우리
광장 청소부들
더 나은 미래의 볼모들
에게는 계단 꼭대기 사람들이
드물게 보이고
늘 손가락을 입술에 대고 있고

우리는 근면하다
우리 아내들 고친다 일요일 셔츠를
우리는 얘기한다 식량 배급에 대해
축구화 값에 대해
그리고 토요일 머리를 뒤로 젖히고
술을 마신다

우리는 그런 부류 아니지
주먹을 쥐는
사슬을 흔드는

말하고 질문하는
반란을 촉구하는
열받은
끊임없이 말하고 질문하는 부류 아니지

그들이 하는 이야기는 이렇다—
우리가 계단에 몸을 던지고
대번에 그들을 압도,
계단을 굴러내릴 것이다
꼭대기에 선 자들의 머리가
그리고 마침내 우리가 볼 것이다
높은 데서 보이는 것을
이런 미래라니
이런 헛소리라니

우리는 바라지 않는다 광경,
머리가 구르는 그것을
우리는 안다 얼마나 쉽게 재생되는지 머리가
그리고 언제나 꼭대기에 남아 있다
한 명 혹은 세 명이
바닥은 깃털먼지떨이와 삽 들 새까맣고

이따금씩 우리 꿈에
계단 꼭대기 사람들
내려온다
말하자면 우리한테
우리가 신문 보며 빵 씹고 있는 곳으로
그리고 말한다

—우리 얘기 좀 나눕시다
인간 대 인간으로
사실이 아니오 벽보가 떠드는 내용은
우리는 진실을 꽉 다문 입속에 넣고 다니죠
잔인하고 너무 무거운 진실이라
홀로 지는 거죠
우리는 행복하지 않아요
머물고 싶군요
이곳에

그것은 명백한 꿈이다
실현될 수 있고
그렇지 않을 수도 있다
하여 우리는 앞으로도
경작할 것이다

우리 면적의 땅을
우리 면적의 돌을

가벼운 머리로
담배 한 대 귀에 꽂고
가슴에 한 방울 희망도 없이

1956

애도

어머니를 기리며

그리고 이제 머리 위에 갈색 뿌리들의 구름
야윈 소금 백합, 관자놀이에 모래알 염주와
돛, 거품 안개 속 한 척 배 바닥에

강굽이에서 일 마일쯤 더 가
보이기—안 보이기—파도 위 빛과 같이
진정 그녀 다르지 않지—버려지지 우리 모두와 같이

강에게

강이여—물의 모래시계 영원의 은유여
네게 들어가면 갈수록 달라져
내가 구름이고 물고기거나 바위일 수 있고
너는 변함없기 시계와 같이 재는구나
몸의 변형과 영혼의 추락
느린 해체, 근육 조직과 사랑의 그것을

나 흙에서 태어나
너의 학생이고 싶다
그리하여 알게 되고 싶다 올림피아 심장의 샘을
윙윙대는 기둥들의 차가운 행진을
내 믿음과 절망의 암상(岩床)을

가르쳐다오 내게 강이여 불굴과 지속을
내가 자격을 갖추게 되도록 마지막 시간
거대한 삼각주의 그림자 속에서 쉴 자격
시작과 끝의 거룩한 삼각형 속에서 말이다

옛 거장들

옛 거장들
이름 없이 지냈다

그들의 서명
성모의 흰 손가락이었다

아니면 핑크빛 탑,
바다 위 도시의

그리고 또한 생의 장면,
축복받은 겸양의 그것들로

녹았다
십자가 처형
기적의
꿈으로

찾았다 쉴 곳을
천사 눈꺼풀 아래서
구름 언덕 뒤
천국의 두터운 풀밭에서

익사시켰다 온몸
황금 창공에
겁에 질린 비명 한마디 없이
기억해달라는 외침 한마디 없이

그들의 그림 표면
매끄럽다 거울처럼

우리를 위한 거울 아니지
선택받은 자들의 거울이다

부르노라 그대 오래된 거장들
의심의 힘든 순간에

털어내다오 내게서
오만의 뱀 비늘을

귀먹은 채 있게 해다오
명성의 유혹에

부르노라 그대 옛 거장들

만나의 비 화가여
자수 나무들 화가여
성모 방문 화가여
거룩한 피 화가여

리샤르드 크리니츠키*에게—편지

많이 남지는 않을 거다 리샤르드 사실 많지 않다
우리 미친 시대의 시 가운데 릴케 엘리엇은 물론
몇몇 다른 권위 있는 무당들도 알거든 비밀의
단어 주문을 시간에 면역성 있는 형식을 그것 없이는
어떤 구절도 기억에 값하지 않고 말이 모래와 같은 법

우리의 학교 공책, 성실한 고문의 그것은
그 땀과 눈물 피 자국 때문에
영원한 출판 교정인한테 음(音)없는 가사 같을 것이다,
고결하게 옳고 일체 너무 자명한

우리 너무 쉽게 믿었다 아름다움이 구원하지 않는다고
분별없는 것들을 꿈에서 꿈으로 죽음 향해 이끈다고
우리 중 누구도 깨우지 못했다 포플러에서 나무 요정을
읽지 못했다 구름의 글을
그래서 일각수가 우리의 흔적을 추적하지 않는 것
우리 되살리지 않는다 내포의 배를 공작새를 장미를
우리에게 남은 것 벌거숭이고 우리 서 있다 벌거숭이로

---

* Ryszard Krynicki(1943~). 폴란드 '뉴웨이브' 계열 시인. 1970년대 및 1980년대 공산주의를 강하게 비난하고 풍자하는 시를 썼다. 저명한 번역가이자 출판인이기도 하다.

오른쪽에 더 나은 면, 3부작
〈최후의 심판〉의

야윈 어깨에 우리 지웠다 공무를
학정과의 싸움을 거짓말하지 고통의 기록은
그러나 우리의 적은—인정하겠지—비열하게 작았고
그러니 우리 낮출 필요가 있었던 것인지 거룩한 말을
연단의 횡설수설로 신문의 검은 거품으로

너무 적었다 기쁨—신들의 딸이 우리 시 속에 리샤르드
너무 적었다 빛을 내는 황혼이 거울이 화환이 황홀이
단지 어두운 찬송가들 작은 영혼들 더듬대는 소리
불타버린 정원에 유골 단지뿐

무슨 힘이 있어야 우리가 운명과
역사의 판결과 인간의 불의에도 불구하고
배반의 정원에서 속삭일 수 있었다는 건지—잘 자라고

무슨 영혼의 힘이 있어야 우리가 켤 수 있었다는 건지
맹목으로 절망과 절망을 부딪치며
불꽃 하나 속죄의 표어 하나를

그래야 영원히 지속될 텐데 그 춤추는 원이 두터운 풀
위에서
축복받을 텐데 아이의 탄생과 각각의 시작이 모두
선물, 공기와 땅 그리고 불과 물의 그것으로

나는 모른다—그대여—그래서
보낸다 너에게 밤에 이런 부엉이 수수께끼를
따스한 포옹을
내 그림자가 절

여행자 코기토 씨의 기도

주님

감사합니다 세상을 아름답고 아주 다양하게 창조해주신 것에

그리고 또한 제게 허락해주신 것에, 당신의 무궁무진한 선(善)으로 나날이 고통받는 곳 아닌 곳에 있는 것을 말입니다

—타르퀴니아*의 밤 제가 우물 옆 광장에 누웠고 포금(砲金) 진자가 탑에서 당신의 분노 혹은 용서를 선포하셨던 것에

그리고 작은 당나귀가 케르키라** 섬에서 내게 그들 허파의 그 신비로운 울부짖음으로 풍경의 우울을 노래해준 것에

그리고 지저분한 도시 맨체스터에서 제가 착하고 분별 있는 사람들을 찾아낸 것에

자연이 반복했나이다 그 현명한 동어반복을: 숲은 숲 바다는 바다 바위는 바위였나이다

---

* Tarquinia. 이제껏 알려진 가장 거대한 에트루리아 사원 유적지가 있는 이탈리아 도시.

** Kerkyra. 코르푸 섬의 고대명.

별들이 선회했고 마땅한 대로였나이다—제우스의 만물 실현

—용서해주소서—제 자신만을 생각한 것을, 다른 이들의 잔혹하고 돌이킬 수 없는 생들이 내 둘레를 거대한 보베 성베드로 천문시계처럼 돌았는데도

제가 미로와 동굴 속에서 너무 조심스러웠고 넋 나갔고 게을렀던 것을

그리고 또한 용서해주소서, 저는 바이런 경처럼 억눌린 인민의 행복을 위해 싸우지 않았고 살폈나이다 오로지 뜨는 달과 미술관만을

—감사합니다, 당신의 영광 위해 창조된 작품이 제게 그 신비의 입자를 공급했고 제가 정말 외람하게도 생각했던 것에, 두초 반 에이크와 벨리니들이 저를 위해서도 그렸다고 말입니다

그리고 또한 끝까지 알 수 없던 아크로폴리스가 참을성을 갖고 내 앞에 그 팔다리 잘린 몸 드러내준 것에

—청하오니 부디 보상해주소서 그 머리 센 늙은 여인, 자진해서 제게 과일을 라에르테스 아들 태어난, 햇볕에 탄 섬 그녀 정원에서 가져다준 그녀한테

그리고 헤브리디스 해협 안개 자욱한 멀 섬 출신 헬렌 양에게도 왜냐면 그녀 저를 그리스식으로 환대하고 제게 부탁하기를 밤 성 아이오나 쪽으로 난 창문에 등잔을 켜라 하니 이것은 땅의 빛들 서로 인사케 하기 위함이었습니다

그리고 모든, 내게 길을 가리켜주고 그쪽입니다, 선생, 그쪽 했던 이들에게도

그리고 보살펴주소서 스폴레토에서 온 마마를 팍소스에서 온 스피리디오나를 베를린에서 온 착한 학생을 그가 나를 억압에서 구했고 그다음 애리조나에서 흔치 않게 만났을 때는 그랜드캐니언까지 차 태워줬고 그곳은 성당 십만 개 물구나무선 것 같았습니다

—오 주여 제가 생각하게 마소서 눈 짖고 머리 센 어리석은 내 박해자들에 대해 태양이 진정 형언할 수 없는 이오니아 해로 질 때에

제가 이해하게 하소서 다른 사람들 다른 언어들 다른 고통들을 그리고 무엇보다 겸손하게 하소서 즉 원천을 찾는 자이게

감사합니다 주님 세상을 아름답고 다양하게 창조해주신 것에

그리고 이것이 당신의 유혹이라면 유혹당합니다 영영 그리고 용서받을 수 없을 정도로

코기토 씨—귀국

1

코기토 씨
돌아가리라 결심했다
돌 자궁,
조국의 그것으로

결정은 극적이다
후회가 쓰다

하지만 더이상
견딜 수 없다 일상 대화투 표현을
—comment allez-vous
—wie geht's
—how are you*

겉보기에 단순한 질문들이
요구한다 매우 복잡한 답변을

코기토 씨 뜯어낸다
친절한 무관심의 붕대를

* '안녕하십니까'의 프랑스어, 독일어, 영어.

멈추었다 진보 믿기를
신경쓴다 자신의 상처를

풍요 전시는
채우지 그를 따분함으로

그는 맨다 자신을 오로지
도리아식 기둥꼴
산클레멘테의 교회
어떤 부인의 초상
그가 계속 읽는 책과
몇몇 다른 자질구레한 장신구들한테만

그러므로 돌아간다

지금 본다
국경을
경작된 밭을
살인의 총탑을
두터운 철조망 덤불을

옷 스치는 소리도 없이

장갑판 문
닫힌다 느리게 그의 뒤로

그리고 이제
그는
혼자다
보고(寶庫),
온갖 불행의 그것 안에

2
그러게 왜 돌아간다고 그래
묻는다 친구들
더 나은 세상의 그들이

여기 머물면 될 텐데
어떻게든 꾸려보지

상처는 맡겨
드라이클리닝 약품 세탁소에다

뇌두던지 라운지,
거대한 공항의 그곳에

그러게 왜 그는 돌아간다고 그러나

—유년의 강한테로
—헝클어진 자신의 뿌리한테로
—추억의 포옹한테로
—손과 얼굴,
쇠살대에 덴 그것한테로

겉보기에 단순한 질문들이
요구한다 매우 복잡한 답변을

코기토 씨는
대답을 하러 가는 것일 수도

공포의 말에
불가능한 행복에
갑작스런 타격에
기만적인 질문에

코기토 씨와 묘사

1

코기토 씨 한 번도 신뢰한 적 없다
묘사의 술수를

알프스 꼭대기 피아노
연주 그에게 가짜로 들린다

별 볼 일 없다 미궁
스핑크스라면 혐오 일색

살았다 지하실 없는 집
거울 없고 변증법 없는 집에서

헝클어진 그림들의 정글
그의 모국이었던 적 없다

실려간 적 드물지
은유의 날개로
그리고 나서는 추락했다 이카루스처럼
위대한 어머니 대지의 포옹 속으로

숭배했다 동어반복을

같은 것에 같은 것으로 식
설명

새가 새고
예속이 예속이고
칼이 칼이고
죽음이 죽음이라는 그것을

사랑했다
평평한 지평선을
똑바른 선을
땅의 인력을

2
코기토 씨 들 것이다
소수 부류에

별 생각 없이 받겠지 평가,
장래 문학 연구자들의 그것을

묘사를 써먹었다
전혀 다른 목적에

만들고 싶었다 그것으로
공감의 도구를

이해하고자 염원했다 마지막까지

—파스칼의 밤을
—다이아몬드의 성질을
—예언자의 우울을
—아킬레오스의 분노를
—종족 학살의 광기를
—메리 스튜어트의 꿈을
—네안데르탈인의 두려움을
—마지막 아즈텍인의 절망을
—니체의 긴 죽음을
—라스코 화가들의 기쁨을
—오크나무의 흥망을
—로마의 흥망을

죽은 자 되살리고
약속 지키기 위하여

코기토 씨의 묘사
움직임이 진자 같다

오간다 정확하게
고통에서 고통으로

없다 그 안에
인위적인 시의 불 있을 자리

그는 계속 충실하고 싶다
불분명한 맑음에

너지 라슬로* 추모

로마나 말이 선생께서 방금 가셨다는데
선생이 영원히 머물 수 있는 부류라는 투였소
부럽구료 선생의 대리석 얼굴이

우리 사이 깨끗했지요 없었습니다 편지도
추억도 눈이 즐거운 어떤 것도
반지도 물주전자도
또한 여인의 비탄도
그래서 나는 좀더 쉽게 믿소 나의 갑작스런 득의를
선생이 이제 어틸러 요세프
미츠키에비치 바이런 경, 그 아름다운 유령,
늘 약속 모임에 나타나는 그것들 부류인 것에 대해서 말이오

내 홀아비 촉각은 익숙해질 수 없소
구체적으로 요구되는 희생의 포식성(捕食性) 사랑에
우리 채운 적 없소 죽은 방을 웃음으로
기댄 적 없소 팔꿈치를 윙윙대는 오크나무 탁자에
포도주 마신 적 없고 운명 뜯어먹은 적 없소
그렇지만 함께 살았소
안락원(安樂院)십자가와 장미에서

---

* László Nagy(1925~1978). 헝가리 시인. 헤르베르트 작품을 번역했다.

우리를 가르는 공간 수의 같소
저녁 안개 뜨고 지고
고결한 사람들 물과 흙의 얼굴을 했소

우리의 그 이상 공동 삶 놓일 것이오 아마도
기하학적 방식으로—똑바른 두 평행선,
지구 것 아닌 인내와 사람 것 아닌 충실의

코기토 씨와 장수

1

코기토 씨
자신에 대해 으쓱할 수 있다

넘었다 수명,
다른 많은 짐승들의 그것을

　　일벌이
　　영원한 안식 향할 때
　　코기토-젖먹이
　　누렸다 유쾌한 육체와 정신 상태를

　　잔인한 죽음이
　　집안 생쥐를 덮칠 때
　　그가 운 좋게 치렀다 그르렁 기침을
　　발견했다 말과 불을

　　우리가
　　새 신학자의 말을 믿는다면
　　제비의 영혼은
　　천국에 엎질러진다
　　지상의 봄

열 번 후에

그 나이에
꼬마 코기토 씨
공부했다 들쑥날쑥한 성적으로
보통학교 4학년에서
그리고 여자가 흥미롭기 시작했다

그런 다음
이겼다 제2차 세계대전을
(의심스런 승리)
때는 바로 염소가
어쩌다 염소 발할라로 들어섰을 때

이룬 것 꽤 되었다
몇몇 독재자에도 불구하고
건넜다 반세기의 루비콘 강을
피투성이로
그러나 살아서

물리쳤다
잉어를

악어를
게를

이제 그는
사이다 최후,
장어의 그것과
최후,
코끼리의 그것 사이

여기서
솔직히 말하자면
끝난다 자부심,
코기토 씨의 그것이

2
코끼리와 함께 나눈 관
전혀 그에게 끔찍하지 않다

그가 결코 갈망하지 않는다 장수,
앵무새나
보통 큰넙치*의 그것을

그리고 또한
차솟는 독수리
장갑 바다거북
멍청한 백조의 그것을

코기토 씨
끝까지
노래하고 싶다 무상(無常)의 아름다움을

그래서 삼키지 않는다 로열젤리를
마시지 않는다 불로장생약을
계약 맺지 않는다 메피스토펠레스와

훌륭한 정원사 솜씨로
기른다 얼굴 위 주름을

겸손하게 받아들인다 칼슘,
정맥에 축적되는 그것을

기억에 난 구멍이 그는 즐겁다

---

* Hippoglossus vulgaris. 수명이 구십 년에 이르는 것으로 알려졌다.

기억에 고문당했으니

불멸이
어릴 적부터
그를 놓이게 한 상태는
어마어마의 그것

신들을 무엇 때문에 시기하지?

—하늘파랑 밑그림
—형편없는 관리
—만족을 모르는 육욕

—강력한 하품

코기토 씨가 미덕에 대해

1

이상할 거 없다
그녀가 약혼녀 아니지,
진짜 사내들의

장군들의
권력 선수들의
독재자들의

몇 세기 동안 그녀 좇는다 그들을
그 징징 우는 늙은 독신녀
끔찍한 구세군 모자 쓰고
훈계한다

잡동사니 방에서 꺼내 질질 끌고 다닌다
소크라테스 초상을
빵으로 만든 십자가를
낡은 단어들을

—그런데 주변은 상한가지 장려한 생이
아침 도살장처럼 붉게

거의 그녀를 묻어도 될 정도다
은(銀)상자,
죄 없는 기념품들 넣는 상자에

그녀 갈수록 작아진다
목구멍 속 머리카락처럼
귓속 윙윙 소리처럼

2
오 하나님
그녀가 조금 더 젊었다면
조금 더 예뻤다면

시대정신과 함께 가며
유행 음악 박자 맞추어
엉덩이 흔들었다면

그때 그녀와 사랑에 빠질 수도 있었을 텐데
진짜 사내들
장군들 권력 선수들 독재자들이

그녀가 자신을 보살폈다면

그녀가 사람들한테
리즈 테일러나
승리의 여신처럼 보였다면

하지만 그녀한테서 풍긴다
나프탈린 냄새가
그녀가 입술을 오므린다
반복한다 그 위대한—안 돼,

그 완강 견디기 힘든,
우스꽝스럽기 허수아비 같은
무정부주의자의 꿈같은
성자 전기 같은 그 말을

수줍은 꿈

변형, 아래로 역사의 샘까지
물 한 방울 속 유년의 잃어버린 낙원까지

도주 추적, 생쥐 복도를 따라
벌레들의 도보 여행, 꽃의 내부로의
날카로운 잠 깸, 찌르레기 둥지 속

아니면 정신 바짝 차린 질주, 늑대 거죽으로 눈 가로지르는
그리고 낭떠러지 가장자리에서 커다란 울부짖음, 꽉 찬
갑작스런 공포, 바람이 살인자 냄새 실어올 때에

통째 일몰, 수사슴의 가지 친 뿔 속에
나선형 꿈, 뱀의
수직 불침번, 넙치의

이 모든 것 쓰여 있다 우리 몸의 지도 속에
그리고 두개골 바위에 찍혀 있다 조상의 초상들처럼
그래서 우리 반복한다 잊혀진 언어의 문자를

춤춘다 밤에 짐승 상(像)들 앞에서
살갗 비늘 깃털과 거북 따위 등딱지 차림으로
무한하다 우리 죄의 호칭기도가

착한 혼령들이여 밀어내지 말아다오 우리를
너무 멀리 우리는 방황했다 대양과 별 가로질러
몹시 지친 우리를 데려가다오 짐승떼한테

코기토 씨의 종말론적 예감

1

그리 많은 기적들,
코기토 씨 생에
운명의 변덕
영감과 추락
그러니 아마도 그에게 영원은
맛이 쓸 것이다

여행도
친구도
책도 없이

그 대신
시간은 많고
폐병 앓듯
쫓겨난 황제처럼

아마도 청소할 것이다
연옥의 드넓은 광장을
아니면 따분해하겠지 거울,
버려진 이발소의 그것 앞에서

깃털 펜도
잉크도
납지(蠟紙)도 없이

유년의 추억도
보편적 역사나
조류도감도 없이

다른 이들처럼
그가 등록될 것이다
지상의 습관
죽이는 강좌에

모집위원회
작업이 매우 정확하다

없애주는 것, 남아 있는 감각을
천국 지망자들한테서 말이다

코기토 씨 자신을 지킬 것이다
완강히 저항할 것이다

2

가장 쉽게 내줄 것은 후각이겠지
그것을 절도 있게 썼고
누구의 흔적도 좇은 적 없다

또한 내줄 것이다 유감없이
음식 맛과
굶주림 맛을

모집위원회 탁자 위에
모아놓겠지 두 귀 꽃잎을

세속의 생에서
그가 침묵 애호가였다

그는 단지
설명할 것이다 준엄한 천사들에게
그의 시각과 촉각이
그를 떠나기 싫어한다고

여전히 느낀다고 몸에
그 모든 지상의 가시들

지저깨비들
포옹들
불꽃들
바다의 채찍들을

아직도 여전히 본다고
언덕 경사면 위 소나무 한 그루를
아침 예배의 일곱 촛대를
푸른 정맥의 돌을

그가 내맡길 것이다 자신을 온갖 고문에
부드러운 설득에
그러나 끝까지 지킬 것이다
고통의 광휘로운 지각작용을

그리고 몇몇 빛바랜 그림들,
불타버린 눈 바닥 위 그것들을

3
누가 아나
그가 잘하면
천사들을 납득시킬 수 있을지

그가 무능하다고
하늘나라
복무에는 말이지

그리고 그들이 그를 돌아가게 해줄지
잡초 제멋대로 자란 길 따라
흰 바다 해변 위
시작의 동굴로 말이지

자장가

해〔年〕들이 갈수록 짧아진다
아몬 신전 사제들
발견했다 영원한 등잔이 매년 더 적은 양의 기름을 태운다는 것을
그건 세계가 오그라든다는 뜻
공간이 시간이 그리고 사람들이

사제들의 관찰을 전달했다 플루타르코스가 분명
철학자 집단의 화난 투덜거림을 야기하면서
그들 절망했던 거지 인간의 가변성에
우주가 우리의 전범 노릇 해주었으면 했으니까

그렇지만 등잔의 증거 보기에 말이 안 됨에도 불구하고
맞아떨어진다 경험, 여관을 역을 집을 떠나 환영의
시내를 건너고 이제 완만한 비탈 아래
우리 모두 가는 곳으로 내려가는 사람들의 그것과

그들이 아는 바
—준다 낮과 밤

—새벽에 꺾인 장미 겁에 질려 꽃잎 떨구고
저녁이면 불타버린 암술 덤불에 지나지 않는다

—12월에 하품과 8월 낮잠 사이
한순간도 사건과 갈망 없이 지나가기 힘들지

—여행하며 잎새는 점점 덜 경악한다

—떨리는 손에 들린 침처럼 가냘픈 양초 하나가
가리킨다 벽에서 벽으로 가는 길을
얼어붙은 거울이 거절한다 위안을

—사랑하는 죽은 자들, 모래알처럼 풍부한, 모래알 같은,
우리의 숙박소 기억은 아무도 받지 않고

—텅 빈 방들에 먼지 자리잡고 회고록을 쓰지

—고향 도시 사라지고 황금의 집*조차
더이상 빛나지 않고 우리가 사랑했던 모든 장소,
지속되지 않는 반도 위 그것들 가라앉는다 바닷속으로

매년 영원한 등잔이 더 적은 양의 기름을 태운다

---

* Ca d'Oro. 베니스 대운하 위에 세워진 15세기 궁정. 정식 명칭 Palazzo Santa Sofia.

그래서 착한 우주 우리를 눕혀 잠재운다

사진

저 소년, 꼼짝 않기 엘레아 학파 화살과 같은
저 소년, 키 큰 풀밭 속 그와 나 공통점 없다
생일과 지문 말고는

이 사진 찍었다 내 아버지가 제2차 페르시아전쟁 전에
잎이 무성한 것과 구름으로 보아 분명 8월
새들 울었다 귀뚜라미 곡식 냄새 가득찬 냄새

바닥에 강, 로마 지도에 히파니스*로 명명된
분수령, 가까운 천둥이 권했지 그리스인한테로 피하라고
그들의 바닷가 식민지들 아주 멀지는 않았다

소년 미소 짓고 있다 신뢰하며 그가 아는 유일한 그림자는
밀짚모자 그림자 소나무 그림자 집 그림자
그리고 불꽃 없이 타는 것 있다면 그것은 석양 불꽃 없이 타는 것

나의 꼬마 나의 이삭아 숙이거라 머리를
단 한 순간 고통이면 너는 될 수 있구나
네가 원하는 어떤 것이든—제비든 계곡 백합이든

---

* Hypanis. 지금의 남(南) 버그 강.

그러니 나는 흘려야겠구나 네 피를 나의 꼬마야
네가 여름 번개 속 내내 결백하려면
영원히 무사하기 호박(琥珀) 속 벌레와 같고
아름답기 석탄으로 보존된 양치식물 성당과 같으려면

바빌론

몇 년 뒤 바빌론으로 돌아갔을 때 변해 있었다 모든 것이
사랑했던 아가씨들이 지하철 노선 수가
나는 전화를 기다렸다 사이렌들 완강하게 침묵했다

하여 예술의 위안—페트뤼스 크리스튀스*의 젊은 부인 초상
점점 더 평평해졌다 접었다 날개를 잠자려고
빛, 절멸과 도시의 그것이 다가갔다 서로에게

세상 종말 축제 찬탈자 행진 시빌,
죄사함 받은, 술 취한 군중 풍요 신도들
하나님의 짓밟힌 육체 질질 끌려갔다 의기양양으로 먼지로

그렇게 실현되었다 세상 종말 상다리 부러졌다 에트루리아 식탁
포도주 얼룩진 티셔츠 차림으로 운명 자각 못하고 축하하느라
야만인들 결국 와서 끊겠지 그들 대동맥을

기원하지 않았다 네게 도시여 죽음을 어쨌든 이렇게는
왜냐면 너와 함께 자유의 달콤한 열매가 지하로 내려가고
우리 일체 다시 시작해야 할 터 쓰디쓴 앎에서 풀에서

---

* Petrus Christus(ca. 1410-20~1475-76). 네덜란드 화가.

하나님의 클라우디우스*

사람들이 말한다 나를
자연이 잉태하였으나
마무리 짓지 않았다고
폐기된 조각 작품
스케치
파손된 시(詩) 조각처럼

몇 년 동안 나 얼간이 행세했다
백치의 삶이 더 안전하지
차분하게 견뎠다 모욕을
그들이 내 얼굴에 던진
씨앗을 모두 심는다면
자랄 것이다 작은 올리브 숲 하나
드넓은 야자 오아시스 하나

나 교육받았다 포괄적으로
리비우스와 웅변과 철학
그리스어를 구사했다 아테네 시민처럼
그러나 플라톤은

---

* Claudius(BC 10~AD 54). 암살된 칼리굴라를 이은 로마 황제. 문자 세 개를 고안했는데 그중 두 개는 오늘날 W와 Y에 해당한다.

내가 누운 자세로만 닮았다

보충했다 공부를
창녀촌과 부둣가 여인숙에서
오 목록 정리 안 된 통속 라틴어 사전과
엄청난 보고, 악행과 방탕의

칼리굴라가 암살된 후
나 숨었다 커튼 뒤로
질질 끌려나왔다 강제로
갖출 수 없었다 현명한 언동과 얼굴 모양을
세상이 내 발아래 내팽개쳐졌을 때
말 안 되고 납작하게 말이지

그 이래 나 섰다 가장 근면한
황제, 세계사의
관료제의 헤라클레스라고나 할까
자랑스럽게 기억한다
그 자유주의 법령,
허용했지 배 꼬르륵 소리 내는 것을
연회 중에 말이다

부인하겠다 내게 자주 제기되는 잔혹 행위 혐의를
사실 딴 데 정신이 팔렸을 뿐이지

메살리나가 폭력적으로 죽었던 그날
나의—인정하지—어명이 죽였던 거다 그 불쌍한 것을
내가 물었구나 주연 중에—내 마누라는 왜 안 온 것이냐
답한 것은 무덤의 침묵
정말 깜빡했다

어쩌다보니 초대하였지
죽은 자들을 주사위 게임에
안 온 자들한테는 벌금형
그 많은 업무에 너무 시달려
헛갈렸을 수 있다 세세한 사항들을

아마
내가 처형을 명한 게
원로원 의원 서른다섯
그리고 기마 백인대 셋
그래 좋다구

좀 뭐하지 자줏빛 위엄에

뭐한 거 맞아 황금 반지에
그 대신—이건 사소한 게 아냐—
극장보다 한결

아무도 이해하려 들지 않았다
이런 시행들의 목적이 고결하다는 것을
나는 사람들이 익숙해졌으면 했다 죽음에
그 날 무디게 만들고
낮추고 싶었다 진부한 나날의 차원으로
가벼운 우울이나 콧물 같은 걸로 말이지

그리고 내가 섬세한 감정의
소유자라는 증거로 이 점을 들겠다
처형 광장에서
내가 옮겼다 온화한 아우구스투스의 상을
그 부드러운 대리석이
귀기울이지 않게끔, 사형수들의 시끄러운 울음에 말이다

나 바쳤다 밤을 공부에
썼다 에트루리아 역사를
카르타고 역사를
농업신 소재 소품을

게임 이론 주제 전공 논문을
뱀독 다룬 소책자를

내가 구했니라 오스티아를
모래의 침략 앞에서
물을 뺐다 늪지에서
지었다 수도교를
그때 이후로 피를 씻어내는 일
더 간편해졌다 로마에서

내가 넓혔다 제국 국경을
브리타니아 마우레타니아와
아마도 트라키아까지 집어넣으며

죽음으로 나를 가득 채운 것은 내 아내 아그리피나와
억누를 수 없는 그물버섯 치정
숲의 정수인 버섯—되었다 죽음의 정수로

기억하라—오 후대여—마땅한 존경과 감사로써
하나님의 클라우디우스가 해낸 공헌 가운데 적어도 하나는
내가 덧붙였다 알파벳에 새로운 기호와 소리를
넓혔다 말의 경계 말하자면 자유의 경계를

내가 발견한 글자들—사랑하는 내 딸들—디감마 안티시그마가
이끌었다 내 그림자를
내가 불안정한 걸음으로 오르쿠스의 음침한 영역 향했을 때에

코기토 씨의 괴물

1

운 좋은 조지 성인
자신의 기사 안장에서
가늠할 수 있었다
용의 힘과 움직임을

전략의 첫번째 원칙은
정확히 가늠하라 적을

코기토 씨
는 그보다 안 좋은 상황이다

앉았다 낮은
안장, 계곡의 그것에
두터운 안개에 싸여

안개 속에 알아볼 도리가 없지
이글거리는 눈을
탐욕스러운 발톱을
턱을

안개 속에

보이는 것은 단지
무(無)의 명멸뿐

코기토 씨의 괴물
전혀 없다 차원이라는 게

묘사하기 어렵고
정의를 빠져나간다

엄청난 내리누름 같다,
나라 위에 펼쳐진

구멍 낼 수 없다
깃털 펜으로
논쟁으로
창으로

숨막히는 그 무게와
그것이 내려보내는 죽음 아니었다면
우리 믿었을지도 모른다
그것 유령
상상력의 병(病)이라고

그러나 그것 있다
있다 분명

일산화탄소처럼 채운다 빽빽이
집들을 사원들을 저잣거리를

우물에 독을 탄다
마모시킨다 마음의 구조물을
덮는다 곰팡이로 빵을

괴물이 존재한다는 증거
가 그 희생자들이다

그 증거 직접적 아니지만
충분하다

2

멀쩡한 사람들 말한다
공존할 수 있다고
괴물과

그냥 애써 삼가면 된다
심한 동작과
심한 언사를

혹시 위협받게 되면
취하면 된다 형태,
돌이나 잎새의 그것을

귀를 기울여라 현명한 자연에
자연이 권하는 것 흉내내다

숨쉬는 건 얕게
있지 않은 척할 것

　　　　코기토 씨 그러나
　　　　싫어한다 척하는 삶을

　　　　싸우고 싶다
　　　　괴물과
　　　　다부지게 한판

　　　　그래서 향한다 새벽

취침중인 교외로
사려 깊게 장만한
길고 날카로운 물건을 들고

부른다 괴물을
텅 빈 거리 여기저기서

모욕한다 괴물을
자극한다 괴물을

건방진 전초 척후병,
존재하지 않는 군대의 그것처럼

부른다—
나와라 비열한 겁쟁이

안개 속 온통
보이는 것은 단지
엄청난 주둥이, 무(無)의

코기토 씨 벌이고 싶다
불평등한 싸움을

이 일 벌어져야 한다
가능한 한 빠르게

그것이
관성적 때려눕혀짐이기 전에
영광 없는 보통의 죽음이기 전에
무형(無形)으로 인한 질식사이기 전에

시해자들

레지[*] 말대로 그들은 서로 비슷하다
쌍둥이 같지 라바야크[**]와 프린치프[***] 클레멘트[****]와 카세리오[*****]
십중팔구 간질과 자살 혈통
그들 자신은 그러나 건강하다 눈에 띄지 않는다는 얘기
대개 젊다 아주 젊고 그 상태다 영영

그들의 고독이 몇 달 몇 년 날카롭게 간다 그들의 칼을
그리고 도시 바깥 숲에서 그들 연습한다 면밀한 사격을
연구한다 저격을 근면하고 혼자고 매우 정직하다
준다 어머니한테 푼돈 번 것을 보살핀다 형제자매를 술 안 마신다

없다 여자도 친구도

---

* Dr. Emile Régis. 『과거와 현재의 시해 사례들』(1890) 저자.

** François Ravaillac(1578~1610). 프랑스 왕 앙리 4세 시해범.

*** Gavrilo Princip(1894~1918). 보스니아 세르비아 민족주의자. 1914. 6. 28. 오스트리아 제국 페르디난트 공 암살범. 이 사라예보 사건으로 결국 제1차 세계대전이 일어난다.

**** Gregory Clement(1594~1660). 잉글랜드 상인 출신 국회의원. 1647년 대법관으로 임명되어 찰스 왕 처형장에 서명했고 왕정복고 이후 시해죄로 그 역시 처형당했다.

***** Sante Geronimo Caserio(1873~1894). 이탈리아 아나키스트. 프랑스 제3공화국 대통령 마리-프랑수아-사디 카르노 암살범.

저격 후 항복한다 저항 없이
견딘다 고문을 사내답게 청하지 않는다 은전을
부인한다 조사중 튀어나온 공범 추정을

공모는 없었다 정말 혼자 했다며

그들의 인간 것 아닌 진심과 단순이
몰아간다 판사를 변호사를 공중을 돌게 만든다 센세이션 없다

영혼을 저세상으로
보내버리는 자 경악한다 이들 죄수들의 마지막 시간 침착에

침착, 분노 아니고, 슬픔 아니고, 심지어 증오도 아니고
거의 빛남에

하여 사람들이 그들 두뇌 뒤지고
심장 무게 달고 간 자른단들 발견되지 않는다
어떤 정상 이탈도

그들 가운데 단 한 명도 어찌어찌 바꾸지 못했다 역사 경로를
그러나 대대로 전해졌다 검은 메시지가

그러니 생각해볼 가치가 있다 그 작은 손들
그 안에 한 방의 확신이 떨고 있는 그 작은 손들은

별명이 프로크루스테스*인 다마스테스**의 말

내 움직이는 제국은 아테네와 메가라 사이
내가 지배했다 숲을 골짜기를 낭떠러지를 나 홀로
늙은이 자문 멍청한 기장 없이 손에 일자 몽둥이 하나 들고
입성은 늑대 그림자와 공포를 부르는 단어 다마스테스 소리뿐

신하는 없었다 아니 짧게 있었다고 할까
새벽까지 살지 못했다 하지만 중상모략이다 날 노상강도라 하면
가짜 역사가들이 그렇게 가르치지만

사실 내가 학자고 사회개혁자였다
내 진정한 열정은 인체 측정학

고안했지 완벽한 인간 크기 침대를
갖다 대었다 사로잡은 여행자들을 그 침대에
피하기 힘들더군—인정한다—손발을 늘어뜨리기나 사지 절단을

환자들 죽었지만 죽는 자 늘수록
내 확신도 늘었다, 내 연구가 보탬이 된다는 그것
목표가 숭고했다 진보는 희생을 요구한다

---

* '늘어뜨리는 자'.
** '누르는 자'.

철폐하고 싶었다 높고 낮음의 차이를
인류의 역겨운 다양성에 주고 싶었다 단일한 형태를
집요하게 노력했다 인간을 평준화하기 위해

내 목숨 털썩 내려뜨린 테세우스는 죄 없는 미노타우로스 죽인 자
미궁을 아녀자 실타래 따위로 탐구한 그자
원칙이나 미래 전망 없이 술수로 가득찬 사기꾼 그자다

나 헛되지 않은 희망 있으니 다른 이들이 내 일을 맡아
이리 과감하게 시작된 일의 끝을 보리라는 것

페르시아 원정기*

키루스의 외인부대 공병대장 크세노폰,
영악하고 잔인한—맞지—그가 살해되었다
이백십오 일을 행군하다가
—우리 좀 죽여줘 더는 못 가겠네—
삼만 사천육백십오 단계로

불면증 악화 상태로 그들 횡단했다 미개한 나라들을
불확실한 턱 끝 눈 덮인 통로 소금기 평원을
인간 생체 도륙으로 길을 내면서
다행하게도 그들 주장하지 않았지 문명 수호중이라고

테케스 산에서의 그 유명한 외침
을 잘못 해석했다 감상적인 시인들이
그들이 발견한 것은 직선의 바다 말하자면 지하감옥 탈출로였다

그들 여행했다 성경 없이 예언자 없이 불타는 나무 없이
지상에 신호 없이 하늘로부터의 신호 없이
잔혹한 의식 지니고—생이 엄청나다는 의식

---

* Anabasis(ἀνάβασις). '올라가기'.

버려지다

1

따라잡지 못했다
마지막 차량을

머물렀다 도시에
그런데 도시가 아니네

아침 뉴스도 없이
저녁 신문도 없이

없다
감옥
시계
물도 없다

나 누리는 중
공휴(公休)를
시간 밖에서

길게 돌아다녀본다
불탄 집들의 대로를

대로, 설탕의
박살난 유리의
쌀의

쓸 수 있었다 논문을
갑작스런 변형,
삶에서 고고학으로의 그것에 대해

2
거대한 침묵이다

교외 주둔 포병,
자신의 용기로 질식한

어떤 때는
들리는 것 오로지
흩어진 벽들 울림뿐

그리고 부드러운 천둥소리,
공기 속 흔들리는 금속판의

거대한 침묵이다

포식자의 밤 앞에

때때로
하늘에 나타난다
부조리한 비행기가

내던진다 삐라,
항복을 권하는 그것들을

나 기꺼이 항복하겠으나
그럴 사람이 없다

3
지금 나 사는 곳
최상급 호텔이다

살해된 수위가
여전히 일하고 있다 수위실에서

잡석 더미에서
나는 곧장 간다
1층으로

방안으로,
전 정부(情婦)의
전 경찰국장의 방

잠을 잔다 신문 깔고
덮는다, 플래카드, 궁극의
승리를 미리 알리는 그것을

바에 남아 있다
고독 치료약이

병들, 황금액이 담기고
상징적인 상표가 붙은

　　—조니
　　실크해트에 가볍게 손을 대고
　　서둘러 서쪽으로 갔네

아무에게도 유감없다
내가 버려진 상태인 것에 대해

다한 거다

운과
오른손이

천장에
백열전구
거꾸로 선 두개골 같다

나는 기다린다 승자들을

전사자들에게 건배
탈영병들에게 건배

없앴다 내게서
악의적인 생각을

나를 버렸다 심지어
죽음의 예감조차

베토벤

그의 귀가 먹었다는데—사실이 아니다
그의 청각의 악마 지침 없이 일했고
없다 그의 귀 조가비 속에 죽은 호수 잠잔 적 한 번도

중이염 그다음은 악화
때문에 보청기로
지속되었다 쉿쉿 새된 음

개똥지빠귀 우르르 헐떡 소리 숲의 목재(木材) 종소리
그가 이것들에서 끄집어낸 것은—고음 바이올린 데스캔트들,
검은 귀머거리 저음으로 안감을 댄

그의 질병 열정 추락의 목록
은 풍부하기 그의 완성작 목록과 같다
고막-미궁 경화증, 아마도 매독의

마침내 왔다 와야 할 것이—거대한 무감각
벙어리 손, 어두운 상자와 현을 두드리는
볼록 내민 천사의 뺨 환호로 맞는다 침묵을

어릴 적 발진티푸스 그후 협심증 동맥경화증,
현악 4중주 op. 130 카바티나 속에

들리는 것은 얕은 숨 심장 협착 호흡곤란

곰보 얼굴로 꾀죄죄 시비를 일삼으며
그가 술을 마셨지 과하게 또 싸게—맥주와 전세마차꾼 진을
결핵으로 약해진 간이 거부했다 게임을

가엾게 생각할 것은 없지—빚쟁이들 죽었다
죽었다 연인들 하녀들과 백작부인들
군주들 후원자들도—흐느꼈다 나뭇가지 모양 촛대들

그가 여전히 살아 있다는 듯이 빌린다 돈을 가로막는다
하늘과 땅 사이 확립한다 연결을

그러나 달은 달이다 그 소나타 없이도

코기토 씨가 피에 대해 생각하다

1

코기토 씨가
읽고 있는 책
내용은 과학의 지평
생각 진보의 역사,
어두운 신앙주의에서
지식의 빛으로의 그것인데
우연히 마주친 한 대목이
흐리게 했다
코기토 씨 개인의 지평을
구름으로

사소한 기여,
방대한 역사에
인간의 엉뚱한 실수의

아주 오랫동안
유지되어왔던 확신은
인간이 자기 몸안에
꽤나 큰 혈액 통을 넣고 다닌다는 거였다

배 나온 통,

이십몇 리터들이의
—별거 아니지

그 때문일 수 있다
그 출혈 심한 전투 묘사
산호처럼 붉은 벌판
빠르게 흐르는 피의 시내
하늘, 비열한 대학살을
반복하는 그것이

그렇네 보편적인
진료 방법도

환자
동맥을 열고
마구 쏟아냈거든
그 소중한 액을
양철 대야에다 말이지

모든 이가 버텨낸 건 아니었고
데카르트가 고통스러워 속삭였다
선생들 살려주시오—

2

오늘날 우리는 정확히 알고 있다
각각의 인체마다
사형수든 사형집행인이든
도는 게 기껏
사 리터 남짓한 액체라는 것
소위 그
육체의 영혼이

부르고뉴 포도주 몇 플라스크
물주전자 하나
4분의 1,
양동이 용량의

적다

코기토 씨
놀란다 순진하게
왜 이 발견이
혁명을 부르지 않았을까
관행 영역에서

최소한 기울었어야 하는 거 아닌가
합리적인 검약으로

안 되지 옛날처럼
함부로 낭비할 수 없다
전쟁터에서
처형장에서

정말 이것 많지 않다
적다 물과 기름
에너지 저장량보다

그러나 일은 다르게 벌어졌다
내려졌다 수치스러운 결론이

삼가는 대신
낭비

정확한 양이
강화했다 허무주의자들을
주었다 더 큰 위세를 폭군들에게

이제 그들이 안다 정확하게
인간이 잘 부서지고
쉽게 피 뽑힌다는 것을

사 리터 남짓은
의미 없는 양

그렇게 과학의 승리가
가져다주지 않았다 영혼의 양식을
행동 원칙을
도덕규범을

그 위안 하찮다고
코기토 씨 생각한다
연구자들의 노력이
아무것도 바꾸지 못한다고

그 무게가 기껏해야
시인의 한숨 정도라고

그리고 피는
돌며 더 나아간다

건넌다 몸의 지평선을
환상의 경계를

—아마도 홍수

코기토 씨와 마리아 라스푸틴—접촉 시도

1

일요일
이른 오후
더웠다

먼 캘리포니아
몇 년 전—

　　『태평양의 소리』
　　페이지를 넘기다
　　코기토 씨
　　알게 되었다
　　마리아 라스푸틴의 죽음,
　　공포의 라스푸틴 딸의 그것에 대해

　　짤막한 부고가
　　마지막 쪽에 났는데
　　그의 개인적 관심사였고
　　감동시켰다 그를 깊이

그렇지만 아무
연관이 없었다 그와 마리아는

그녀의 빈약한 생은
어떤 식으로든 짜여질 수 없었고
서사시의 카펫 속으로 말이지

다음이 대략적인 그녀 개인사다,
조잡하고
약간 하찮은

언제냐
찬탈자 블라디미르 일리치가
기름부음 받은 니콜라스를 제거했을 때
마리아 피신했다
대양을 건너

안았지 갯버들을
종려 내주고

시중들었다
백군파 망명객한테
냄새, 모국어의
러시아 팬케이크 오이 보르시치의

이상한 야심이 있었다,
좋은 가문 출신들의
접시닦이 되겠다는

왕이 안 되면
최소한 남작
정 안 되면 과부,
근위기병장교 미망인이라도

뜻밖에
열렸다 그녀 앞에 문,
예술가 경력의 그것이

그녀가 데뷔했다
무성영화
〈유쾌한 요트 조종사 지미〉로

이 형편없는 영화
확보해주지 않았다 마리아에게
지속적인 자리를
열번째 뮤즈의 역사 속에

그런 다음
그녀를 볼 수 있었다 2류 극장
시사풍자 익살극에서
싸구려 술집 저속한 공연에서

결국
정점

그녀가 얻었다 명성을
서커스 단막
곰과 함께 춤을
혹은 시베리아 결혼식으로

열광의 시간은 짧았다
파트너 미샤의
포옹이 너무 열정적이었다
폭력적인 껴안음,
버림받은 모국이 자행한

기적적으로 빠져나왔다 살아서

이 모든 것에

더하여 두 번의
실패한 결혼

그리고 중요한 세부사항 하나 더

당당하게 거절했다 제안,
인위적인 자서전을
'루시퍼의 딸'이라는 제목으로 내보자는 그것을

전술적으로 행동했군
스베틀라나*라는 여자에 비하면

2
『태평양의 소리』 부고에
실려 있다 망자의
사진이

건장한,
훌륭한 목재를 조각한
여인

---

* Svetlana Allilueva. 이오시프 스탈린의 딸.

서 있다
벽을 배경으로

손에 쥐고 있다
가죽 물건을

뭐랄까 중간,
부인 필수품과
우체부 가방의

코기토 씨의 관심이
묶여 있는 것은
마리아의 아시아 인종 얼굴 아니고
작은 곰 눈 아니고
왕년 춤꾼의 부피 큰 실루엣 아니고
바로 그
거세게 쥐여진
가죽 물건이다

무엇을
그녀
가져갔을까

황야를 가로질러
도시의 사막
수풀
산맥
계곡들 가로질러

—페테르부르크의 밤들
—툴라산 사모바르
—고대 교회 슬라브어 성가집
—훔친 은(銀)국자,
황후의 모노그램 새겨진
—크릴 성자의 이빨
—전쟁과 평화
—허브로 말린 진주
—얼어붙은 흙 한 덩이
—성상(聖像)이었을까

아무도 모를 것이다
그녀가 그 가방
가지고 갔다

3
이제
유해,
마리아 라스푸틴,
마지막 로마노프 왕가
마지막 악마 딸의 그것
쉬고 있다 미국 묘지에서

애도하지 않는다
정교회 종소리도
사제의 저음도

뭐 하고 있는가 그녀
전혀 어울리지 않는 이 장소,
생각나게 하는 게 피크닉
죽은 자들의 즐거운 주말
아니면 옅은 핑크빛
마지막 제과 경연대회인 곳에서

오직 회양목과 새들만
영원을 이야기한다

마리아
— 생각한다 코기토 씨
마리아 멀리 있는 성주,
손가락이 뚱뚱하고 붉은

로라라 부를 사람 아무도 없는

재판

장광설을 토하며 검사가
꿰뚫었다 나를 그의 노란 지시(指示) 손가락으로
나는 내 꼴이 엉망이라고 생각할밖에
본의 아니게 썼다 두려움과 비열의 가면을
덫에 걸린 시궁쥐 간첩 형제살해범처럼
언론 기자들 춤추었다 전쟁 춤을
내가 천천히 마그네슘 더미 위에서 불타는 동안

이 모든 것 일어났다 작은 숨막히는 홀에서
삐걱댔다 마루 회반죽 떨어졌다 천장에서
나는 셌다 판자에 난 옹이 벽에 난 구멍 수를 얼굴들
얼굴들 비슷했다 거의 똑같은
경찰들 판사석 증인들 방청객들
속했다 동정 결여된 부류에
그리고 부드럽게 웃는 내 변호 변호인도
명예회원이었다, 처형소대의

그리고 앞 열에 앉아 있었다 뚱뚱한 노파
내 어머니로 변장하고 연극적인 동작으로 치켜올렸지
스카프를 지저분한 눈으로 하지만 울지 않았다
오래 계속되었다 얼마나 오랜지도 모른다
판사들 법복에 찼다 석양의 붉은 피가

진짜 재판이 진행중이었다 내 세포들 속에서
그것들 분명 미리 알고 있었다 판결을
짧은 폭동 후 항복하고 죽었다
잇따라서
내가 쳐다보았다 놀라 내 밀랍 손가락을

나 최후진술 못 했고 그렇지만
그 오랜 세월 동안 작성해왔었지 마지막 발언,
하나님한테 세계의 재판관한테 양심한테 할
죽은 자들한테 할, 산 자들, 경비들이
발딱 일으켜세우는 그들한테보다는 말이지
나 어찌어찌 눈을 껌벅이는 게 전부였고 그때
홀에 건강한 폭소가 터졌다
웃고 있었다 내 추정 어머니도
판사 나무망치가 말했고 그게 바로 끝이었다

하지만 뭐냐 그러고는—밧줄 쓰는 죽음인가
아니면 형이 바뀔 수 있나 지하감옥 은총으로
두렵다 있을까봐 제3의 검은 해결이
시간, 감각과 이성의 경계 너머

하여 잠에서 깰 때 뜨지 않는다 눈을
양손 꼭 쥐고 머리는 들지 않는다
가볍게 숨쉰다 왜냐면 정말 모른다
몇 분치 공기가 내게 아직 남아 있는지

이사도라 던컨*

아름답지는 않았다 약간 오리 코
나머지 그녀 육체 겹은 전문가들이 높이 평가하지
그들 말 믿어야겠지만 이제 누구도
그녀 춤을 재생하지 않을 것 이사도라를 다시 살리지 않을 것
그녀가 머물 것 비밀의 틀 속 수수께끼로
마야 문자처럼 〈지오콘다〉 미소처럼

무엇 덕분인가 그 엄청나게 높은 명성은
형편없는 취향일 수 있지 네로의 시들
신성한 사라의 무대용 신음 할리데이의 음매 소리처럼
살인적인 권력을 행사한다 시대정신
이른바 유행의 악마 덧없음의 악마는
시대의 시계가 선다—신들이 내려간다 바닥으로

그리스인들을 그녀 알게 되었다 알 수 있는 만큼
오하이오 출신 평균치 소녀가
상상의 헬라스 전망에 사로잡힌 상태로 말이지
부르델이 그녀를 조각했다 바쿠스 여사제 자세로

분별없이 누설했다 심장과 침대의 비밀을

---

* Isadora Duncan(1877~1927). 미국 무용가, 무용교육자.

『나의 생애』라는 제목의 비난받을 만한 책에서

그때부터 우리는 안다 정확히 배우 베레기가
그녀한테 감각의 세계를 열어준 이야기 그녀가 고든
크레이그 콘스탄틴 스타니슬라브스키와
일단의 음악가 갑부 작가 들을 미치게 만든 이야기
그리고 파리 가수 하나가 그녀 발에다
자신이 가진 모든 것을 던진 이야기—그의 제국,
안심하고 쓸 수 있는 재봉틀과 기타 등등의 그것을

아 그때 에우리피데스가 살았다면
분명 그녀를 사랑하거나 미워하여
주었을 것이다 이미 통째 영원한 비극 속 역할을

재능이 꺼져갈수록 더욱 불타
그녀가 믿었다 오로지 춤만이 세계를
비참과 고뇌에서 구원할 수 있다고 이 신비적인 신념이
몰았다 그녀를 연단으로 그녀가 선동했다
액체가 떨어졌다 그녀한테서 그녀가 거대한 용광로인 것처럼
비참과 고뇌가 장소에 기둥처럼 어울렸고
그녀 잊은 것 같았다 예술이 탄식 아이를 구해주지 않는다는 것을
뮤즈들의 수호신 아폴로가 그 잘못 용서해주기를

자신이 벌인 모든 일에서처럼 짧지만 열정적으로
그녀가 사랑했다 소비에트와 레닌의 젊은 나라를
스타, 역사의 엔지니어 목에 걸린

유감스럽지만 이것에서 일체 아무 불꽃도 생겨나지 않았다
이사도라 지껄였다 여전히 중공업과 농업을
'가벼운 춤' 혁명은 꿈이고, 이었다

그 불쌍한 여인 뒤섞었다 유토피아를 진실과
열정, 왜냐면 그후 군중이 추종했다 그녀를
기라성 같은 과학자 목사들이 사르트르도

희망의 나라에 그녀가 유감스럽게도 안녕을 고해야 했지만
위안 삼아 챙겼다 값비싼 시인
반쯤 인사불성인 그 예세닌 개처럼 사랑했다 울부짖었다

　　피날레 묘기는 정말 드라마라 할 만하다
　　비상과 추락으로 가득찬 생애 후
　　죽음의 수단은 캐시미어 숄 되었다

　　너무 길었지 물론 살별 꼬리처럼

자동차 바퀴살에 휩쓸린 캐시미어 숄
그녀 목을 졸랐다 질투에 미쳐버린 오셀로처럼

그리고 그녀 여전히 춤춘다 백 살 넘었다
백발 노파, 창백한 거의 보이지 않는
위대와 우스꽝 사이 춤춘다
더이상 옛날 옛적 무아지경은 아니고
수녀원장의 분별 성숙한 사려로
맨발을 내딛는다 낭떠러지 위로

9월 17일*

유제프 찹스키에게**

무방비의 내 조국 받아들인다 너희 침략자들을
그리고 헨젤과 그레텔이 아장아장 학교로 걸어가던 그 길
깊은 구렁으로 갈라지지 않을 것

우리들의 강 너무 게으르고 홍수 취향 아니다
산맥 속 혼수상태인 기사들 계속 잠잘 것이다
그러니 편히 들어오라 불청객들

그러나 대지의 아들들 밤에 모인다
하찮은 카르보나리 당원들 자유를 음모하는 자들
닦을 것이다 그들의 박물관 무기들을
새 한 마리와 2색(色)에 맹서한 그들

그리고 나서는 언제나 그랬듯—백열과 폭발
물감 칠한 청년*** 불면의 지휘관들
패배 꾸러미 배낭 예찬의 붉은 들판

---

* 폴란드가 소비에트 군대에 동부를 침공당한 날. 히틀러 군대가 서부를 침공한 몇 주 후.

** Józef Czapski(1896~1993). 폴란드 화가이자 작가. 소련 수용소를 전전했고 1940년 '카틴 대학살'에서 살아남았다.

*** 작자 미상 제1차 세계대전 군가 가사 인용.

기운 나게 하는 앎, 우리가—혼자라는

무방비의 내 조국 받아들인다 너희 침략자들을
그리고 준다 너희에게 버드나무 아래 육 피트 땅을—평화를
우리 뒤에 오는 자들 다시 한번 배우게 하려는 것이지
가장 어려운 예술—죄의 용서를

전령

전령, 기다렸다 절망적으로 오랫동안
갈망했던 전달자, 승리 혹은 전멸의,
그가 도착을 꾸물댔다—비극이 헤아릴 수 없었다

안에서 합창대가 읊었다 검은 예언과 저주를
왕—왕가 물고기—이 몸부림쳤다 까닭 모를 그물에 잡혀
없었다 없으면 안 되는 다른 인물이—운명 말이다

에필로그를 분명 알았겠지 독수리 오크나무 바람 바다 파도는
관객들 죽음의 발뒤꿈치에서 숨이 얕았다 돌처럼
신들은 잠자는 중 번개 없이 조용한 밤

마침내 도착했다 그 주자(走者), 피와 진흙과 비탄의 가면을 쓰고
내질렀다 알 수 없는 고함을 가리켰다 손으로 동쪽을
그건 죽음보다 더 나빴다 왜냐면 연민도 두려움도 없었다
그리고 각자 마지막 순간 갈망한다 하수 처리를

코기토 씨가 정확의 필요에 대하여

1

코기토 씨
골치를 썩이는 문제는
응용수학 영역에 속한다

단순한 산수를 하다
부딪치는 어려움들 말이다

아이들은 문제없지
사과를 사과에 합하고
알갱이를 알갱이에서 빼고
계산이 맞아떨어지고
세계의 유치원
안전한 따스함으로 맥박 치잖나

측정된다 물질 분자들
무게 달린다 천체들
그리고 오로지 인간사에서만
창궐한다 범죄적인 소홀
정확한 자료의 결핍이

역사의 무한을

떠돌아다닌다 유령,
불확정의 유령이

트로이에서 죽은 그리스인 수
—우리 모르지

누가 얘기해보든지 정확한 사망자 수,
양쪽의,
가우가멜라
아젱쿠르
라이프치히
쿠트노 전투에서의 그것

그리고 또한 희생자 수
백색
적색
갈색
—아 색들 죄 없는 색들—
테러의

—우리 모르지
우리 정말 모른다

코기토 씨
거부한다 말이 되는 설명,
그것이 오래전 일이라는
바람이 재를 섞어버렸고
피가 바다로 흘러들었다는 그것을

말이 되는 설명이
더 썩힌다 코기토 씨의
골치를

왜냐면 심지어
우리 눈앞에서 벌어지는 일조차
살짝 빠져나간다 숫자를
잃는다 인간 차원을

어딘가 분명 단단히 잘못되었다
도구의 치명적인 결함
아니면 기억의 죄거나

2
몇 가지 간단한 사례,

희생자 셈에서의

정확한 사망자 수가
비행기 재앙에서
쉽게 정해진다

중요하지 상속자들과
슬픔에 잠긴
보험회사들한테

우리는 승객과
승무원 명단을 갖고
각 이름 뒤에
십자가 표시를 한다

약간 더 어렵지
경우가
철도 재앙이라면

재조립해야 한다
갈가리 찢긴 시신들을
어느 머리 하나

임자 없이 있지 않도록

재해가
자연 원소들의 소행일 때
계산은
아연
복잡해진다

생존자를 세고
알 수 없는 나머지,
살아 있는 걸로 알려진 것도
명확히 죽은 것도 아닌 그들을
정한다 별스러운 명칭
실종자로

그들 아직은 기회가 있다,
우리에게 돌아올
불에서
물에서
땅속에서 말이지

돌아오면—좋은 일

그리고 안 돌아오면—궂은 일

3
지금 코기토 씨
들어선다
가장 높은, 흔들거리는
단계, 불확정의 그것에

얼마나 어려운가 정해야 할 이름이
비인간적인 권력과 싸우다
죽어간 모든 사람들 그것이라면

공식 자료가
줄인다 그들 숫자를
다시 한번 무자비하게
10분의 1을 죽이는 거지, 사망자들의

그리고 그들의 시신 사라진다
지하실 깊은 구렁,
거대한 경찰서 건물의 그것으로

육안의 목격자들

가스에 눈멀고
일제사격에
두려움에 절망에 귀먹어
과장하는 경향 있지

외부 관찰자들
낸다 의심스런 숫자를
들이밀며, 수치스런
단어 '대략'을 말이지

그런데 이런 일에는
필요하다 정확이
잘못할 수 없다
단 한 건도

우리는 모든 것에도 불구하고
우리 형제를 지키는 사람들

실종자들에 대해 모르는 것이
세계 현실성의 토대를 허물어트린다

집어던진다 우리를 현상의 지옥 속으로

변증법의 악마적인 그물,
본질과 유령 사이
아무 차이도 없다고 말하는 그것 속으로

우리는 그러므로 알아야 한다
정확히 세야 한다
외쳐 불러야 한다 그들을 이름으로
길 떠날 채비를 갖춰줘야 한다

찰흙 단지 속에
기장 양귀비
빼빗
화살촉
충실의 반지

부적

취향의 힘
이지도라 담브스카* 교수님께

전혀 아니었다 대단한 등장인물 요하는 일이
우리의 거부 불일치와 고집은
우리는 있었다 필요한 소량의 용기가
그러나 본질적으로 그것은 취향의 문제였다
그래 취향,
그 안에 영혼의 섬유질과 양심의 연골이 있는

누가 아나 우리가 더 좋게 더 아름답게 유혹당한 건지
우리에게 보내진 게 납작하기 성체와 같은 핑크빛 여자인지
아니면 히에로니무스 보슈 그림에서 나온 환상 짐승들인지
하지만 지옥은 그 당시 그 뭣이냐
질척한 구덩이 살인자의 뒷골목 병영,
정의의 궁정이라 불리던
밀주업자 메피스토펠레스, 레닌 재킷 차림의 그가
보냈다 땅으로 오로라의 손자 손녀들을
감자 모양 얼굴의 소년들
손이 붉고 아주 추한 소녀들

---

* Izydora Dąmbska(1903~1983). 폴란드 철학자. 점령군 시절 지하 대학 강의에 참가했고 전후 크라쿠프에 정착했으나 1960년대 마르크스주의에 비판적이라는 이유로 야기엘로니안 대학 철학 연구소에서 쫓겨났다.

정말 그들의 수사학 한마디로 너무 튼튼한 직물 띠였다
(마르쿠스 툴리우스 키케로가 무덤에서 돌아누웠지)
동어반복의 연쇄 도리깨 같은 개념 몇 개
고문자의 변증법 별 볼 일 없는 추론
접속사의 아름다움이 결여된 구문

그러니 미학이 삶에 도움일 수 있다
소홀히 해서는 안 된다 아름다움 공부를
합류 선언 전 우리는 세심하게 살펴야 한다
건축 형태를 북과 피리의 리듬을
관(官)의 색깔을 품위 없는 매장 제의를

우리의 눈과 귀 거절했다 복종을
군주다운 우리의 감각들 선택했다 당당한 망명을

전혀 아니었다 대단한 등장인물 요하는 일이
우리는 있었다 필요한 소량의 용기가
그러나 본질적으로 그것은 취향의 문제였다
그래 취향,
우리에게 나와라 비틀어라 경멸을 투덜대라 명하는,
그 일로 떨어질망정, 매우 소중한 몸의 수도인

머리가 말이지

코기토 씨—죽은 집에서 온 쪽지

1

우리 누웠다 나란히
부조리 신전 밑바닥에
고통으로 기름부음 받고
축축한 공포의 수의로 싸여

과일,
생명의 나무에서
떨어진 그것들처럼
따로따로
각자 자기 방식으로 썩으며
이렇게만 오로지 잠을 잤어
남은 인간성이

까닭 모를 심판으로
영장류 권좌 박탈당하고
닮느니 강장동물
원생동물
선형동물

제거되어,
존재하려는

야심이 말이지

그러다가
밤 열시
그들이 불을 끄자
느닷없이 바로
각각의 모든 계시와 같이
말했다
목소리,

남성의
자유로운
명했지 우리에게
부활하라고
죽은 자들로부터

목소리,
강력한
군주다운
예속의 집 밖으로
이끄는

우리 누웠다 나란히
낮게
몰두하여

그리고 그가
치솟았다
우리 위로

2
아무도 보지 못했다
그의 얼굴

봉인되어 있다 단단히
접근 불가능한 장소

데비르라
불리는 곳에

바로 그
보고(寶庫) 심장부에

잔인한 사제들의 호위하에

잔인한 천사들의 호위 아래

우리는 그를 아담이라 불렀다
흙에서 가져왔다는 뜻

저녁 열시
사람들이 불을 끄면
아담이 시작했다 연주회를

세속의 귀에는
들렸다 그가
사슬에 매인 자의 울부짖음처럼

우리한테는
현현

그가
기름부음 받은 자
희생 짐승
찬송가 저자였다

그가 예찬했다

까닭 모를 사막을
깊은 구렁으로부터의 부름을
고원에 있는 올가미를

아담의 고함은
이뤄졌다
두세 개 모음,
지평선 산마루처럼 펼쳐진 그것들로

그러고는
갑작스런
중지

찢김, 공간의

그리고 다시
가까운 벼락처럼
그 똑같은 두세 개
모음

돌사태
엄청난 물소리

심판의 나팔

그리고 없다 그 안에
어떤 우는 소리도
요청도
어떤 비통의 그림자도

자랐다
강해졌다
어지럽게 만들었다

검은 기둥 하나,
별을 거칠게
밀치고 나아가는

3
몇 차례 콘서트 후
조용해졌다

목소리 채색
얼마 가지 않았다

대속하지 않았다
믿는 자들을

들려 갔다 아담
아니면 스스로 물러났다
영원 속으로

빠져나갔다
반역의
샘물이

그리고 아마도
나 혼자한테만
들린다 여전히
그 목소리의
메아리가

점점 더 가늘게
더 약하게
점점 더 아주 멀게
천체의 음악처럼
우주의 화성(和聲)처럼

너무나 완벽하여
귀에 들리지 않게

포위 공격 받는 도시에서 온 소식

너무 늙어 무기 들고 싸울 수 없지 다른 이들과 달리—

호의로 내게 맡겨진 것이 하찮은 연대기 작가 역할
내가 적는다—누가 읽을지는 모르지—포위 공격의 역사를

정확해야 하겠으나 모르겠다 언제 침략이 시작되었는지
이백 년 전 12월 9월에 어제 새벽일 수도 있다
이곳은 모두 시간 감각이 퇴화했다

우리에게 남은 것은 장소와 장소 연관뿐
우리 호령한다 아직 사원의 폐허 정원과 집의 유령을
폐허를 잃는다면 아무것도 남지 않지

나는 내 능력에 맞게 이 끝없는 주간들의 리듬으로 쓴다
월요일: 창고 텅 비었고 시궁쥐가 유통단위로
화요일: 시장 피살 살인범 신원 미상
수요일: 휴전회담 적들 우리 측 사절 억류
알 수 없다 그들 머무는 장소 말하자면 피살 장소를
목요일: 격렬한 모임 후 다수표가 반대,
향신료 상인들의 무조건 항복안을 부결시켰다
금요일: 역병 발생 토요일: 자살했다,
N. N. 불굴의 방어파가 일요일: 물이 없다 대충 받아넘겼다

동쪽 대문 습격을 약속의 대문이라 불리는 곳이다

알고 있다 단조롭지 이 모든 게 아무래도 감동엔 못 미치지

요리조리 피해간다 논평을 감정 고삐를 단단히 잡지 쓴다 사실을
보기에 그것만이 값나간다 외국 시장에서
그러나 모종의 긍지를 갖고 나는 전하고 싶다 세계에
전쟁이 기른 새 버전의 아이들
우리 아이들 동화 안 좋아하고 사람 죽이는 놀이 하고
자나깨나 꿈꾸는 게 수프와 빵 그리고 뼈인 것이
개나 고양이와 꼭 같다는 소식
저녁에 도시 경계 따라 산책하는 거 좋아한다
우리 불확실한 자유의 영역 선을 따라서 말이지
언덕에서 내려다본다 떼 지어 이동하는 군인들 그들의 빛을
들린다 북소리와 야만인들 비명
정말 모르겠다 도시가 아직도 자신을 지키고 있는 까닭을

포위 공격 오래되었고 우리 적들 교대해야 한다
그들을 하나로 묶는 것은 오로지 우리를 절멸시키려는 욕망뿐
고트족 타타르족 스웨덴인 카이사르 부대 현성용(顯聖容)연대들
누가 그 수를 세겠나
깃발 색 바뀐다 지평선 배경의 숲처럼

봄의 섬세한 새〔鳥〕 노랑에서 붉은기 초록 거쳐 겨울 검정까지

그러고는 저녁 사실들로부터 해방되어 나 곰곰 생각할 수 있다
옛날의 머나먼 일들 예를 들면 우리의
바다 건너 동맹들에 대해 알지 진심 어린 동정이다
그들이 보내주지 밀가루 포대를 격려를 지방분과 훌륭한 조언을
모른다 심지어 우리를 배반했던 게 그들 아버지들이라는 것도
그들 우리 동맹인 것이 두번째 세계 종말 때부터
아들들 책임 없다 감사받을 만하고 그래서 우리 감사한다
그들 겪지 않았다 영원처럼 기나긴 포위 공격을
불행이 건드리고 간 사람들 늘 혼자지
달라이라마 옹호자들 쿠르드족 고원지대 아프가니스탄 사람들

이 글을 쓰는 지금 유화파가
점했다 확실한 다수를 불굴파에 대해
분위기란 늘 바뀌는 법 운명은 아직 미해결 상태다

무덤 수 늘고 줄어든다 방어자 수
그러나 방어 지속되고 끝까지 지속될 터

그리고 만일 도시 무너지고 단 한 사람 살아남는다면
그가 도시를 제 안에 품고 망명 길 나설 터

그가 도시일 터

우리 들여다본다 굶주림의 얼굴 불의 얼굴 죽음의 얼굴
모든 것 가운데 최악—배반의 얼굴을

그리고 오로지 우리의 꿈만 굴욕 상태인 적 없었다

1982

떠나보낸 비가

1990

- odzywa
  dziewa
- Kup wo
  wyboc
  są punt
- wyboc
  pisach
- dłoj o
  jak tw
- będzie
  jak E
- wciąż
  [illegible]
  upadn
  i z [illegible]
- pomu
  okolw
  która
- widzi
  mówi
- chcę
  [illegible]
  to są
  które

Teraz o
Spinoz
nie widz
ani zło
ani św
widzi
Słysza
krok

리비우스의 변형

어떻게 이해하셨을까 리비를 내 할아버지와 증조할아버지께서는
두 분 분명 고전적 고등학교에서 그를 읽으셨는데
별로 안 좋은 계제였거든
창에는 밤나무 서 있고—열렬한 나뭇가지 모양 촛대, 꽃들의—
할아버지와 증조할아버지 온갖 생각 헐떡이며 미차한테 달려가던 때
그녀가 정원에서 노래하고 어깨를 그리고 그 거룩한 다리를 무릎 아래까지 드러내거든
혹은 가비, 빈 오페라 출신의 머리카락이 케루빔 같은
가비, 코가 들창코고 목구멍에 모차르트가 들어 있는
혹은 마지막으로 마음씨 착한 요차 근심 걱정 있는 이들의 피난처
예쁘지 않고 재주 없고 많은 걸 요구하지 않는 그녀한테로
그리고 그렇게 두 분 리비를 읽으셨단 말이지—꽃피는 계절—
바닥 닦는 나프탈렌 지겨움과 백묵 냄새 맡으며
황제 초상 아래
그때는 황제가 있었으니까
그리고 제국은 온갖 제국들이 그렇듯
영원해 보였다

그 도시 역사 읽으며 두 분 망상에 빠졌다,
자기들이 로마인 혹은 로마인 후손이라는
정복당한 자들의 아들들 그 자신 예속된

아마도 이렇게 된 데는 라틴어 선생이 한몫했다
자신의 법원 법률 고문 지위로
너덜너덜한 프록코트 걸친 고대 덕목 소장품
그렇게 리비 대신 주입시켰다 학생들한테 군중 경멸을
인민 봉기—res tam foeda—가 그들의 혐오를 일깨운
반면 모든 정복이 정당한 것 같았다
더 낫고 더 강한 자들의 승리는 당연하잖은가
그러므로 학생들 트라시메노 호수 패전이 뼈아팠고
반면 그렇게 우쭐할 수 없었다 스키피오의 우세에
한니발의 죽음에 진짜로 안도했다
쉽사리 너무도 쉽사리 그들 이끌려갔다
종속절의 참호
분사가 지배하는 대단히 난해한 구조물
부푼 발음의 강들
구문의 덫을 거쳐
—전투 속으로
그들 것 아닌 명분 때문에

비로소 내 아버지와 그뒤로 내가
읽었다 리비를 리비에 반하여
프레스코 아래 놓인 것을 꼼꼼히 살피면서
그래서 우리의 반향 일으키지 않았다 스케볼라의 연극적 몸짓이

백인대장의 고함과 개선행진 또한
그리고 우리는 기울었다 정서적으로 패퇴,
삼니움족 골족 에트루리아인의 그것에
셌다 숱한 민족 이름들, 로마인들이 가루로 갈아버린
예찬 없이 묻힌, 리비한테
문체의 주름 한 개 값어치도 없었던
히르피니 아퓰리아 루카니아 오수나 사람들과
타렌툼 메타폰티스 로크리 주민들 그것을

나의 아버지 잘 아셨고 나 또한 알았다
어느 날 머나먼 변방에서
하늘의 징후 없이
판노니아 사라예보나 또한 트레비존드에서
차가운 바다 위 도시에서
아니면 판시르 계곡에서
지방의 화재 발생하고

제국 멸망하리라는 것을

오크나무

숲속 모래언덕 위 세 그루 우거진 오크나무,
내가 조언과 도움을 구하려 하는
왜냐면 합창대 침묵하고 가버렸다 예언자들
없다 지상에 더
존경받아 마땅한 자 아무도 그러니 너희에게
돌리노라—오크나무들—내 어두운 질문들을
운명의 신탁을 기다리면서, 전에 도도나에서처럼

그러나 어쩔 수 없이 고백하건대 걱정이구나
너희 임신 제의—오 현명해라—
늦은 봄 여름의 시작에
가지들 그늘 속은 떼를 짓지
너희 아이와 아기들이
잎새들의 쉼터 새싹들의 고아원
창백하다 너무 창백하다
풀보다 더 연약한데
모래 대양 위에서
그들 싸운다 홀로 외로이
왜 너희 보호하지 않는가 너희 아이들을
그들 위로 첫서리 절멸의 칼 들이밀 것이건만

무슨 의미인가—오크나무여—이 미친 십자군전쟁은

이 죄 없는 이 학살은 이 모진 자연도태는
이 니체 정신, 키츠의 나이팅게일 슬픔을
위로할 수 있는 부드러운 모래언덕 위 그것은
모든 것의 눈에 보이는 지향이
입맞춤 고백 화해인 이곳에서

어떻게 이해해야 하는가 너희 음침한 우화를
장밋빛 천사들의 바로크를 흰 정강이뼈 웃음을
아침 법정을 밤 처형을
생, 눈멀어 죽음과 뒤섞인 그것을
바로크 이하, 내가 견딜 수 없었으나
지배하는 그것을
혹은 축축한 눈, 회계담당자 얼굴의 신을
비열한 통계표의 조물주,
원하는 숫자만 나오는 주사위 던지는 그를
필연이 단지 우연의 한 종류일 뿐이고
의미가 약한 자의 열망 실망한 자의 망상인지

그리 많은 질문들—오 오크나무여—

그토록 많은 잎새과 각각의 잎새 아래
절망

벌레잡이통풀 과(科)

'부드러운' 장 자크*가 주머니 모양 잎의 그 식물 알았다면
—분명 알았을 터 그 식물 린네가 설명했으니—
그렇다면 왜 침묵했을까 자연의 이런 추문에 대해

숱한 추문 중 하나고 그것이
그의 심장과 누선 능력 너머였을지도
자연에서 위안을 구하던 그였으니

보르네오 검은 정글 속에서 그 악당 자라고
꽃으로 유혹하는데 이것 꽃 아니고
단지 모양 부풀어오른 잎새 주(主)신경이다

돌쩌귀로 뚜껑 달렸고 입술이 아주 부드러운데
이것으로 초대하지 벌레들을 기만적인 향연에
어떤 초강대국의 비밀경찰처럼

왜냐면 누가 버티겠는가—파리든 사람이든—
그 끈적한 넥타르와 색의 주지육림,
희고 보라색인 고깃덩이를 붉은 여인숙 창처럼 비추는
그것을

---

* Jean-Jacques Rousseau(1712~1778).

거기서 착한 여인숙 주인 아름다운 딸과 아내 데리고
보내버리는데 일단의 손님들을 피 한 방울 없이 말려
공과에 따라 천국이나 지옥으로 말이지

빅토리아 여왕 시대 퇴폐의 총아,
음탕한 살롱을 고문실과 결합시키는
모든 게 있었지—밧줄 못 독(毒) 섹스 채찍 관(棺)

그리고 우리 그 주머니 모양 잎의 식물과 조화를 이루며
소비에트와 나치 강제 수용소 한가운데서 몇 되지 않는다 굳이
알려고 하는 자, 식물의 세계에 무구—그런 건 없다는 것을 말이지

야생 자두나무

콘스탄티 옐렌스키*에게

최악의 기상청 기상예보에도 불구하고
—두터운 쐐기 모양 극풍(極風) 고기압권이 공기 바닥층에 박힘—
생명 본능과 거룩한 살아남기 전략에도 불구하고
—다른 식물들 사려 깊게 모은다 뛰어오를 힘을
그리고 검은 전선에다 집중시킨다 싹들을 치고나가기 앞서—
프로스페로가 손을 올린 상태이기 전에
야생 자두나무 시작한다 솔로 연주회를
차갑고 텅 빈 홀에서

이 길가 키 작은 나무 깨부순다
용의주도의 음모를
흡사
아름다운 청년 지원병,
전쟁 첫날 신품 제복 차림으로 죽은
장화 바닥에 모래 자국도 거의 없는 그 같다
요절한 시의 별 같다
눈사태로 떠내려간 수학여행 같다

---

* Konstanty Jelenski(1922~1987). 폴란드 수필가, 폴란드 망명 잡지 『쿨투라』 편집인. 제2차 세계대전 중 폴란드 군사령관 브와디스와프 안데르스 군대와 싸웠다.

어둠의 와중 눈 밝은 사람 같다
봉기한 사람들, 역사 시계에도 불구하고
최악의 예보에도 불구하고
그 모든 것 무릅쓰고 개시하는 그들 같다

오 광기, 하얀 죄 없는 꽃들의
눈먼 눈보라
파도 마루
새벽노래, 짧고 완고한 오스티나토가 있는
머리 없는 광륜(光輪)

그렇다 야생 자두나무
몇 음절,
텅 빈 홀에
그리고 나면 나부꼈던 음들
놓인다 물웅덩이와 붉은 갈대밭 한가운데
아무도 기억 안 하게 되는 거지

누군가 그러나 용기를 내야 한다
누군가 시작해야 한다

그렇다 야생 자두나무

몇 마디 깔끔한 음절
그것 아주 많은 거지
그것이 전부다

옥에 갇힌 자들을 위한 미사

아담 미흐니크*에게

이것이 옥에 갇힌 내 벗들 위한 제물이라면
최상이겠지 부적절한 장소에서 장만하는 게

대리석 음악 없이
하얀 금(金)의 분향 없이

가장 좋다 찰흙 채취장 근처 갱충맞은 버드나무 아래
비가 눈으로 세게 기울 때

버려진 채취장에
불타버린 제재소
아니면 굶주림 창고
거기 얇은 조각들 벗겨진 벽에서
심판의 천사 대신
내려다보는 게
소금과
식초인

그것이 제물이려면

---

* Adam Michnik(1946~) 1970년대 및 1980년대 폴란드 반공산주의 운동 지도자.

우리는 받아들여야 한다
우리의 형제, 불의의 지배 아래
끝머리에서 싸우는 그들을

나는 본다
그들의 맑은 그림자,
천천히 거동하기
바다 깊이와도 같은

나는 본다
할 일 없는 손들
무능한 팔꿈치와 무릎 들
뺨들, 그 안에 그림자 둥지 튼
입들, 잠잘 때 벌어지는
무방비의 등들

우리 여기 홀로다
—나의 밀교 해설자여—
다른 누구도 기도하지 않지
나는 본다 네가 잔과 얘기하고
매듭 맺았다 풀고
빵부스러기 흘렸다 모았다 하는 모습

그리고 나 듣는다
내 머리 위엔 듯
쏟아지는
와스스 소리,
잿빛 신령들의

그리고 그렇게 버티는 거지
우리 음모자들

예언의 소음과
사소한 소음 와중

권위 있는 침묵과
완고한 열쇠 달그락 소리 와중

소망

신들의 아버지 그리고 그대 나의 후원자 헤르메스여
제가 잊고 부탁하지 못했습니다—그리고 이제 늦었지요—
선물, 숭고하고
수줍기 기도와 같은 그것을
매끄러운 피부 울창한 머리카락 아몬드 눈꺼풀을

부디
내 생이 통째
들어서게 하소서 나머지 없이
포페스쿠 백작부인의
기념품 상자에
그 위에 그림 목동 하나이
오크나무 가장자리에서
파이프로 내뿜는
연기가 진주빛이고

그 안은 뒤죽박죽
머리핀
아버지의 옛날 시계
보석 없는 반지
접이식 해상 망원경
쪼그라든 편지

머그잔에 황금명(銘),
마리엔바드
온천으로 오라고 꼬시는
밀랍 막대
흰 삼베 손수건
요새 항복 신호
약간의 곰팡이
약간의 안개

신들의 아버지 그리고 그대 나의 후원자 헤르메스여
제가 잊고 부탁하지 못했습니다
엉뚱하고 의미 없는 아침 오후 저녁을
작은 영혼을
작은 양심을
가벼운 머리를

그리고 춤추는 스텝을

소심(小心)

안 유제프 슈체판스키*에게

세계대전 때
내가 쏜 탄환이
지구를 돌아
내 등에 박혔다

그것을 모두 잊었다고
내가 이미 확신했던
가장 덜 적절한 순간에
그것의—나의 범죄

결국 나 다른 이들과 마찬가지로
바랐다 그 기억 지우기를,
증오의 얼굴 기억 말이다

역사가 위로했다
내가 폭력과 싸웠던 거라고
그런데 성경은 말하고 있었다
—그가 카인이었니라

* Jan Józef Szczepański(1919~2003). 폴란드 작가, 기자. 1939년 당시 군인, 독일 점령 기간 중 레지스탕스 투사.

그 숱한 고통의 세월
그 숱한 세월 소용없이
나 씻었다 자비의 물로
검댕을 피를 상처를
그래야 숭고한 아름다움
존재의 미모
그리고 아마도 선(善)까지
내 안에 살 거였기에

결국 나 모두와 마찬가지로
열망했다 돌아가기를
유년의 내포
무구의 나라로

내가 소구경 총으로
발사했던 탄환이
지구 인력 법칙에도 불구하고
지구를 한 바퀴 돌아
박혔다 내 등에
마치 이렇게 말하고 싶었다는 듯이
—무엇이건 누구한테건
용서는 없을 것이다

그래서 앉아 있다 이제 홀로
썰어낸 나무 몸통 위
정확히 그 한가운데,
잊혀진 전투의 그것에

그리고 잦는다 노년의 거미
쓰라린 고찰을

너무 거대한 기억에 대해
너무 작은 심장에 대해

작별

때가 왔다 작별이다
새들 떠난 후 갑작스런 초록의 떠남
여름의 끝—진부한 테마지 독주 기타용이라는 얘기

내가 지금 사는 곳은 작은 언덕 경사면
창문이 벽 전체라 자세하게 볼 수 있다
고리버들의 두터운 코트와 벌거벗은 염소버들 이것이 내 둑이다

모든 것이 수평의 길고 가느다란 조각으로 자란다—게으른 강
또하나 높은 둑, 가파르게 바닥으로 떨어져
마침내 드러내주는, 고백되어야 할 것을 말이지

찰흙 모래 석회석 바위 검은 땅 조각과
지금 홀쭉한 숲 통곡하는 숲

나 행복하다 미혹을 제거당했다는 얘기
태양이 짧게 나타나지만 그 대신 제공한다
멋진 석양 스펙타클을 약간 네로 취향으로

나 평온하다 작별이다
우리의 육체 땅 색을 입었다

문장(紋章)에 대한 코기토 씨의 곰곰 생각

한때는 아마도—독수리,
거대한 붉은 벌판과
바람의 나팔 위

지금은
지푸라기류(類)
우물우물류
모래류

여전히 얼굴 없는
눈뜨지 않은
짐승 새끼

증오의 노랑 아니고
명성의 진홍도 아니고
희망의 초록도 아니고

텅 빈 방패

나라, 키 작은 나무들의
키 작은 단어들의
귀뚜라미들의

그것을 가로질러

뻗어나간다
달팽이 하나

등에
제집을 졌다,

어두운

불확실한

여행

1

여행 떠나면 긴 여행이게 하라
겉보기에 목적 없는 방황 더듬으며 가는 헤맴
그래야 눈뿐만 아니라 촉각으로도 알게 되지 땅의 거침을
그래야 살갗 전체로 세상에 전념할 수 있고

2

사귀라 에페수스 출신 그리스인을 알렉산드리아 출신 유태인을
너를 데려다줄 것이다 잠든 시장 지나
조약의 도시 비밀의 주랑 현관 지나
거기 불 꺼진 용광로 에메랄드 서판 위에서
바실레오스 발렌스 조시마 게베르 필라펫 몸 흔드는 곳으로
(황금 증발했고 지혜 남았다)
이시스의 열린 커튼 지나
어둠으로 틀 지은 거울 같은 복도
침묵의 통과 제의와 죄 없는 주지육림 지나
신화와 종교 동향 따라서
너는 도달한다 상징 없는 벌거벗은 신들,
자기들의 괴물 그림자로 영원히 죽은 상태인 그들을

3

알게 된다면 비밀에 부쳐라 네 앎을

다시 배우라 세상을 이오니아 철학자들처럼
맛, 물과 불 공기와 흙의 그것을
왜냐면 그것들 남는다 모든 것 돌아갔을 때
그리고 여행 남는다 더이상 네 여행 아니지만

4

그때 너의 조국 작아 보일 것이다
요람이나 노 젓는 배, 어머니 머리카락 한 올로 가지에 묶인
네가 그 이름 떠올릴 때 화롯가 어느 누구도
알지 못할 것이다 왜 거기 산맥이 놓여 있는지
왜 나무들을 양육해내는지
정말 별로 애정을 필요로 하지도 않는데 말이지
반복하라 잠들기 전 우스꽝스러운 그 말소리
ze-czy-się*를
비웃으라 잠들기 전 그 눈먼 성상을
우엉을 개울을 입자를 습지를
너의 집은 사라졌다
세계 위 구름이다

---

* that-or-self.

5

발견하라 말의 하찮음 몸짓의 왕다운 힘
개념의 쓸데없음 모음의 깨끗함,
모든 것 슬픔 기쁨 경탄 분노를 소리로 표현할 수 있는 그것을
그러나 품지 마라 분노를
받아들이라 모든 것을

6

뭐란 말인가 도시가 내포가 거리가 강이
바다 위로 솟는 바위 이름을 청하지 않고
땅은 하늘과 같다
바람의 이정표 빛난다 높게 또 낮게
그 금속판 먼지로 분해되었다
모래 비와 풀 평준화했다 추억을
이름들 음악처럼 투명하고 의미가 없다
칼람바카 오르코메노스 카발라 레다비아*
시계 멈추고 그때부터 시간은 검고 하얗거나 하늘 파란색
흠뻑 젖어 있지 얼굴이 윤곽을 잃는다는 생각에
하늘이 네 머리에 도장 찍을 때
무슨 답을 할 수 있겠는가 새겨진 글이 엉겅퀴한테

* 그리스 소도시들 이름.

돌려주라 텅 빈 안장을 유감없이
돌려주라 공기를 남들한테

7
그러니 여행일 것이면 긴 여행이게 하라
진정한 여행, 네가 돌아올 수 없는
세계 반복 원소 여행
자연 원소들과의 대화 대답 없는 질문
전투 후 억지로 밀어붙인 협정
위대한 화해

풍경

바람 부는 밤이고 텅 빈 길, 그 위에 파르마 군주*의 군대가
말 시체를 남겨놓은 길이다
대머리 언덕 위에 빛난다 근래 정복당한 성 뼈가
있는 것 오직 돌 모래 똥 그리고 목적 및 색깔 없는 바람뿐

그 풍경 활기 띠게 하는 것은 달, 하늘에 날카롭게 처박힌 그것과
바닥에 약간 더러운 그림자들
그리고 또한 하얀 교수대 왜냐면 거기 매달린 게 시체의
꼬투리들이고 그것에 바람이 생을 입힌다 이 바람 나무 없고 구름 없는데

---

* Alessandro Farnese. 16세기 네덜란드 섭정. 스페인 권력에 맞서 일어난 네덜란드인들을 잔인하게 학살하였다.

비트 스트보시*: 성모 영면

폭풍우 전 텐트처럼 주름진다 황금빛 망토가
진홍의 열기 일어 드러낸다 가슴과 발을
삼목 사도들 쳐든다 그 엄청난 머리들을
높은 곳 위로 걸린다 전투도끼처럼 시커먼 턱수염이

꽃핀다 목각장인의 손가락들. 기적이 손을 빠져나가니
손에 잡힌 것은 공기—현악처럼 격렬한 공기
별들 하늘에서 혼탁해지고 별들 또한 음악이지만
땅에 달하지 않고 달처럼 높이 머문다

그리고 성모마리아 잠든다. 간다 경악의 바닥으로
잡는다 그녀를 연약한 그물로 사랑스런 눈들이
그녀 떨어진다 높이 더 높이 개울처럼 손가락들 사이 스며들고
그들 힘겹게 굽는다 오르는 구름 위로

* Wit Stwosz(1447~1533). 독일 조각가. 1477년 크라쿠프로 와서 성모 성당 영면 제단화를 디자인했다.

노인의 기도

그러나 훗날 훗날에
우리를 밀쳐내지 않으실는지요
아이들이 여자들이 잘 참는 짐승들이 이미 떠나갔을 때
이유는 못 견디겠다는 거구요 우리들의 밀랍 손을

불확실하기 나비 나는 것 같은 우리의 동작을
완고한 침묵과 기침 섞인 우리 말투를
그리고 다가올 것입니다 눈 안에 쪼그라든 세계가
눈에서 눈물처럼 박탈되어 유리처럼 부서질 때가
갑자기 기억의 서랍 열릴 때가

제가 묻는 것은
그때
우리를 다시 품에 받아주실지입니다
왜냐면 이것 돌아감일 것입니다 바로 유년의 무릎으로의
거대한 나무 검은 방으로의
차단된 대화 슬픔 없는 울음으로의

압니다
그것은 피의 문제고
우리는 게으른 신비주의자들, 갈고리 모양 손에
일그러진 찬송 들고 발로 써레질하는

우리는 듣습니다 흡사 정맥 속으로 모래 쏟아지는 소리
그리고 검은 내부에서 하얗게 자랍니다 교회가
소금 회상 석회와 말로 표현할 수 없는 병약을 소재로
다시 한번 당신께서 데려가주소서
천식 있는 종(鐘)들의 헐떡거림으로
열광의 꽃들 지나
성체(聖體) 맛에 하얀 캔버스에 매달아

우리를 빚어 천사 만들기 힘들다면
변형시켜주소서 우리를 천상의 개로
털이 부스스한 잡종 개로
얼굴이 회색인 나방으로
자갈의 꺼진 눈으로
그러나 허락 마소서
당신 제단의 채울 수 없는 어둠이
우릴 집어삼키는 것을
이 한마디만 해주소서
우리 훗날 돌아간다는

코기토 씨의 음악 모험담

1

옛날에
사실 생의 새벽부터
코기토 씨 굴복했다
음악의 혹하는 매력에

유아기 숲을 가로질러
데려갔다 그를 어머니의 노랫소리가

우크라이나 유모가
콧노래로 그를 재웠다
느긋하기 드네프르 강 같던 자장가

그가 자랐다
마치 소리에 떠밀려 쇄도하듯
화음과
불협화음
현기증 나는 크레센도 와중에 말이지

받았다 기본적인
음악 교육을
비록 다 마치지 못했지만

『피아노 연습』
(제1권)

기억한다 대학생 때 굶주림
먹거리 굶주림보다 더 예리했던
콘서트장 앞에서 기다리며
무료입장권 은총을 바라던 때의 그것을

말하기 어렵다 언제
그를 따라다니며 괴롭히기 시작했는지
의심이
거리낌이
양심의 꾸짖음이

들었다 음악을 매우 드물게
예전처럼 게걸스럽기는커녕
점점 자라는 당혹으로

말라버렸다 기쁨의 샘

작곡 거장들
모테트

소나타
푸가
탓 아니었지

바뀌었다
사물의 궤도가
중력장이
그리고 그것과 함께
내면 축,
쿠기토 씨의 그것이

그가 불가능했다
예전 도취의
강으로 들어가는 일이

2
코기토 씨
사재기 시작했다
음악에 반대하는 주장들을

마치 쓰기라도 할 것처럼
실망감에 대한 논문을

귀먹게 할 것처럼 화성을
화난 수사학으로

털썩 내려뜨릴 것처럼 자신의 무게를
그 가녀린 바이올린 어깨에다

밝은 얼굴에다
파문의 두건을 말이지

　　하지만 객관적으로
　　그녀
　　잘못 없지 않다

　　그녀의 탐탁지 않은 시작—
　　틈틈의 소리,
　　몰아갔다 노동으로
　　쥐어짰지 땀을

　　에트루리아인 매질했다 노예들을
　　피리와 플루트 반주에 맞춰

그러니
그녀 도덕에 무심하기
삼각형 한 변
아르키메데스 나선
벌 해부학과 같다

버린다 삼차원을
농탕친다 무한과
놓는다 시간의 깊은 구렁에
사라지는 장식을

그녀의 힘, 은밀한 것이든 공공연한 것이든
일깨운다 철학자들의 불안을

신성한 플라톤 경고했다—
음악 양식 변화가
초래한다 사회 전복을
법의 폐기를

부드러운 라이프니츠 위로했다
그러나 그녀가 질서를 잡고
은밀한

수학
훈련,
영혼의 그것이라고

그러나 무엇인가
무엇인가 정말 그녀는

메트로놈, 우주의
고양, 공기의
약(藥), 천상의
훈김 휘파람, 정서의

3
코기토 씨
유예한다 해답 없이
음악 성격에 대한 고찰을

다만 그를 그냥 놔두지 않는다
이 예술의 폭군 권력이

그녀가 우리 내면을 마구
파고드는 그 추동력이

슬프다 까닭 없이
즐겁다 이유 없이

채운다 영웅의 피로
신병의 토끼 심장을

너무 쉽게 용서하고
무료로 깨끗하게 씻어준다

—근데 누가 주었을까 그녀에게 권한,
머리카락을 잡아 뜯고
눈물을 눈에서 쥐어짜내고
일어나 공격하게 만드는 그것을

코기토 씨
저주받아 돌의 말
목 쉰 음절밖에 못하고
경모한다 은밀하게
덧없는 무분별을

카니발 섬과 작은 숲

선악 너머 그것들을

헤어짐의 진짜 이유
는, 성격 불일치

다른 육체 좌우 대칭
다른 양심 궤도

코기토 씨
지켰다 자신을 언제나
시간의 연기로부터

소중히 했다 구체적 사물,
조용히 공간 속에 서 있는 그것들을

숭배했다 지속하는 것들
진정 죽지 않는 것들을

게루빔의 말 향한 꿈을
남겨두었다 꿈의 정원에

선택했다

땅의 척도와 법정
아래 있는 것을

그 시간 왔을 때
투덜대지 않고 동의하기 위하여

거짓과 진실 심판에
불과 물의 심판에

펜, 잉크, 등잔을 떠나보낸 비가

1

참으로 크고 용서하기 힘들구나 나의 배신은
기억조차 나지 않으니 말이다 어느 날 어느 때
너희 내 유년의 친구들을 버렸는지

우선 말을 걸어본다 겸손하게 너
펜아, 나무꽂이에
물감 아니면 파삭파삭한 래커칠이 되어 있던

어떤 유태인 가게에서
—삐걱이는 계단과 종(鐘), 유리문 위로—
골랐지 너를
게으른 색이라
그리고 얼마 안 되어 네가 지니게 되었다
네 몸에
내 몽상의 이빨 자국을
학교 고민거리의 흔적이랄까

은(銀) 펜촉 너는
출구, 비판적인 지성의
전령, 위안을 주는 지식의
—지구는 둥글다는

—직선과 평행선에 대한
가게 주인의 상자 속에
너는 나를 기다리는 물고기 같았다
다른 물고기떼 속에
—내가 깜짝 놀랐지 그토록 많이 있다니
사물들이 주인 없고
완전 벙어리로—
그러고는
영원히 내 것
내가 갖다 댔다 너를 경건하게 내 입에다
그리고 오래 느꼈다 내 혀로
맛,
참소리쟁이와
달의 그것을

잉크
고결한 잉크 경(卿),
찬란한 혈통의
태생 드높기
저녁 하늘 같은
잘 마르지 않는
신중하고

아주 잘 참는
우리가 변형시켰다 너를
조해(藻海)로
익사시켰지 네 현명한 깊이 속에
압지를 머리카락을 마법 주문과 파리를
떠내려보내기 위해 냄새,
부드러운 화산과
깊은 구멍 소집나팔의 그것을 말이지

누가 너를 오늘 기억하는가
사랑하는 친구여
너는 사라졌다 조용히
시간의 마지막 폭포 뒤로
누가 너를 기억하는가 감사의 염으로
시대, 빠르고 아둔한 묘사의
거만한 사물들의 시대
우아미 없고
이름 없고
과거 없는 시대에

너에 대해 말한다면
원컨대 그 말을

마치 내가 어떤 봉헌물을
박살난 제단 위에 놓는 것처럼 하고 싶다

2
내 유년의 빛
축복받은 등잔아

고물가게에서
나는 만나는구나 때때로
네 치욕당한 몸을

너 전에는
밝은 알레고리였건만

영혼, 완강하게 전투를
영지(靈知)의 악마들과 벌이던,
통째 눈,
노골적인
자명하고 단순한 그것에 영혼을 넘긴 악마들과 말이지

네 기름통 바닥에
등유—원초 숲의 정수

미끌한 뱀 심지,
불꽃 머리 달린
가녀린 처녀 같은 유리와
은빛 함석 원반,
꽉 찬 셀레네 같은

네 왕다운 기질,
아름답고 잔혹한

히스테리, 프리마돈나
박수갈채가 미흡한 그녀의

여기
명랑한 아리아
여름의 꿀 빛,
유리 대통 주둥이 위로
맑은 변발, 날씨의

그리고 갑자기
어두운 베이스
날아든다 까마귀 갈까마귀
저주하고 파문하며

죽임의 예언
그을음의 분노

위대한 극작가처럼 너는 알았다 열정의 급등과
우울의 습지 검은 오만의 탑
불의 적열 무지개 고삐 풀린 대양을
쉽사리 불러냈다 무(無)로부터
풍경을 폐허가 된 도시, 물위에 반복된 그것들을
네 고갯짓 신호에 복종하며 모습을 나타냈다
미친 섬 왕과 베로나 발코니가

나 헌신했다 네게
빛나는 통과제의여
너는 인식의 도구,
밤 망치 아래

그리고 나의 또다른
납작머리, 천장에 비춰진 그것이
내려보았다 공포로 가득 차
마치 천사들 박스석에서처럼
그 세상의 극장,
뒤엉킨

사악한
잔혹한 그것을

그때 생각했지
아무래도 홍수 전에
구해내야겠다고
사물,
하나,
작고
따스하고
충실한 것을

그것 오래 지속되고
조가비 안엔 듯 그 안에 든 우리도 그러기 위해서

3
나 한 번도 믿은 적 없다 역사의 정신을
살인자 표정을 한 그 상상의 괴물을
고문자의 가죽끈에 매인 그 변증법 짐승을

또한 너희를—묵시록의 말 탄 사람 넷
진보의 훈족, 대초원 하늘과 땅을 말 타고 질주하며

중도에 온갖 명예로운, 존경받는 옛, 무방비 상태 것을 파괴하는 너희를 결코

몇 년을 소비하며 배운 것은 역사의 단순 기계 법칙
단조로운 과정과 불평등한 싸움,
얼빠진 군중 대가리 위 살인청부업자들이
몇 안 되는 올바르고 합리적인 사람들을 겨냥한

내게 남은 것 많지 않다
아주 적지

사물들과
연민

분별없이 우리는 떠나지 유년의 정원 사물들의 정원을
흘려버린다 도망치느라 필사 원고를 기름등잔을 자긍과 펜을
그 따위다 우리 미혹의 여행, 무(無)의 서슬 위 그것은

> 용서해다오 내 배은망덕을 펜, 고풍의 펜촉 달린 펜아
> 그리고 너 잉크병아—그토록 많았지 여전히 네 안에 좋은 생각들
> 용서해다오 등유 등잔아—너는 꺼진다 추억 속에 버

려진 막사처럼

나는 치렀다 너희 배반한 값을
그러나 그땐 몰랐지
너희 영영 가버렸다는 것을

그리고 장차
어두우리라는 것을

바라바 주제 추측

바라바는 어떻게 되었지? 내가 묻는다 아무도 모른다
사슬 풀리고 내려와 그가 나왔다 하얀 거리로
가능했다 우회전 직진 좌회전
빙빙 돌고 기뻐서 수탉처럼 환성 올리는 일이
그는 황제, 자기 자신의 손과 머리의
그는 총독, 자기 자신의 숨의

물은 이유는 내가 그 일 전체에 가담한 면이 있기 때문
군중 심리로 빌라도 궁정 앞에서 내가 외쳤다
다른 이들과 마찬가지로 풀어주라 바라바 바라바라고
모두 고함쳤고 나 홀로 입을 다물었단들
일이 예정된 그대로 벌어졌을 거였다

그리고 바라바 돌아갔을지 모른다 자신의 도적떼한테
산맥에서 그가 죽이지 신속하게 강탈한다 철저하게
아니면 오지그릇 굽는 곳 짓고
죄 묻은 손
씻고 있을지 모르지 창조의 찰흙으로
그가 물지게꾼 노새꾼 고리대금업자
선박 소유주—그의 선박들 가운데 하나 타고 바울이
고린도로 갔거나
아니면—이 경우를 배제할 수 없지—

높이 평가받는 스파이로 로마인한테 봉급을 받거나

보고 감탄할 일 아닌가 운명의 이 현기증 나는 장난,
가능성 잠재력 갖고 치는 행운의 미소 갖고 치는 그것은

그리고 그 나자렛 사람
홀로 남았네
대안 없이
깎아지른 듯한
통로,
피의 그것만 함께 있네

짐마차

뭘 하는가
백 살 먹은 이 노인
얼굴이 낡은 책 같은
눈에 눈물 없는
입술 단단히 오므려
호위하는 게 추억과
역사의 투덜거림인

이제
겨울 산맥
흐릿해지고
후지 산 오리온자리로 들어가는데
히로히토
백 살 먹은 노인—천황이자 관청 사무직원
—쓰고 있다

훈령 아니다,
사면의
아니지 분노의 훈령도
고문이 정교한
장군
임명장 아니고

바로 작품,
연례 전통시
경연에 내놓을 그것이다

올해 소재
는 짐마차
형식: 권위의 단가(短歌)
5행
31음절

"국철
열차에 올라
생각한다 세계,
내 할아버지
메이지 천황의 그것을"

작품
한눈에 거칠다
호흡 끊겼고
없다 인위적 얼굴 붉힘이

다르지

파렴치하게 젖은
기고만장 요란굉장한
현대의 물건과

단편(斷片),
철길 위의
괜한 울적함 전혀 없는
기나긴 여행 앞둔 서두름 전혀 없는
그리고 심지어
긍휼과 희망조차 전혀 없는

생각한다
꽉 조여진 심장으로
히로히토를

그의 굽은 등을
딱딱해진 머리를
그의 늙은 인형 얼굴을

생각한다 그의
마른 눈을
작은 손을

느리기
부엉이 울음에서
그다음 울음
사이와 같은 그의 생각을

생각한다
꽉 조여진 심장으로
어떻게 될지 운명,
전통시의 그것이

없어질 것인지
황제의 그림자,

사라질 수 있는
무시할 수 있는 그것 따라서

레오의 죽음

1

엄청난 도약으로—
뒤덮을 수 없는 들판 가로질러
12월 구름이
덮치듯 돌출한 하늘 아래
밝은 숲 개간지*에서
어두운 숲까지
—도망친다 레오

그를 쫓는 밀집
대형, 사냥꾼들의

거대한 도약,
수염이 바람에 날리고
얼굴이 분노의 불에
영감받은 그것으로
도망친다 레오
지평선 위 수풀로
그를 쫓는
하나님 도와주소서

---

* yasnaya polyana. 톨스토이 저택 이름.

맹렬한
몰이사냥이다
몰이사냥,
레오를 쫓는

맨 앞에
조피아 안드레예프나,
온통 젖은
아침 자살 이후
끌어당긴다 촉구한다
—로보츠카—
돌멩이를 빻을 수 있는
목소리로

그녀 뒤로
아들들 딸들
장원 부랑자들
순경들 정교회 사제들
노예해방론자들
온건 무정부주의자들
문맹 기독교인들

톨스토이 시대 사람들
코사크인들과
온갖 인간쓰레기들

여인들 징징댄다
친구들 우우 야유한다

지옥이다

2
마지막,
작은 역 아스타포보에서의
목재 노커,
철길 옆에

자비로운 철도원
눕혔다 레오를 침대에

이제 안전하다

그 작은 역 위로
켜졌다 역사의 빛이

레오가 감았다 눈을
세상에 관심 없이
단지 건방진
정교회 사제 피멘,
레오의 영혼을
천국으로 데려가겠다
맹서한 터였으므로
레오 위로 몸을 굽히고
그 거친 숨과
흉곽 속 그 끔찍한 소리
보다 더 큰 고함으로
교활하게 묻는다
—그러면 이제 무엇을—
—나 도망쳐야 해—
레오가 말한다
그리고 한번 더 반복한다
—나 도망쳐야 해—
—어디로—피멘이 말한다
—어디냐면 기독교도의 영혼이—

레오가 말을 멈췄다

은신했다 영원의 그늘 속에
영원한 침묵 속에
아무도 예언을 이해 못했다
마치 아무도 성경 말씀 모르는 것처럼

"일어선다 민족이 민족에 맞서
그리고 왕국이 왕국에 맞서
일부가 칼날에 죽임을 당하고
다른 일부가 사로잡혀 끌려간다
모든 민족들한테로
왜냐면 징벌의 날이다
기록된
모든 것이 이행되는"*

이제 왔다 시간,
버려진 집의
정글 속 방황의
미친 항해의
어둠 속 순환의
먼지 속 포복의 그것이

---

* 누가복음 21 : 10, 24, 22.

쫓기는 것들의 시간

위대한 짐승의 시간

못 동화

못이 없으니 왕국이 무너질밖에
—그렇게 가르쳤다 우리 유모들의 지혜가—하지만 우리 왕국에
오랫동안 못이 없었다 없었어 없을 것이고
작아서 벽에다 그림 거는 데 적당한
못도 관(棺) 닫는 큰 못도

그럼에도 불구하고 혹은 바로 그렇기 때문에
왕국이 지속되고 심지어 자아낸다 다른 나라들의 경탄을
어떻게 가능할까 사는 것이 못 없이 종이나 끈 없이
벽돌 산소 자유 또 무엇이든 그것 없이
분명 그게 가능한 것은 그것이 버티고 또 버티기 때문

우리나라 사람들 집에서 산다 동굴 속 아니라
공장 매연 속 대초원지대 아니라 툰드라는 열차가 가로지르지
차가운 바다 위는 배가 트림을 하고 말이지
있다 군대와 경찰 도장 찬가와 깃발
겉보기에는 모든 게 나머지 세상과 똑같다

겉보기에만 왜냐면 우리 왕국
자연의 창조물도 인간이 창조물도 아니다
마치 매머드 뼈 위에 세워진 상태로 버티는 것처럼
사실은 그것 허약하다 마치 정지된 것처럼

행동과 생각 존재함과 존재하지 않음 사이 말이지

떨어진다 잎새와 돌멩이가 실재하는 것이
그러나 유령들 오래 산다 완고하게 불구하지
일출과 석양을 천체 회전을
치욕당한 대지 위에 떨어진다 눈물과 사물이

로비고 지방

1992

생애

나는 조용한 아이였다 약간 졸린—그리고 놀랍게도—
내 또래들과 달리—그들은 모험에 환장했다—
기다릴 게 없었다—내다보지 않았다 창밖을—

학교에서—성실했달까 유능한 건 아니고 공손하고 문제없었다

그런 다음 보통의 생, 사원급의
아침 기상 전차로 사무실 다시 전차로 집 취침

몰랐다 정말 몰랐다 이 파김치 피로 불안 고문의 연유를
늘 그리고 지금도—나 언제 쉴 권리가 있는지

알았다 내가 멀리 못 갈 것을—이룬 게 전혀 없었다
모았다 우표를 약초를 괜찮았다 체스 실력이

한 번 국경을 넘었다—공휴일에—흑해로
사진에 밀짚모자 햇볕에 탄 얼굴—행복했다고 봐야겠지

읽었다 손에 잡히는 것을: 과학적 사회주의에 대해
우주 비행과 생각이 있는 기계에 대해
그리고 가장 마음에 든 것은: 벌의 생애를 다룬 책

다른 이들과 마찬가지로 알고 싶었다 죽은 후 내가 어떻게 될지
새 아파트를 받게 될지 그리고 생이 의미를 지니게 될지

그리고 무엇보다 선을 악에서 가려내는 법을
알고 싶었다 분명하게 무엇이 희고 무엇이 통째 검은지

누가 내게 권했다 고전 작품을—그의 말에 의하면—
그의 생과 수백만 다른 사람들의 삶을 바꿨다 했다
나 읽었다—바뀌지 않았다—고백하기 창피하지만—
잊었다 완전히 그 고전 제목이 뭐였는지

사는 게 아니었는지도—그냥 견딜 뿐—내 의지와 무관하게 내던져진 것인지도
뭐랄까—통제하기 어렵고 이해할 수 없는 것에
벽에 그림자처럼
그러니 아니었다 그것 생
제대로 된 생이

어떻게 설명하겠나 아내에게 그리고 다른 사람들한테도
내가 내 모든 힘
낸 것이 멍청한 짓 안 하고 부추김에 안 넘어가고
더 강한 자들과 형제 안 맺는 일에였다는 것을

사실이다—나는 늘 창백했다. 평균. 학교에서 군대에서
사무실에서 내 집안에서 그리고 저녁 무도회에서.

나 이제 병원에 누워 죽어간다 노환으로.
여기에도 있다 똑같은 불안과 고문.
두번째 태어난다면 더 나을지 모르지.

잠 깬다 밤 땀에 젖어. 천장 본다. 침묵.
그리고 다시—한번 더—골수까지 지쳐버린 손으로
악령 쫓아내고 불러들인다 착한 영들.

헨리크 엘젠베르크 탄생 백 주기를 맞으며

뭐가 되었겠는지요 제가 당신을 만나지 못했다면—나의 헨리크 선생님
생전 처음 선생님을 이름으로 불러봅니다
마땅한 경의와 존경으로—키 큰 그늘님

저는 생의 끝까지 우스운 소년이었습니다,
찾는
헐떡대는 과묵한 내 자신의 존재를 창피해하는
멋모르는 소년

우리가 살던 시간은 정말 백치가 들려주는 이야기,
가득찼었지요 소리와 범죄로
당신의 엄한 부드러움 섬세한 힘이
가르쳤습니다 제게 세상 나기를 생각하는 돌처럼
참는 동시에 무심한 동시에 다정하게 하는 법을

당신을 둘러쌌던 것은 그 궤변가들과 망치로 생각하는 자들
변증법의 사기꾼들 무(無)의 신도들—당신은 그들을 쳐다보았죠
약간 눈물 젖은 안경 쓰고
용서하는 그리고 용서 안 되는 눈으로

생애 내내 저는 꺼낼 수 없었습니다 제 자신한테서 감사

의 말을
임종 때도—그렇게 들었습니다—당신은 기다렸습니다 학
생 목소리,
센 강변 어느 인공 불빛의 도시에서
잔인한 유모들한테 처단당하던 그의 목소리를

그러나 법 명판 질서—지속됩니다

당신 조상들께 예찬을
당신을 사랑했던 소수한테도

당신 저서에 예찬을
얇은
방사상으로 퍼지는
청동보다 더 오래가는 그것에

당신 요람에 예찬을

책

리샤르트 프시빌스키*에게

이 책 부드럽게 나를 타이른다 허락치 않는다
너무 빨리 술술 읽어내려가는 것을
이른다 처음으로 돌아가라 계속 새로 시작하라고

반세기 동안 나 귀에까지 잠겼다 1권 3장 7절 속에
그리고 목소리 듣는다: 너 이 책 다 알게 되지는 못하리
단어 하나씩 반복한다—그러나 내 열의 자주 꺼진다

잘 참는 책의 목소리가 경고한다:
영혼의 일에서 가장 나쁜 것은 서두름이라
그리고 동시에 위로한다: 앞으로 세월이 남아 있잖니

말한다: 잊어라 너를 기다리고 있다는 것을 아직 많은 페이지가
권수가 눈물이 도서관이 말이지 읽어라 꼼꼼히 3장을
그 안에 들어 있음이다 열쇠와 심연과 시작과 끝이

말한다: 아까워 마라 눈을 양초를 잉크를 베껴라 세심하게
한 절 한 절을 베껴라 정확하기 마치 거울에 비추는 것처럼
알 수 없는 빛바랜 단어들을 세 겹 의미로 말이지

---

* Ryszard Przybylski(1928~). 폴란드 문학평론가.

나 생각한다 절망적으로 내가 능력도 대단한 참을성도 없고
내 형제들이 예술에 더 능란하다고
나 듣는다 내 머리 위 그들의 조롱을 본다 그 비웃는 표정들을

겨울의 어느 늦은 새벽—새로 시작중인 때에

오웰의 앨범

썩 잘 생을 꾸렸던 것은 아니다 이 에릭 블레어라는 사람
모든 사진에서 그의 얼굴 유별나게 슬프다.
가난한 이튼—옥스퍼드—학생 그런 다음 식민지 복무
그때 그가 코끼리 숫자를 줄였지 단 하나로.
버마인 무법자들이 교수형 당하는 자리에 있었고
그것을 자세히 묘사했다. 그런 다음 스페인에서 전쟁, 아나키스트 대열에서.
있다 그렇게 사진 한 장이: 레닌 막사 앞 전투원들
배경 속 그—과도하게 키가 크고 전적으로 혼자다.

없다 불행하게도 그의 사진, 그가 가난을 연구하던
파리와 런던 시절의 그것이. 틈, 추측으로 메울밖에.

그리고 마침내 뒤늦은 명성 심지어 부(富):
본다 개 그리고 손자들과 함께인 그를. 어여쁜 아내 둘
시골집, 반힐, 그가 돌 아래 누운 곳의.

한 장도 없다 공휴일 사진—테니스화 햇빛받은 요트 따위
놀이 취향 말이지. 좋고. 다행히 없다 그의
입원 사진. 침대. 하얀 깃발 수건,
피 흘리는 입에 댄. 그가 그러나 결코 항복 안 하지.

그리고 그가 간다 잘 참는 고통받는 추처럼
어떤 만남 쪽으로.

태평양 III
(평화 회담에 대하여)

밤의 동굴 속
나뭇가지 위
뚱뚱하기 무장한 팔처럼
익은 과일
뭉개지
잠,
나무들 아래 고요히 자는 이들의 그것
금발이고 무방비 상태인 이들의 잠을

그 과일 흔들린다 부풀며
금속 경보 울린다
새파래진다 증오의 얼굴처럼

삽시간에 시든다 두터운 나뭇가지
그리고 익은 과일 구른다
익지 않은 밝은 머리들 향해

시인, 잠든 자들의 보호자로
공포의 밤의 마법에 걸린 그가
몸 떨며 꽉 쥔다 떨리는 손에

성 외스타슈의 아주 작은 트럼펫,

불면 아름다운
기상 음악 모기들 들으라 내는 그것을

코르데 양

흡사 바위 냉광(冷光)의 복장—샬럿—밀짚모자
리본 두 개, 턱밑에 단단히 졸라맨—그녀가 몸 굽힌다 마라 위로
그리고 떨어지는 별보다 더 신속하게—집행한다 정의를

벽 뒤로 도시의 떠들썩 혁명의 북소리

그리고 더 멀리—숲—들판—개울—깃털구름
—공기 비탈—야생 루핀—당아욱

그리고 모든 게 정상이었지
그 돌이킬 수 없는 날에

빳빳이 곧게 타고 갔다 코르데 양
복장은—법원이 명한 대로—부모 살해범
구불구불 움직이며 그녀 얼굴에 사과 속을 던지는 군중 한가운데
타고 갔다 형장으로 질식할 것 같은 대낮 파리를 가로질러
저주 퍼붓는 한가운데 그러나 마치 왕관을 쓴 것처럼
짧게 깎은 머리카락 왕관을

그녀 위해 세울 만하다 기념비 아니면 적어도 오벨리스크 하나
왜냐면 그녀가 한 일 통째 신화시대에 속했다
그리스 또는 로마 저자들과

독자들이 올리브기름 등잔 또는 촛불 아래
협정을 맺고 자유의 수호는 예찬받아 마땅하다고
강력하게 믿었던 시대 말이다

코르데 양 밤에 읽었다 플루타르코스를
책들 받아들여졌다 진지하게

늑대들

마리아 오베르츠*에게

그들 늑대의 법으로 살았으므로
역사는 그들에 대해 무디게 침묵할 것이다
그들 두고 갔다 두꺼운 눈 속에
누리끼한 습기와 늑대 같은 흔적을

등뒤에 배반의 화살보다 더 빠르게
명중시켰다 심장을 앙심 가득한 절망이
그들 마셨다 밀주를 먹었다 가난을
그런 식으로 운명과 대면하려 했다

더이상 농업경제학자 아니지
'어둠'이 그리고 '새벽'—회계 아니고
'마루시아'—어머니 아니고 '천둥'이 시인 아니고
눈이 세게 할 것이다 그들의 젊은 머리를

엘렉트라 그들 애도하지 않았다
안티고네 그들 매장하지 않았다
그리고 그렇게 통째 영원토록
깊은 눈 속에서 영원히 죽어갈 것이다

---

* Maria Oberc. 헤르베르트와 편지 왕래가 아주 잦았던 헤르베르트 동향이자 담브스카 교수의 친구.

그들 잃었다 하양 수풀 속 자기들 집을
그곳은 성기게 날리지 눈이
우리가 유감일 것은 없지—삼류작가여—
그들 엉클어진 털 쓰다듬어줄 일도 아니고

그들 늑대의 법으로 살았으므로
역사 그들에 대해 무디게 침묵할 것이다
그들 두고 갔다 착한 눈 속에
누리끼한 습기와 늑대 같은 흔적을

내 조상들의 손

끊임없이 내 안에서 일한다 내 조상들의 손,
좁고 강하고 여윈 손들, 능숙하게 안장말 몰고
짧은 칼 긴 칼 다루던 그것들이

—오 얼마나 숭고한가 그 고요—치명적인 찌르기의 그것은

내 조상들의 손이 하려는 말
이승에서 온 그 올리브빛 손들이 하려는 말에
내가 분명 굴복하지 않을 터
그러니 그것들 내 안에서 작업한다 가루반죽,
검은 빵 덩이 되는 그것 속인 것처럼

그리고 아예 내 상상을 초월
앉힌다 나를 거칠게 말안장에
발은 등자에다 놓고

단추

에드바르트 헤르베르트 대위를 기리며

오직 단추들만 굽히지 않고
죽음보다 오래 남아 목격했다 범죄를
깊은 곳에서 표면으로 솟아
그들 무덤에 유일한 기념비 되었다

증언하려고 하나님이 그 숫자 세고
그들에게 자비 베풀게 하려고
하지만 무슨 육체 부활이겠는가
그들이 끈적한 흙 미립자인 마당에

날아간다 새 구름 지나 떠간다
떨어진다 잎새 싹이 난다 당아욱
그리고 침묵, 높은 곳에
그리고 연기 안개, 스몰렌스크 숲의

오직 굽히지 않는 단추들만
강력한 목소리였다, 침묵하는 합창단의
오직 굽히지 않는 단추들만
외투와 제복에서 떨어져나온 단추들만

설교

설교단에서 말한다 뚱뚱한 목사
그리고 그의 그림자 떨어진다 교회 벽에
그리고 몰두한 하나님의 백성들 울기 시작한다
탄다 촛불—성상 빛난다—침묵하는 합창대

말들 떠간다 머리들 위로 오른다
이상도 하지 이 사제의 음성기관,
남성 것도 여성 것도 천사 것도 아니다
그의 입에서 흘러나오는 물도 요단 강 아니다

사제들한테는—죄송—그 모든 게 그리 간단하거든
주께서 파리를 창조하신 건 새들 먹이려는 거였구
주께서 아이들을 주시고 그들 위해 그리고 교회 위해
주셨다는 거지 단순한 손—단순한 물고기—단순한 그물을

그렇게 얘기해야 하는 것일 수 있다 조용한 믿음의 백성들한테
약속해야겠지—은총의 비를—빛을—기적을
그러나 의심하고 안 따르는 무리 또한 있다
우리 솔직해지자구—그들 또한 하나님의 백성이다

사제들한테 죄송—나 참으로 그분 찾아
헤맸다 폭풍우 밤 바위들 사이

마셨다 모래를 먹었다 돌멩이와 고독을
오로지 십자가만 높은 데서 불타며 지속되었다

그리고 나 읽었다 동서양 교부들 글을
꿀 바른 천국 묘사를—공포의 기록—
그리고 생각했다 책 페이지에서 주님의 신호 출현하겠지
그러나 침묵했다—이해랄 수 없는 로고스라니

아마도 사제들 묻어주지 않겠지 나를 성지에다
—대지는 넓고 나 홀로 자고
사라진다 멀리—유태인 별종들과 함께
말없이 닫는다 통째 엔진 정지인 생을

설교단에서 말한다 거푸거푸 그 목사
말한다 내게—형제라고 말한다 내게—너라고
그러나 난 다만 분명히 하고 싶다
그를 내가 모르고 나 서글프다는 것을

페라라 상공 구름들

마리아 제핀스카*에게

1

하얀
길쭉하기 그리스 선박과 같은
아래가 예리하게 잘린

돛 없는
노 없는

처음
그것을 기를란다요 그림에서 봤을 때
나 생각했다
그것들 상상의 색이라고
화가의 공상일 거라고

그러나 그것들 존재한다

하얀
길쭉한
아래가 예리하게 잘린

* Maria Rzepińska(1917~1993). 폴란드 평론가 겸 미술사가.

석양이 던진다 색,
피의
구리의
황금의
그리고 하늘파랑 초록의 그것을

오 황혼,
고운
자줏빛
모래
뿌려진

미끄러진다
아주 느리게

거의 움직이지 않는다

2
나는 선택할 수 없었다
살면서 한 가지도
따르지 못했지 내 의지
지식

좋은 의도를

직업도
역사 속 피난처 하나도
모든 것을 설명하는 체계도
숱한 다른 것들도 선택할 수
없었으므로 나는 선택했다 장소
수많은 숙박지를

—텐트
—길가 여관
—홈리스들을 위한 시설
—손님방
—밤 노천
—수도원 독방
—해변 하숙집

탈것들,
동양 동화의
날으는 양탄자처럼
나를 실어 갔다
여기저기로

졸린
기뻐하는
세상의 아름다움에 고문당하는 나를

사실
그것은 살인적인 여행이었다

뒤얽힌 길
겉보기에 목적 없음
도망치는 지평선들

그리고 이제 본다 깨끗하게
페라라 상공 구름들,
하얀
길쭉한
돛 없는
거의 움직이지 않는

천천히 미끄러지는
그러나 분명
미지의 해변을
향하는

그것들 안에서다
별들 안에서 아니고
운명
정해지는 것은

아담 자가예프스키*가 보낸 그림엽서

고맙네 아담 자네가 프라이부르크에서 보내준 엽서,
그림은 눈 모자 쓴 천사가
거대한 트럼펫으로 알리는 중이군 공격,
흉악한 아파트 단지들의 그것을

넘어오네 지평선을 다가와 피할 수 없이 가깝게
먹겠다는 거지 자네의 나의 교단을

흉악한 아파트 단지들, 체르노빌 신 제강소 구역, 뒤셀도르프의

상상이 가네 지금 이 시간 자네가 뭘 하고 있을지—
낭독중이겠지 소수 신자들에게 아직 신자들 있을 테니
독일어로 "너무 아름다웠어요, 자가예프스키 님." "정말 너무 아름다웠어요!"
"고맙습니다." "고맙긴요." "정말 너무 아름다웠어요!"
그렇군, 자넨 비극적인 아도르노의 공상과 반대로구먼

희극적인 상황이지 왜냐면 drzewo 대신 der Baum이라 하고
Obłoki 대신—die Wolken 그리고 die Sonne, słońce** 대신에

---

* Adam Zagajewski(1945~). 폴란드 '뉴웨이브' 시인들 가운데 하나.
** 나무, 구름, 태양의 폴란드어와 독일어.

그럴 필요가 있고 불확실한 유사(類似)가 지속되려면
위험천만인 변형, 소리의, 그림을 구해내기 위한 그것 말이지

그리하여 자네 프라이부르크에 있군 나도 한때 거기 있었지
종이와 빵 값 좀 쉽게 벌어볼까 하고
냉소적인 심장 아래 품고 다녔지 순진한 환상,
내가 사업차 여행중인 예수 제자라는 그것을

우리한테 귀기울이는 그 소수들 값한다 아름다움에
그러나 진실에도 값한다
말하자면—두려움에도

용감하려면
그 순간 닥쳐왔을 때 말이지

첫눈 모자 쓴 천사 참으로 절멸의 천사로구나
트럼펫 들어 입에 대고 부른다 불을
소용없다 우리의 마법 주문 기도 부적 묵주

이리로 다가왔다 마지막 순간,
거양(擧揚)의
희생의

순간, 나뉘고

각자 따로 녹은 하늘로 들어가는 그것이

중유럽

알렉산더 솅커*에게

모른다 몸통인지 깃털인지
어쩌자는 것도 아닌 온갖 우왕좌왕
중유럽,
빛나는 듯 꺼져가는 듯
마치 이솝
동화에서 나온 것처럼

여기서 보니 황제였지
합스부르크가 오토라는 이
통째 고상한 인간이었다
아직 부르봉가 인물도 재고가 있다
그러나 진지하게 말해서 그들
통째 이렇다 할 게 없다

그래서 사람들 화내거나 즐거워한다
이 제국 군중용 장난감에
비상 탈출구
나타난다 지평선 위에
미끄러져 간다 그 하늘 파랑색 원(圓)
하늘에 달처럼

---

* Alexander M. Schenker(1924~). 예일대 문학부 교수.

조금 더 희생할 일
그 오색의 애들 장난감
늙은이의 향수 어린 꿈
그러나 아주 솔직히 말해서
나 그것 일체 안 믿는다
(그 손실을 네게 털어놓는 거고)

피오트르 부이치치*에게

근본적으로 유감일 것은 없소
당신이 이 점 잘 알지요 표트르
나 이 말 당신한테 아니라 당신 통해 다른 이들한테 하는 것

반세기 동안 당신이 내 생각 알게 되었소
나보다 더 잘
번역했지요 나를 참을성 있게

치크 류빈 거리에서
백색의 그로지에**에서
다시 피 흘리는 강 위에서

우리는 오래 얘기를 나누었오
알프스 카르파티아 백운암 산맥 가로질러

그리고 이제 나 늙어
쓰오 크세니아를
이것은 당신 위한 크세니아고

---

* Piotr Vujičič. 헤르베르트 작품을 세르비아어로 옮긴 번역가.

** 벨그라드.

나 들었소 노인의 호메로스 낭송을
알게 되었소 단테처럼 추방된 사람들을
극장에서 보았소 모든 셰익스피어 작품을
잘산 셈이죠
은수저 입에 물고 태어났다고 할 수 있지

설명해주오 그 점 다른 이들한테
나 멋진 생 살았소

나 고통받았소

공룡들 소풍

안 아담스키*에게

—얘들아 가운데로—
부른다
공룡 발달
심리학 학사 학위자

그리고 벌써 말 잘 듣는 아이들,
노랗기 봄 상추와 같이
선다 공손하게 열 맞추어
땀 난 앞발 들고

그리고 양옆으로
성큼성큼 걷는다 건장한 사촌들,
사관학교 출신의
바오밥나무처럼 퍼진 어머니들
삼겹의 이모들
그리고 뚱한 아버지들,
유일한 직업이
단조로운
종족 확장인

* Jan Adamski(1923~). 폴란드 배우 겸 작가. 학생 때부터 헤르베르트의 친구.

맨 앞은
보무도 당당한
제1서기
창시자, 순진한 사회주의
학파의
박사 학위 후(後) 학위자,
캄브리아기(紀) 소르본 대학의

이제 곧
그들 숲속 개간지로 들어설 터
그리고 제1서기
계획된 강의를 하겠지
서로 돕는 미덕에 대해

정말 진정시키는 광경,
무리 전체 위로
펄럭인다
부드러움의 초록 깃발

신성한 자연의 평형

넉넉한 산소
적당 비율 질소
미량의 헬륨

산보 계속되고 계속된다
수백만 년 동안

그러나 그러다가
무대에
등장한다
진짜
괴물
인간의 얼굴을 한 공룡이

관념이
번개처럼
물화한다
실제 범죄로

그리고 전원풍경
끝난다
소름끼치는 대학살로

예후다 아미하이*에게

왜냐면 너 왕이고 나 단지 왕자
나라 없고 날 믿는 사람 있는, 나 헤맨다 밤에
잠 못 이루고

그리고 너 왕이고 우정 어린 눈으로 날 쳐다보며
걱정하지—얼마나 오래 방황할 수 있겠냐고
이 세상을 말이지

—나 오래 할 수 있다 예후다 끝까지 할 수 있지

우리 몸짓조차 다르지—자비의 몸짓 경멸의 몸짓
이해의 몸짓조차
—오 나 네게 부탁하는 것은 이해뿐

나 잠든다 불 옆에서 손으로 머리 받치고
밤 다 타고 개들 짖고 산맥을 수비대가
가는 중일 때

---

* Yehuda Amichai(1924~2000). 헤르베르트가 1988년 네덜란드에서 만난 이스라엘 시인.

맹서

잊지 않겠다 결코 그대 처녀와 부인들을—잠깐 동안의—
갑자기 눈에 띄었지 그대들, 군중 속에 계단 위에 장터에서 지하철 미로에서
차창으로부터
　　　—여름 번개—맑음 예보처럼
　　　—호수에 비쳐 더 아름다운 풍경처럼
　　　—거울 속 환영처럼
　　　결혼, 있는 것과
　　　그냥 느낌이 오는 것의 결혼에서
　　　—무도회에서
　　　오케스트라 잦아들고
　　　새벽이 창에다
　　　아직 불 안 켠 촛대를 놓을 때

잊지 않겠다 결코 그대들—기쁨의 깨끗한 샘—나 또한 살았다
그대들의 암사슴 눈 덕에—내 것 아닌 입술 덕에
햇빛에 탄 손, 손가락으로 다정히 은물고기 어루만지는 그것 덕분에

　　　앤틸리스 출신 꼬마 숙녀 그대를 가장 잘 기억하겠지
　　　그대, 내가 언젠가 신문가판대에서 보았던
　　　내가 쳐다보았지 말문 막힌 채 숨죽이며—놀래킬까봐

서 말이지
그리고 잠시 생각했다—내가 당신과 간다면
세상을 바꿀 거라고

잊지 않겠다 결코 그대들—
깜짝 놀란 눈꺼풀 떨림
머리의 형언할 수 없는 물매
새둥지 같은 손바닥

나는 재생한다 충실한 기억으로
변함없는 신비스런 얼굴, 이름 없는 그것들을

그리고 장미,

검은
머리카락 속 그것을

수치심

매우 아팠을 때 나를 떠났다 수치심이
나 거리낌 없이 드러냈다 낯선 손에 보였다 낯선 눈에
내 몸의 불쌍한 신비를

파고들었다 그들 내 안으로 예리하게 굴욕을 키우며

나의 법의학 교수 나이든 만체비치
포르말린 연못에서 자살자 시신 낚아낼 때
몸을 굽혔지 그 위로 마치 그의 용서를 구하고 싶은 것처럼
그런 다음 능숙한 동작으로 열었다 그 당당한 흉곽을
입을 다물었다 그 숨의 바실리카

섬세하게 거의 애정 어리게

그러므로—죽은 자한테 충실 재한테 존중으로—나 이해한다
그 그리스 공주의 분노를 그녀의 집요한 저항을
그녀가 옳았다—오빠가 품위 있는 매장을 누려 마땅했다

흙 수의, 조심스레 끌어당겨진
두 눈 위로 말이지

거울이 방황한다 길에서
레오폴드 티르만트*를 기리며

1
사람들 말로는—
예술이 거울이란다,
산보 다니며

현실을 충실히 반영한단다
이 괴기의 두 발 달린 거울이

그래서 우리 잘 알지
아풀레이우스의 싸구려 술집들을
중세 런던을
미친 돈키호테의
감상적인 여행과
정글 침투를

때때로 예술이 반영한다 신기루를
극광(極光)을
귀신 들린 황홀경을
신들의 잔치를

* Leopold Tyrmand(1920~1985). 폴란드 작가이자 헤르베르트의 오랜 친구.

지옥 변방을

겨룬다 역사와도
성패는 가변적

노력한다 그것 길들이려
인간적 의미 그것에 부여하려

그리하여 발레
오케스트라
실물 같은 그림
갖가지 소설
시

잔뜩 금칠한 테 속에
피 흘린다 진홍으로 레오니다스

베토벤 오페라 속 합창
노래하며 확신시킨다 자유를

보로디노에서 부상당한 공(公)
쓰러지려 하지 않는다

땅바닥에

예술은 노력한다 고상하게 하려
더 높은 수준으로 올리려
노래한다 춤춘다 마구 지껄여댄다

부패한 인간사를
빛바랜 고통을

2
여기 발레가 있다

푸앵트 자세의 스베틀라나
공기 속으로 들리어
멀다 튈로 된 구름처럼
찬탄의 한숨 위에

이 모든 것 겨울 궁전에서
오래된 고문이고 서커스였다
거기 어제 새까맸지
불려가 학살당한 사람들로

발레, 얼음 위에서의—
영원 회귀
원 하나 열린다
닫힌다

고전적 2인무, 희생자와 집행자의
마지막 로마노프 황족
춤춘다 잘생긴 비상위원회 장교와

서커스—

종(鐘)

공기 밑바닥

미지의 곡예사,
영구 고정 프로그램이 있는

이제 막 등장한다
짐승(비정치적인)

일반인들 브라보 고함친다

대개 그렇듯 겁에 질려
그리고 그와 더불어—불가능하므로

바다사자들 정말 표 나게 지겨워한다

약간의 인간적 온기 가져온다 북극곰이

코다세비치*

슬라브어 운문 모음집에 같이 실려 알게 된 사람
(작품은 기억나지 않지만 그것들이 축축했던 기억은 난다)
한창때 유명하기도 했고 알았다 명성 쌓는 법을
그거야 문제될 거 없지만 뭐였을까 그가 잠재 너머 현실적으로
잡종이라 해야겠지 그 안에서 모든 게 덜컹대는
정신과 육체가 꼭대기에서 밑바닥까지 한때 마르크스주의자와 한때 가톨릭이
남자 농민과 여자 농민이 게다가 러시아인 반과 폴란드인 반이

그의 예술 처음과 끝이 놀람이다.
그가 태어났다는 코다세비치가 존재하게 되었다는
별 아래 말이지 더 나쁘다 그의 다른 놀람.
자신의 정체성 공동체 뿌리에 대한 그것들은
스스로 모른다 누구인지—코다세비치가
그리고 우주 구석구석을 탄생부터 죽음까지
성난 파도 타고 떠다녔다 조류(藻類) 모양

썼다 시를 코다세비치 어떤 때는 매우 훌륭한 어떤 때는 형편없는
후자 또한 호소력 있을지도
있어야 할 모든 게 들어 있다—멜랑콜리

---

* Vladislav Khodasevich(1886~1939). 러시아 망명 시인.

파토스 서정성 공포 경험
때때로 거대한 화염이 작품에서 올라오지만
많은 것들을 짓누르고 있다 진부한 표현이

코다세비치 산문도 썼다—주여 눈감아주소서
그의 유년에 대해서는 뭐 그것도 깔끔하게 처리했다 하겠고
그러나 그가 몰두했다 미신적으로 수수께끼,
스베덴보리의 그것들에 받아들였다 헤겔을 또 누구누구를
학생 같았다, 거듭거듭 책 한 대목을 오독하는

망명객 기질이었다 몇몇이 그렇듯
천생이 사생아 성자나 예술가였다고 할까
그 자신 가난한 2류 귀족으로 있었다 친척이
그 친척 다시 남작이거나 그 비슷한 뭐였고
말했다 그런 다음 그에 대해 코다세비치 매우 따스하게
그리고 찬탄했다 그의 부루퉁 그의 백일몽 경향을
그가 프랑스어를 구사하고 파리에 살고 애인들 거느린 것을

존재 형식으로써 망명 거 별난 일이지
친구 없이 가족 없이 텐트 치고
산다는 거 제재나 의무 없이 물론 그렇다
우리 어깨 짓누른다 우리들 모국의

음울한 역사와 격세유전과 절망이
훨씬 낫지 거울 속에 두려움 없이 사는 게
메레시콥스키** 뭐라 잠꼬대한다 지네이다 보여준다 예쁜 다리를

결국 죽었다 코다세비치 오리건 주라는 곳에서
산맥과 수풀 너머 통째 죽었고
껴안았다 그의 강한 육체를 거대한 안개가

그의 너털웃음 구름 뒤에서 운을 맞췄고

** Dmitri Merezhkovsky(1865~1941). 러시아 문학평론가.

코기토 씨가 정해진 주제 '친구들 떠난다'로

브와디스와프 발치키에비치*를 기리며

1

코기토 씨

뽐냈다 젊은 시절

전례 없이 많은

친구들을

몇몇은 산맥 너머

재주 많고 마음씨 착했다

다른 몇몇은

아주 독실했던 브와디스와프처럼

가난하기 교회 생쥐 같았다

그러나 모두

말 그대로

친구였다

공통의 취향

이상

쌍둥이 성격

* Władysław Walczykiewicz. 헤르베르트의 친구이자 한때 룸메이트.

그리고 그때
그 머나먼
행복하게 피비린 젊음의 시절에

코기토 씨
생각할 권리 있었다
검은 테두리 편지,
그들에게 그의 죽음을 통보하는 그것이
그들에게
치명타될 것이라고

그들이 각지에서 올 것이라고
구식이기 마치 달력에서 나온 것 같은
뻣뻣한 슬픔
복장으로

그들 걸으리라고
그와 함께
보도,
자갈 깔린 그것을
사이프러스
회양목

소나무 사이로

그리고 던져주리라고 수북이
젖은 모래를
꽃다발을

2
냉혹하게
흐르는 세월로
그의 친구 수
줄었다

그들 떠났다
짝을 지어
집단으로
하나씩

몇몇 창백해졌다 성체(聖體)처럼
잃었다 지상의 차원을
그리고 빠르게
또는 느리게
망명했다

하늘로

다른 몇몇
선택했다 지도,
빠른 항해의 그것을
선택했다 안전한 항구를
그리고 그뒤로 내내
코기토 씨
잃었다 그들을
시야에서

코기토 씨
탓하지 않는다 그 일로 어느 누구도

이해했다 그럴밖에 없다는 것
자연스런 귀결이라는 것을

(속생각 덧붙이자면
사라짐, 지속되는 감정의
생짜 역사의 그것과
분명한 선택의 필요가
결정지었다는 것을

우정의 결별을 말이지)

코기토 씨
투덜대는 것 아니다
불평하는 것 아니다
비난하려는 것 아니다 어느 누구도

조금
허하게 되었지만

더 분명해지기도 하였다

3
코기토 씨
받아들였다 편하게
많은 친구들의 떠남을

마치 그것이
자연 법칙,
사멸의 그것이라는 듯이

남아 있다 아직 몇이

불과 물의 시험을 거치고

그들, 영원히
경험의 제국 성벽
밖으로 떠난 그들과
그가 유지한다 관계, 살아 있고
변함없이 좋은 그것을

그들 서 있다 그의 배후에
살핀다 그를 열심히
가차없으나 친구로서

그들 없으면
코기토 씨
추락할 거였다
고독의
밑바닥으로

그들 배경 같다
그리고 그 살아 있는 배경으로부터
코기토 씨
나온다 반 발짝

반 발짝 이상 아니다
종교에 종말 있고
성자들 성찬식 있지

코기토 씨
성(聖)과는 거리가 멀어
유지한다 발짝
부동(不動)으로

그리고 그들 합창대 같다

그 합창단 배경으로
코기토 씨
흥얼거린다
그의 아리아,
작별의 그것을

코기토 씨의 수첩

즈비그니에프 자파시에비치*에게

1

코기토 씨
훑어본다 때때로
그의 오래된 포켓
수첩을

그러다가 떠난다
마치 흰 증기선 탄 듯
과거완료 시제 속으로

수평선 가장자리,
자신의 알 수 없는 존재의 그것 위

그가 본다 자신을
머언 배경,
어두운 그림의 그것 속에

코기토 씨
느낌이 생생하다

---

* Zbigniew Zapasiewicz(1934~2009). 폴란드 배우. 무대에서 종종 헤르베르트 시를 낭독했다.

만나는 듯한,

오래전 죽은 누군가를 말이지
아니면 분별없이 읽어버린 느낌이다
다른 누군가의 비망록을

그가 천명한다 불만스럽지만
지구 궤도의 무쇠 필연을
계절들의 연쇄를
냉혹한 시계 틱톡 소리를

그리고 덧없는
끊길 수 있는 선,
그 자신의 존재의 그것을

이 기념할 만한 날
(그의 애인 영명 축일)
해가 떴다 정확히
여섯시 삼십오분에
졌다 여덟시 이십일분에

반면 그의 기억,

그 젊은 여성에 대한 그것은
흐리멍덩하다
고작 이름 정도
눈 색깔
주근깨
작은 손
웃음,
늘 사려 깊지는 않았던 그것 정도

수첩이 알려준다 정확하게
달이 초승달이었고
그렇게 있었던 게 분명하다고
그러나 있었던 것인지 그녀와 그와
정원과 벚나무들이

2
코기토 씨 심란하다
개인적인 기록들로

홀.
레오폴드와 만남.
여권 신청.

그러나 더 깊이
자아 깊숙한 곳까지 내려가
코기토 씨
발견한다 달,
적힌 게 하나 없는 달들을
아무 메모도
심지어 아주 진부한
이를 테면—속옷 세탁소 맡김—
—골파 삼 따위도 없는

표시 하나 없고
전화번호 하나 없고
주소 하나 없는

코기토 씨
알고 있다 무슨 뜻인지
이 불길한
침묵이

잘 알지
무게,

눈먼
빛바랜
페이지들의 그것을

파괴할 수 있다 그 공허를
그냥 아무거나 써넣을 수 있다

코기토 씨
조심스레 간직한다
그 회청색 수첩을

—발사된 포탄 껍질처럼

—터무니없는 질병 차트처럼

—소수민족 학살의 비망록처럼

아킬레우스. 펜테실레이아

아킬레우스가 단검으로 펜테실레이아 가슴을 찌르고는, 돌렸다—그게 맞다—세 번 그 도구를 상처 속에서, 그런데 보니—갑작스런 현혹—그 아마존 여왕 아름다웠다. 그가 그녀를 조심조심 눕혔다 모래 위에, 벗겨주었다 무거운 투구를, 머리카락 풀어주고, 신중하게 놓아주었다 손을 가슴에. 그러나 감히 그녀 눈감겨주지는 못했다.

쳐다보았다 그녀를, 한번 더, 고별의 눈빛으로 그리고 마치 낯선 힘에 강제된 것처럼, 울음을 터뜨렸다—그 자신도, 그 전쟁의 다른 어떤 영웅도 그렇게 운 적 없게—목소리, 조용하고 주문 외는, 낮은 영창조고 스스로 어떻게도 할 수 없는, 푸념과, 테티스의 아들이 알 리 없는 회한의 내림조 번져가는 목소리로. 펜테실레이아의 목에, 가슴에, 무릎에 떨어졌다 잎새들처럼 이 애가의 펼쳐진 모음들이 그리고 감쌌다 그녀의 차가워지는 육체 둘레를.

그녀 자신은 채비를 차리는 중이었다, 이해할 수 없는 숲에서의 영원한 사냥을 위해. 아직 감기지 않은 그녀의 두 눈이 바라보았다 멀리서 승자를 완강한, 하늘 파랑색—증오로.

에크세키아스의 검은 소(小)조각상

어디로 흘러가나 디오니소스 포도주처럼 붉은 바다 가로질러
어느 섬 찾아 헤매나 포도 덩굴 표시 아래
포도주에 취한 자 결코 모르지—그러니 우리 또한 모르지
어디로 흘러가나 날랜 너도밤나무 목재 배 몸통이 내는 물 흐름은

체스와프 미워시에게

1

샌프란시스코 만(灣) 위로—별들의 빛
아침 안개 세상을 둘로 가르고
모르지 어떤 게 더 나은지 더 무거운지 어떤 게 더 나쁜지
속삭임으로도 생각 마라 둘 다 같다고

2

천사들 내려온다 하늘에서
할렐루야
그가 집어넣을 때
자신의 기울기,
희박한 그것을 하늘파랑색
글자에다 말이지

로비고

로비고 역. 막연한 연상. 괴테 연극
아니면 바이런 작품에 나오는. 나 통과했다 로비고를
N번 그리고 몇 번째인지 모를 만큼 숱한 번 후에야 이해했다
내 내면의 지리에서 그것 기묘한
장소라는 것 분명 안 되지만 장소
플로렌스한테는. 한 번도 디딘 적 없다 그곳을 내 살아 있는 발로
그리고 로비고 늘 다가오거나 뒤로 달아나는 중이었다

나 살았다 그때 알티키에로 향한 사랑으로
파두아, 산 조르조 오라토리엄의 그, 그리고 페라라
그곳을 사랑했다 왜냐면 그곳이 내게 상기시켰다
강탈당한 내 선조들의 도시를. 나 살았다 찢기어
과거와 현재 순간 사이
여러 번 십자가에 못박혔다 장소와 시간에 의해

그렇지만 행복했다 강력한 믿음,
희생이 낭비되지 않으리라는 그것으로

로비고는 특별한 것이 하나도 없었다
걸작, 평범의 직선거리 추한 집들
도시 바로 앞이나 뒤(열차 움직임 기준으로)
일어선다 갑자기 평지에서 산이—붉은 채석장 가새지른 게

공휴일 햄, 양배추로 둘러싼 그것 비슷해 보이는
그것 말고는 없지 눈을 즐겁게 슬프게 의아하게 할 만한 게

그리고 결국 그것 피와 돌의 도시였다—다른 도시와 마찬가지로
도시, 그 안에서 누군가 어제 죽었고 누군가 돌아버렸고
누군가 밤내도록 절망적으로 기침을 했던

'어떤 종이 울리는 가운데 나타나는가 로비고'

축소되었지 역으로 숲길로 횡선 그은 글자들로
아무것도 없고 그냥 역만—도착—출발

그래서 내가 너를 생각한다 로비고 로비고

폭풍의 에필로그

1998

할머니

나의 가장 거룩한 할머니,
길고 몸에 딱 맞는 드레스 입고
꽉 채웠다
셀 수 없이 많은
단추들로
과수원 같지
군도(群島) 같지
별자리 같다

내가 그녀 무릎에 앉고
그녀 내게 해준다
우주 이야기를
금요일에서
일요일까지

넋 놓고 귀기울이며
내가 알지 모든 것을—
—그녀가

내게 누설하지 않은 것은 오직
자신의 출신뿐
마리아 할머니 발라반 출신

많은 일 겪은 마리아

한마디도 하시지 않는다
대학살,
아르메니아의—
터키인 대학살에 대해

지켜주고 싶으신 거다
내 환상 시절을 몇 년 더

아시는 거지 나 살다가
스스로 알게 되리라는 것을
말없이 주문 없이 울음도 없이
거친
표면과
바닥,
그 단어의 그것을 말이지

일과 기도

주님,

감사드립니다 통째 엉망인 이 생에 대해, 그 안에서 저 익사중이었지요 아득한 옛날부터 도움 없이, 필사적으로 집착하면서 사소한 것들에 대한 지속적인 탐색에 말입니다.

찬송합니다, 제게 주셨지요, 두드러지지 않는 단추, 핀, 바지 멜빵, 안경, 잉크젯 방식, 늘 대기중인 백지, 투명한 티셔츠, 서류철, 참을성 있는, 기다리는 그것을.

주여, 감사드립니다 두껍고 가늘기 머리카락과 같은 바늘 달린 주사기, 붕대, 온갖 반창고, 공손한 압박붕대에 대해 감사드립니다 정맥 내 투여기, 식염수, 삽입 도관에 대해, 그리고 무엇보다 당의정 수면제, 이름 어감이 로마 요정들 같은 그것에 대해,

수면제 좋지요, 그것이 청하고, 닮고, 대체하는 게 죽음이니까

일과 기도 2

주님,

제게 주소서 긴 문장 쓰는 능력을, 그 행이 숨의 행이고, 뻗어가기 다리와 같고, 무지개와 같고, 대양의 알파와 오메가 같게 해주소서

주님, 제게 주소서 힘과 민첩, 짓는 문장이 길고, 뻗어가기 오크나무와 같고, 널찍하기 거대한 계곡과 같아, 그 안에 세계, 세계의 뼈, 꿈으로 된 세계가 담길 정도인 사람들의 힘과 민첩을

그리고 또한 주문장이 보조문장을 확실히 다스리고 그것들이 둘둘 말리며, 그러나 표현력 있게, 통주저음처럼 나아가게 하면서 자신은 움직이는 원소들 위 부동으로 지속될 정도인, 그것들을 끌어당기는 게, 보이지 않는 중력 법칙으로 원소들 끌어당기는 것 같을 정도인

그다음 제가 기도하며 바라는 긴 문장은, 노동으로 빚어진 문장, 아주 광활하여, 그 안에 성당, 거대한 예배당, 세 폭 짜리 그림이 거울에 비치는 것입니다

그리고 또한 강력하고 작은 짐승들이, 철도역들이, 슬픔 넘치는 심장이, 바위 낭떠러지와 손바닥 속 운명의 고랑이

일과 기도 3

주님,

도와주소서 우리 생각해낼 수 있도록, 과일을
달콤의 순수한 그림을
그리고 또한 감촉, 황혼과 새벽
양쪽 평면의 그것을
주름에서 꺼낸 바다를
순수한 깊이의 베이스를
그리고 또한 아가씨,
눈멀었기 운명과 같은
아가씨를 그녀 노래는—벨칸토고 말입니다

일과 기도 4

주님,

압니다 제가 오래가지 못할 것을
남은 날 많지 않지요
어찌어찌 모래를 모을 수 있을 시간 정도
그들이 내 얼굴 덮어줄 모래 말입니다

이미 늦었습니다
억울한 자 보상해줄 시간 제게 없고
사과할 시간 제게 없습니다, 모든 이,
내가 해 끼쳤던 그들에게
그래서 슬픕니다 내 영혼이

나의 생
원을 그려야 했건만
닫히는 것 훌륭한 소나타 작품과 같아야 했건만
이제 저는 봅니다 정확하게
종결부 직전
분산화음
잘못된 배합, 색과 말의
고함, 불협화의
혀, 혼돈의 그것을

왜
나의 생
물위에 동그라미 같지 않았던지요
무한한 깊이에서 깨어난
시작, 그 성장이
테로 계(階)로 겹으로 배열되어
고요히 죽은 것인
측량할 수 없는 당신 무릎에서 그러는 것인 그 동그라미

달리다*

중요한 보유(補遺)가
코기토 씨 생에서는
삽화 들어간 보유였다

그것들 덕에
생, 유명한 배우들의
공주들의
배꼽 춤꾼들의 그것
지킬 수 없었다 그로부터
비밀을

충분했다 한두 마디
선율이면
벌써 나타났다 그 앞에 일련의
잔혹한 초상들이
엑스레이 조명으로

가난한 유년으로부터
현기증 나는 경력

---

* Dalida. 본명은 Yolanda Christina Gigliotti(1933~1987). 이집트 출신 가수.

망각으로 죽음

이제
축음기 레코드 공동묘지,
노후 차량 공동묘지보다
조금 작은 그곳에 버려져

그것들 덕에
그가 골똘히 생각, 알아낸다 틀림없이
자기 생의 날짜들을

그를 지켜
서 있다 달리다가
할리나 쿠니츠카가
이레나 산토르**가
착한 마녀들이

그것들 덕에
폭정이
미화했다

** Halina Kunicka(1938~), Irena Santor(1934~). 폴란드 가수들.

남았다
노래로

그것들한테 마땅히
감사의 말을
추억 속 애정 어린 자리를
공통의 이름을
돌 서판,
고된 생의 그것 위에

다이아나

무슨 상관인가 사실 내가
이 다리들 소속이
실제 공주였단들

나머지는
가설에 속하는 것을

무슨 도움이 되는가 사실 내게
이 다리들이
그 상상 못할 전체를
아직 구성중이었을 때
요하던
관심 수준이
네페르티티의 미소 이상이었다는 게
그리니치에 조성된
시간과 공간의
모델 이상이었다는 게

언질 주었다

내가 아주 젊었었고
제정신이 내게 일렀다
언질 주지 말라고

나 확신에 차서 이렇게 말할 수 있었지
좀더 생각을 해보겠다
이리 서둘 게 뭐 있느냐
그게 운행 스케줄은 아니잖느냐

내가 언질을 주겠노라 졸업 후
군 복무 마친 후
가정을 꾸리게 되면

그러나 시간이 폭발했다
없었다 이미 전(前)도
없었다 이미 후(後)도
눈멀게 하는 지금 속에서
선택해야 했다
그래서 나 언질 주었다

그 말—
올가미, 내 목을 두른

그 말, 마지막의

희귀한 순간,
모든 것이 가벼운 상태고
투명을 입을 참일 때
나 혼자 생각한다:
"내가 언질을 주었어
좋겠네
준 언질 철회했으면"

지속은 짧다
왜냐면 보라—세계의 축 삐걱 소리 내며 움직인다
지나간다 사람들
풍경들
색칠한 시간의 굴렁쇠
그런데 내가 준 언질
박혀 있다 내 목구멍에

두 예언자. 음성 테스트

흰 연단,
아기 침낭 베개 담요의 그것에 자리잡고
그들 말한다 아기 언어로
인류에게 (다는 아니지)
나머지 인류
듣고—듣지 않고—잊는다

그렇게 시작했다 분출을
나팔꽃, 아침 영광의 우유 샘이
몰살하는 용의 샘이

두 예언자—음성 테스트

참으로 참으로
돌아가지 못하리 사과의 미소 짓는 얼굴한테로
조용하게 타는 하얀 정원한테로
액체 공간으로
들으라 폭풍우 트림 소리

격투, 옷장에서의

라팔로* 너 반역의 공화국

검푸른 단도
머리가
쥐인 도시

* Rapallo. 1922년 러시아와 독일이 조약을 맺은 곳.

칸트. 마지막 날들

그것은 진정—자연이여—증거 아니지, 그대
도량이 넓다는
그리고 도량 넓은 것 아니라면
그대는 전혀 존재하지 않는 것일 수 있다

정말 대접해줄 수 없었나 그에게 갑작스런 죽음을
훅 바람에 꺼진 촛불 같게
훌렁 벗겨져 땅에 떨어진 가발 같게
반지의 짧은 여행,
매끄러운 탁자 위에
구르고 돌고 그러다가
결국 죽은 딱정벌레 모양
정지하는 여행 같게

왜 이런 잔인한 장난을 치냔 말이지
노인네한테
기억력 상실
의식 없는 잠 깸
밤이면 공포라니
그가 이런 말 한 사람 아니었는지
"조심하라 악몽을"
그, 머리에 잿빛 빙하 났고

주머니 시계 있을 자리에—화산 생겨난 그한테

아주 천박한 짓
환영업(幻影業) 종사자한테
선고를 내려
되라 하다니—갑자기—
유령이

잠의 언어

잠잘 때
누구나처럼
새벽 전
시계태엽 감는다
가라앉는다 하얀
배 위에서
파도가 나를 씻어낸다
하얀 배로부터
나 찾는다 열쇠를
나 죽인다 용을
그 용 웃고
나 등잔불 켠다
그리고 무엇보다
재잘거리지

혹시
우리 모두 그림으로 꿈꾸는 것 아닐지
그러나 나 자신에게 하고 있다
이 모든 멍청한 이야기를
마치 잠자는 것처럼
흙더미,
서술의 그것에서 말이다

그러나 그게 바로 지향일 터,
잠 언어의
아름다운 원대한
얇고 가벼운 언어의
버리는 거지 문법을
음성 원칙을
언어, 욕설의
언어, 내가 모르는

내가
고양이로 잠잘 때
때때로 내 몸
꿰찔린다 오한에
그것은 신음, 선율의,
귀에 들리는

그때
닫힌다
잠 언어
무관하다
피로와

순수한
언어, 달콤한 두려움의

끝

그리고 차후 나는 있지 않을 것이다 어떤
단체사진에도 (내 죽음의 자랑스런 증거,
세계의 온갖 문학 주간지에서의) 혹시 누가
저기 봐—즈비셰크다—하며 손가락으로 가리키는,
여행가방과 씨름중인 사내 하나 있더라도—그거 나
아니다 그거 다른 사람이다, 나와 업종조차 다른
없다 나 없고 순전한 없음이다
설령 내가 내 의지를 단 하나 불꽃으로 모았을망정
한순간 마그네슘 섬광으로도 성립할 능력
없었으니 나 없다
바로 그 얘기
그렇게 압제 이후 나 없다 마치 혁명의 적으로
드러난 것처럼 나 전에는 안전하게 서 있었건만
지도자의 태양 아래 말이지

꽃들

꽃들 한아름 꽃들, 정원에서 들여온
꽃들, 진홍 보라 푸른색 가득한
벌들한테서 떨어져 낭비한다 그것들 방향(芳香)을
겨울 가장자리 방의 밀랍 침묵 속에

누구한텐가 이 헙헙한 선물 너무 헙헙한 선물 누구한텐가
이 께느른한 몸 떨어지는 꽃잎 눈보라
하얗게 수놓아진 하늘 집의 석회질 침묵
안개가 들판 위 선회중 배들 출범하고

경찰이 죽인 소년에 대해

그 숱한 밤새 잠 못 잠 그 숱한 벌의
기저귀 사태, 가루비누의
그 숱한 벌 속옷 주사(注射) 키스, 따스한 엉덩이에
그 숱한 엉덩이 철썩
그 숱한 희망 그 숱한 울음 눈들
갑자기 이 모든 것이 발뒤꿈치에 밟혀 찌부러진다면
공격 개시 참 담배꽁초 짝 난다면
그러고도 여전히
　　　　여전히 그 숱한 노래 떠오른다면 여전히
그 장소, 텅 빔의 핵심이 없음의 핵심 위로
　　　　산산이 부서지는 그곳에서

마지막 공격. 클라우스*에게

괜찮다면 면 서두를 놀랄 정도로 기쁘다는 말로 열고 싶다
지금 우리가 우리 중대 선두에서 함께 가고
다른 유니폼 다른 지휘 계통이지만 목표가 하나,
살아남기인 것에 대해

네가 나 들으라고 말한다—해산시켜 보내야 할 것 같아
우리 애들은 집으로 마곳과 카시아한테
전쟁은 가두 행진 때만 아름답고
그것 말고는 우리가 잘 알잖아—진창과 피와
시궁쥐들

네가 그 말 하는데 사태, 포화의
그건 그 나쁜 놈 파킨슨, 그리 오래 끌더니
결국 우리를 따라잡았다 때는 우리가 걷고 있을 때 절뚝 걸음으로
단추 푼 칼라가 턱수염에 손은 주머니에
우리 이미 휴가중이었는데 갑자기 파킨슨이 상기시켜준 거지
그게 아직 끝이 아님을 아직 마감되지 않았다는 것을
이 빌어먹을 전쟁이 말이지

---

* Klaus Staemmler. 헤르베르트 작품의 독일어 번역자. 파킨슨씨병을 앓았다.

화형대

모른다 누구를 겨냥한 것인지(악마일지)
이 폭풍 공격
맹렬한 포격, 아픔의, 공기가 센티미터 단위
땅이 인치 단위로 찢겨나가고 뒤집히는데
이전 공격으로 평평해진 그것이 말이지 그러니 왜
이 격분, 고통의, 만일 그것이 신호고
고통이 참모한테 보내진 신호라면
모두 발을 흘려주었는데 마지막 파괴 명령을 따라서
말이지 그런데 왜 이 발작 감기 오한 메스꺼움
울부짖음, 낮고 어두운 하늘 아래
화형대에 들러붙은

코기토 씨. 영혼의 실제 위치

한동안
코기토 씨
갖고 다닌다 영혼을
팔에

신호다,
준비태세 갖춰졌다는

영혼을 팔에
위치시키는 거
섬세한 작전이다
진행되어야 하지
충격의 신속 없이
낯익은
전쟁 장면 없이
주민 대피,
포위 공격당하는 도시들 뭐 그런 것 없이

영혼이 좋아한다 여러 형태로
변하는 것을
지금 그것이 바위다

박았다 발톱을
코기토 씨 왼팔에
기다리는 중

버릴 수 있다
코기토 씨 육체를
잠든 사이

아니면 환한 대낮에
온전한 제정신으로
발생할 수 있다 작별이
짧기가 짹짹 소리,
금간 거울의 그것과도 같이

이번에
그것 앉아 있다 그의 팔에
비상(飛翔) 채비 갖추고

코기토 씨와 작은 짐승(.)

모르겠다, 누가 그것의 이름, 동물학명이든 고유한 이름이든, 알기나 할지, 바닥을 기는, 아주 낮은, 키가 바닥인 그것, 육안에 보이지 않는 그것. 너무 작은, 존재와 부재 사이 갈팡질팡인, 하찮은, 잠깐이기 교정쇄, 관사 전치사 교정부호, 쉼표 조각 같고, 인쇄소 서랍에서 나온 납 부스러기 같은 그것.

내가 겨울 낭독회를 열면 그 페이지에 있다 그 아주 작은 짐승, 웅크린, 처음에 꼼짝 않다가, 이내 갈 길 가지, 말처럼 돌진한다, 앞으로, 광속의 빠르기로 아주 작은 짐승 (이 짐승 장님이다).

이 계절 (내 생애 마지막 겨울일지도)—모든 게 언제나와 같다, 아주 작은 짐승 나를 즐겁게 했고 덥혀주었다 내 검은 심장을, 그리고 어느 날 내가 마음먹었다 그 책을 런던 사는 친구한테 주기로. 포장했고 보냈다. 그 짐승과 함께.

뭘 하나 긴 바다 여행 시간에. 읽을 건 많다, 어쨌든 작으니까, 하지만 날 어떻게 생각할지, 노인네 동지, 배반을 때린 그에 대해.

코기토 씨. 예술은 길다

크시슈토프 카라세크*에게

1

젠체하는 선언문
내전
싸움 전투
캠페인들
잔뜩 채웠다 코기토 씨를
지겨움으로

각 세대마다
나타난다 그 부류,
더 나은 합목적 운운의 완강한 자부심으로
시를 찢어내려 한다
일상의
발톱으로부터

어린 나이에 벌써
입문하지 수도회,
너무나 거룩한 미묘와
승천에

---

* Krzysztof Karasek(1937~). 폴란드 시인, 번역가 겸 수필가.

마음과 몸을 쥐어짜
그들이 표현하려 한다 뭔가
너머인 것—
뭔가
위인 것———

감잡지 못한다 심지어
얼마나 많은 약속
매력
놀람이
언어 자체에 숨어 있는지조차
누구나 내뱉는
개나 소나 그리고 호라티우스도 쓰는
그것에

2
몇 년 전
코기토 씨 참가했었다
동서반구 시인 축제에

개최지—는 유고슬라비아
오흐리드 호수 부근

스트루가 강

양쪽 강변에
흩어져 있었다
삼만 넘는
시 숭배자들이

파리에서 온 서정시인
재치 있는 말 선생
거의 미쳐버렸지 좋아서
(집에서는 그의 시 낭독 듣는 게
그의 아내와
겁먹은 아이들인데)

고행자,
채찍질 고행자,
은자,
순수시의 그들
탐닉했다 풍요,
목마른 영혼의 그것을

땅거미

내려앉은 후
섬광들 치솟아
하늘에서 터졌다
인공의 불
보기에
새로운 발칸전쟁 같았다

다음날
그들이 낚아올렸다 강에서
농부 네 명
여인 한 명
아기 하나
셀 수 없이 많은 빈 병
헛간 문짝 하나
피아노 다리 한 개
임자 없는 보철 하나
약 이십 미터짜리
사슬 하나를

3
연주중이었다 박자 맞추어
분더리히 가족 사중주단

아버지 한시—회계사가 첼로
어머니 트루다—주부가 바이올린과 깡통
아들 루디—만능
할아버지 분더리히의 사생아
그러니까 한시의 여동생
루디의 딸
불러일으키지 달콤한 공포를—
그 가공할
혼돈의 마리아

까치 까치 L.

이른 봄부터
늦은 가을까지
아침에
내 침실 창을
가로질러 날아간다
까치가

연혁
연대기
계통도
에서 이름은 피카 피카,
유혈 낭자하고 교활한
용병대장 가문 출신이지

속아 넘어가면 안 돼
그 색깔 깨끗함,
무르익은 하늘 잎새 무성의 그것
티 없는 눈 하양의 그것에 말이지

오로지 그것의 노래
그 가르랑대는 노래가
드러낸다 그것의

진짜 성격,
아기 살해범의 그것을

우리 마땅히
삼가야 해 찬탄을
경고해야 해
낙인찍어야 해
파문해야 해
찢어발겨야 해
그 황홀의 구름,
그것이 자기 죄 가리고
분별없는 영혼들 갑자기
망설이게 만드는 데 쓰는 그것을

그러려면 어찌해야 하나
어찌하면 될까

—하
알겠다 내 할 일을

고용하는 거다
사제 얀 트바르도프스키*

그 국내 가금(家禽)의 음유시인을
자연의 퇴마사로
특임이지

그 사제가
갑자기 튀어나오지 어두운
덤불 고해실에서
그러면 그 새 일으키지 않을까
심장발작, 겁에 질린
그리고 그 자리에서 죽지 않을까

어찌 됐든 사제니까 도움이 되겠지
몇 발짝 왔다갔다하는 것도
야외에서 말이지

---

* Jan Twardowski(1916~2006). 가톨릭 사제 시인.

노래
즈비그니에프 '비니오' 쿠주미아크*를 기리며

다시 진눈깨비—무엇을 짜나
이 거대한 초겨울 베틀에 내려서
일련의 농부 짐수레들과 소나무 목재 상자들
전사자들을 숲 깊은 곳으로 데려가는 중

안개가 그들 수의이게 하고
빛이게 하라 서리의 날카로운 불꽃이
그리고 우리의 추억 지속되게 하라 그들 곁에
그리고 타오르게 영원한 어둠 속에서

다시 진눈깨비 어두운 바람,
메마른 엉겅퀴의 끝없는 평원의
그것이 채운다 세계를 확대한다 세계를
이 바람, 별에서 그리고 빙하에서 불어온 그것이

---

* Zbigniew Kuźmiak(1939~1941). 소비에트 군대 점령기 르부프에서 NKVD에 처형된 헤르베르트 친구.

들어왔다 머릿속으로

어느
겨울날 아침
들어왔다 코기토 씨 머릿속으로
멈췄다
머리 한가운데
움직이려 들지 않았다
오른쪽으로도
왼쪽으로도

그것은 대단한
헐떡거림
냄새가 났다, 우체부와
초라한 신비의

어떻게
코기토 씨가 최소한
온 이유라도 알았으면 했건만

접촉
이 전무였다
코기토 씨 감히 묻지 못했다
"죄송하지만 어쩐 일로 오셨는지"

그가 드잡이중이었다
그 말없는 부동(不動)과

지속되었다 그 상태가
견딜 수 없을 정도로 오래

어색한 상황
더 굴욕적인
왜냐면 오래
머리 한가운데 있을수록
그것이 더욱 대상으로 되어갔다,
변형의
침입자에서
—손님으로의
—하숙인으로의
—공동소유주,
그의 머리의 그것으로의 변형 말이다

그것 있었고
있었고
다시 한번 있었다

외곬으로
악성으로

다행히
코기토 씨
걸렸다 폐렴에
열불이 났다
탔다 머리 내부가
더불어
어느 겨울날 아침
머리 한가운데서 멈췄던 것이

이제
코기토 씨
조심스럽다

점검한다
꼼꼼히
문을
창과
잠금장치를

심지어 굴뚝 연통까지
심지어 상상력 연통까지

마음에 뚜렷이 남아 있다

일상어로
마음에 뚜렷이 남아 있다는 말은
뜻한다 집착,
단 하나 움직이지 않는 사물에 대한 그것을

마음에 뚜렷이 남아 있다라는 말을
그림으로 표현하면
힘센 농부로 될 수 있다,
털 오버코트 차림으로
나타나지 한가운데
과도하게 움직이는 사물들 한가운데
김을 내뿜는다 그가 말[馬]처럼 그의 시력은
오크나무, 눈앞이 안 보이는
—쉽지, 마음에 뚜렷이 남기는 거
충분하다 방심의 순간이면
그러나 남긴 그걸 밖으로 꺼내는 건 이미
아주 많이 다른 일
그야말로 마음에 뚜렷이 남아 있거든
서투른 덩치가 앞발로 모자를 구기고
헐떡이거든 외양간 종마처럼
—전혀 모르겠지 뭐라며 그에게 말을 걸어야 할지
"선생 제발" 그건 과하고

"좀 꺼져주라"—그건 너무
친하니
말 그대로 마음에 뚜렷이 남아 있을밖에
다부지고 심드렁하게 말이지
유용하다 중간 크기 지진
이를테면 리히터 진도 4.6
엄청난 거는 일체 안 되고
그는 바위 같다
전반적인 느낌 같다, 치명적인
무기력의
마음에 뚜렷이 남아 있다
녀석

체스

엄청난 긴장 속에
기대되던
시합*, 인간
별도 표식: 이빨에 물린 칼
대(對) 기계 괴물
별도 표지: 올림포스풍 고요
시합이 끝났다 승자는
용(龍)

헛되다
시, 안달루시아 정원에서
무르익은 그것을
벼락부자
질푸름
거칠게 밀치고 나간다 체스판 위로
어릿광대 할리퀸의 알록달록 의상 깁어 만든
이 냉소하는 무식꾼,
그 속에 잔뜩 들어찬 게
온갖 개장(開場)들인

---

* 1997년 5월 벌어진 여섯 판 체스 시합에서 당시 세계 챔피언 게리 카스파로프가 IBM 슈퍼컴퓨터 '딥 블루'에게 졌다.

그가 공격한다 방어를
그리고 결국 환희에 찬
할라리, 상대방의
시신 위로

그렇게
왕의 위엄을 지닌 게임이
넘어간다는 거 수중,
자동화의 그것에

우리 밤에 훔쳐내야 한다
그 전쟁포로 수용소에서

마음이 줄면
깨지 기계가

새로 가동해야 한다
상상력에 이르는 방황을

전화

밤
열두시 족히 지나
전화벨 울린다

있을 것 같지 않은 얽힘,
안개와 철사의 그것 뚫고
죽어라 온다
수도사 토머스 머튼*,
내가 적지 않게 빚을 진 그 사람
벨소리 너무 조용해서
심지어 내
바싹 경계하는 고양이 슈슈도
얼굴 들지 않고
자며 바싹 파고든다 전폭 신뢰하며
낡은 스키 스웨터 속을

—참 멋지군요
신부님께서 절 잊지 않으셨다니
살아생전 우리 제대로 만난 적 한 번 없는데
이제 이야기를 나눌 수 있잖아요

---

* Thomas Merton(1915~1968). 미국 신비주의자, 시인.

모든 것에 대해—

물었어야 했다
요즘 뭐 하시는지
그런데 말뚝, 내 머릿속에
부스럼, 내 혀에
물, 뇌 속에

—그래 어떠시오 선생
착한 트라피스트 수사가 묻는다

—눈이 쑤시네요
—결막염이겠지
읽는 거 많고
명상 별로 안 하니까
눈에는 카모마일이 최고요

우린 중독이죠 카모마일에

작은 카모마일 숲에
마편초밭에
벨라도나 경작지에

나를 집어삼키는 것이
일망무제
나를 섞어 짜는 재료가 블랙홀
아침 세시의 철학
숙취,
그러므로 뉴에이지의 철학이죠

철학,
왼쪽 다리의
러시아어로 naplewat

다음번에
읽어드리죠 근본적인 책
철학의
매우 극동(極東)의

저 약했어요
무(無)의 보호자 역할이
살아생전 한 번도
제대로 못했습니다
창조하는 일

고상한 추상을 말입니다

도마

유제프 지친스키* 대주교 신부

예하께

여기다 칼날 몸에 갖다댄 곳
바로 여기고
찔렀고
기념품이지
온갖 물고기 언어로 울부짖지
—상처다—

얼굴, 집중한
이마, 이랑 진
푸른빛, 새벽의
망설이고 차가운

가리키는 도마의 손가락
이끌고 있다 높은 곳에서
주님의 손이

그러니 허락되었다 의심이
질문에 한 표
그러니 가치 있지 이마,
주름진 레오나르도의

---

* Józef Życiński(1948~). 폴란드 신부이자 신학자.

초조한 손들
도와달라 부르고

서정적인 구역

이른 저녁 빛받은 공원과 벽 조망
코로 그림 속 같은—감귤 껍질 살갗, 분 바른 뺨의 무도회 끝난
황금제(製) 공기 그리고 여기 아무 소리 들리지 않고 속삭임이나
숨막힌 고함 없고 땀투성이 악수 질주 없고
오로지 영혼이 고통스러울 정도로 부서지기 쉬운 거미줄 되고
공중에 걸려 있다 미소, 조콘다의
에트루리아 아가씨들의 그것처럼

스핑크스 미소처럼

도시에서

그 변방 도시 내가 못 돌아갈 그곳에
있다 날개 달린 돌, 가볍고 거대한,
번개가 때려 날개 달아준
눈감아야 보이는 그것

멀리 있는 나의 도시 내가 못 돌아갈 그곳에
있다 무겁고 영양가 있는 물이
그 물 한잔 마시면
다시 오지 않고 못 배길 것 같지

나의 도시, 세계의 어떤 지도에도
나오지 않는 그곳에 그 빵도 있다, 먹으면
평생 살려주는 검기 다시 만나리라는 믿음과 같은
새벽에 그 돌 그 빵 그 물 그 송신탑들과 말이다

높은 성*

레셰크 엘렉토로비치**에게

변함없는 우정과 함께

1

상으로

소풍

목적지 높은 성

그 전에

그 발치까지

전차 여행

거대한 콘서트,

고물 쇳덩이 위에서의

쏟아지는

벼려지는

환장하게 만드는

비올라, 선로

둘 다의 그것,

두터운 혼란의 풀밭 속에

---

* 도시가 내려다보이는 르부프 근처 언덕.

** Leszek Elektorowiz(1924~). 르부프 출신 시인 겸 번역가.

돌 때마다
전차 탄다
황홀로

지붕에
혜성,
꼬리가 보랏빛인

열렬한 고함,
붉은 양철의
목쉰 양철
의기양양 양철의

창에 비친
사라져가는
르부프 시
고요한
창백한
촛대, 눈물의

2
높은 성

숨긴다 창피해하며 발을
담요,
개암나무 숲
늑대 블루베리, 벨라노나 쐐기풀
카바 아래

작은 매춘부 숲에

흰
땀투성이 블라우스
둘러싼다 틀 전체를
갑옷처럼

3
우리는 지름
길로 걸어갔다 재빠르기
흐르는 시내와도 같이

여기서 목매달렸지
유제프와 테오필*

---

* Józef Kapuściński(1818~1847)와 Teofil Wiśniowski(1806~1847).

너무 뜨겁게
자유를 사랑했으므로

—성가시지 않겠나
애들 우는 소리
어머니들이 부르는 소리
장사치들 적나라한 목소리

—놔둬 각자
제 일 하는 건데

—우리
머지않아
실려간다
날개, 저녁의
살구색의
사과색의
약간 쪽빛의 그것에
둑을 따라서

1846년 갈리아주의자 봉기 지도자.

다른
그러나 더 높은
성으로

아르투르*

……그리고 나 결코 더이상 노래하지 않는다 펠레크 스탄키에비치 노래
부대 군가 붉은 양귀비도
그러나 너 가버렸구나 아르투르 끔찍했지 겨울이
전혀 없었다 전쟁의 흔적도 양귀비 흔적도

그러니 너 가버렸구나 아르투르 다른 이들 가는 곳으로
너의 그 군대식 걸음 내민 가슴으로
그리고 오로지 메아리 슬픔 가눌 수 없는 메아리만 여전히
떠돈다 현 위를 길 잃은 천사처럼

그리고 이제—생각하니 웃기다—너 천사들 속에서 부르지 합창을
거대한 빛에 알 수 없는 빛에 숨어
노래하지 내가 창 열거나 차를 올려놓을 때에

그렇다 줄리아
아르투르

---

* Artur Międzyrzecki(1922~1996). 시인. 1944년 이탈리아 몬테카시노 전투에서 폴란드 군대와 함께 싸웠다.

알라 마 코타.* 문맹의 옹호

저 혼자 알라 마 코타를
깨우쳤다는 사실로부터
코기토 씨 끌어냈다
너무 멀리 나간 결론을

어쩔지 이 습득된 능력이
정당성을 부여, 그가 판결 내리고
취향 고상한 학교 세우고
의견 내도 되는 걸지, 인류 재건
계획,
우스꽝스러운
오귀스트 콩트의 디자인 따른 그것에

더
좋지 않을지
획득된 그
값싼 지식 버리고
만족하는 게
지혜,

---

* 읽기를 배우는 폴란드 학생들이 맨 처음 접하는 문장. '알라는 고양이다.'

옛 산사람〔山民〕들의,
실제
진보가 없는 그것으로 말이지

그 뜻은
증가, 실업의
숱한 피고용인들
입의
분명한 지식,
온갖 철학이
불필요하고
심지어 해롭다는

이제 저는 그만 가봐도 될지요 주님

통째 풍요
창 열지
베개 위치 고쳐놓고
따르지 차가운 차를

—그게 다야

—다지

많고
동시에 적다

왜냐면
세심해야 하거든
사려 깊어야 하고
열지 창 통째 봄 쪽으로
머리 자세 고쳐 베개 모양에 맞게

겁나지 생각하면
잘 읽는다는 게 무슨 소용일지
글로 쓰여진 학교의
사슬에서 놓여나

만물의 근원은 물이다
아니면 불이다
그런 주장으로 만족하지 않는 거
뾰족한 펜 부리로 마구 찔러대는
텍스트
인쇄도 그만

그러하니 일어나
불쌍히 여기소서 하나님
다시 한번
계약을
황소들
상기하나이다
깔끔하게 정돈된 더미들을

시간

나 여기 산다 여러 시간에, 호박 속 곤충처럼, 꼼짝 못하고, 하여 시간 없이, 왜냐면 나의 사지 꼼짝 않고 나 던질 수 없다 벽에다 그림자를, 통째 동굴 속에 있다, 호박 속인 듯 꼼짝 못하고, 하여 존재하지 않는다;

나 여기 산다 여러 시간에, 꼼짝 못하고, 온갖 움직임을 갖추기는 했지, 왜냐면 나 공간에 살고 공간에 속하고 공간인 모든 것, 내게 그 받아들이는, 덧없는 형식을 빌려주는 모든 것에 속한다;

나 여기 산다 여러 시간에 산다, 존재하지 않으며, 고통스럽게 꼼짝 못하고 고통스럽게 움직이고 정말 알지 못하고, 영원히 내게 주어진 것이 무엇이고, 내게서 가져간 것이 무엇인지 말이다

코기토 씨. 습자 수업

생애 딱 한 번
어찌어찌 달했다 코기토 씨
거장의 수준에

성 안토니
초등학교
1학년
칠십 년 전
르부프에서 그 시절에

습자 경연에서
코기토 씨 박살냈다 기록을

가장 아름답게 썼지
문자 b를

따냈다 페트라르카 월계관을
문자
b로

그 걸작은
불행하게도 희생되었다

역사의 강풍에,

파손되었다
영영
그 치솟는 위용의 탑
르네상스 복부,
b의

경건했던 그 경연
치러졌다 보살핌,
폴란드 여자분
(여권 이름
봄보바)의 그것 하에

보모다, 코기토 씨
지성의

역사의 회오리가
희생시켰다 남김없이
그 치솟는 위용의 탑
르네상스 복부,
b의 그것을

그리고 또한
그 고질적인 건망증으로
봄보바 선생을

그녀 은신했다 신화 속으로
그리고 그때부터 살고
지배한다
코기토 씨와
고아된 글자
b를

배꼽

이것 가장 감동적인 장소 몸의 도시
아홉 달 동안 눈먼 망원경, 세상을 향한
마침내 도착할 때까지 마지막 순간 소방대원이
갑작스런 사선(/) 그음이 말이지
　　　　　　그리고 이것 이미 별도로 운명 지어졌지 사랑에
사랑의 연장인 우정과 콘래드 봉사에 빵 십자가에
육군 원수 인장 타령에 도시국가에 순환하는 모든 것에
역사의 바퀴 잔뜩 구겨진다
오직 그것만이 유지한다 충실을
감겨 있다 배꼽에 몸의 장식이
배꼽 땋음의 끝

계절

오 계절 지평선 내면에 모든 것 벌써 잠겼다
소리와 색깔의 모양 약간 굽었고
오로지 장미 꽃잎만 있다, 가장자리가 이미 녹슨 색으로

달콤한 게으름 묻지 마라 석양에 대해
북풍이 조각한다 구름을 그리고 나머지 새털구름은
흑백의 노르비트*와 양심의 가책

* Cyprian Kamil Norwid(1821~1883). 폴란드 후기 낭만주의 시인. 그의 산문집 『검은 꽃, 흰 꽃』에는 아담 미키에비치, 프레데리크 쇼팽 등 위대한 동년배들의 죽기 얼마 전 모습이 담겨 있다.

노년

나 이 모든 것을 알았다 꽤나 일찍이
그래서 더 많은 가닥들이 묶인다 논리적으로
더 낫게 말이지
앞서 말한 고양이 슈슈가 몸을 덥힌다 내 장딴지와 넓적다리 사이
똑같은 꿈—쥐 사냥 탑 잡기
필요 없다 내게 어떤 기념품도
현실이 순환하지 천천히 내 혈관 속에서
감긴 눈앞
나 안다 그가 배반자라는 것을
필요 없다 내게 주제 개진은
왜냐면 모든 것 반복된다

이게 더 낫다
내가 궁금하지 않은 것이

도는 머리

예지 시비에츠*에게

떠나기 전
엉망이다

종이들 사물들
날아다닌다

마치 느낀다는 투다
자기들이 잃을 것을
중력의 권리를
코기토 씨의
떠남과 더불어 말이다

지불 안 한 계산서
갚지 않은 빚,
명예의 단어 위에
쓰지 않은 시들
가망 없는 계약
색깔 없는 애정 행각
마시지 않은 맥주
이 모든 것들이 날아다닌다

---

* Jerzy Siwiec. 정신과 의사. 헤르베르트의 친구.

코기토 씨 머릿속에서
엉망이 자라난다

어떻게 될까
그가 어찌어찌
원소들을 통제하지 못할 경우
어쨌거나 끝없이
미룰 수는
없지
무한정
일요일 출발을

그러니 어느 날
아니면 밤
그 모든 게 끝날 때
코기토 씨
바탕 삼을 것이다
베개,
특급열차의 그것을
덮겠지
차가운 무릎을
무릎덮개로

그리고 결론 내릴 것이다
모든 일이
진행될 것이다
일요일 전처럼

분명 더 나쁘겠지
코기토 씨 살아생전보다
그러나 언제나 진행될 것이다

코기토 씨의 저승

모든 것을 생각하지 않는다
코기토 씨
이 세상의 관점으로

이 세상
사실 저세상이다
상대성이론 따위 농담을 빌리자면
여기 있는 것이
저기 있고
저승에 있는 것이
여기 있다

그러니 모든 게
잘 굴러가는 것은 아니다

코기토 씨가 설명 안 해주었던가
참을성 있게
우리가
악당자와의 계약에
사인해서는 안 된다고

기대하지 말라고

선의가
변함없이 효과를
유발할 거라고 말이지

천 개의 다른
일반적 권장과
그 특수한 적용 또한

그러니 그가 아직도
제공한다 세계의 지배자들에게
자신의 훌륭한 자문을

언제나처럼
언제나
효과 없이

세기말의 초상

약물로 황폐화하고 매연의 숲에 질식당하여
타서 별 되고 있다 불타는 반짝이는 초신성이
세 저녁—혼돈의 욕망의 고문의
그것들 들어간다 트램펄린 속으로 새로 시작

난쟁이, 우리 시대의 별, 쇠퇴하는 저녁의
너희 염소 발의 예술가, 세계 형상자를 흉내내는
시골 장터, 묵시록적인 오 군주, 몽유병자들의
숨겨라 혐오스런 얼굴을

아직 시간이 있는 동안 부르라 어린 양 정화(淨化)의 물을
뜨게 하라 진짜 별과 모차르트 〈라크리모사〉가
부르라 진짜 별 백 개 잎새 영역을
실현되게 하라 공현(公顯)이 열려 있다 새로운 페이지가

애착

도대체 내가 그대와 애착으로 끝내 하는 게 무엇인가
애착, 돌에 대한 새와 사람들에 대한 그것으로
그대 자야 하지 손바닥 내면에서 눈 바닥 거기서
그게 그대 자리 아무도 그대를 깨우게 하지 말 일

그대가 모두 망친다 앞뒤를 바꾸고
요약하지 비극을 포켓 로망스로
높이 나는 사상을
바꾼다 넋두리로 감탄과 흐느낌을

묘사가 살해다 왜냐면 결국 그대 역할은
텅 빈 냉기 서린 홀에 앉아 있는 것
홀로 앉아 있는 것, 이성이 고요히 담소를 나눌 때
대리석 눈 속 안개와 눈물 얼굴에 흘러내릴 때

머리

테세우스 성큼 걸음으로 통과한다 바다,
피투성이 기둥들과 신생중인 잎새들의 그것을
들고 있다 움켜쥔 손에 트로피,
가죽 벗긴 미노타우로스 머리를

승리의 쓰라림 부엉이 울음이
새벽을 구리자로 재고 필요한 만큼 떼어내고 있다
달콤한 패배 따스한 숨을 그가 장차
생애 끝까지 자신의 목덜미에 느낄 수 있도록

직물

수풀, 좁은 가닥들의 손가락의 그리고 베틀, 충실의
기대, 어두운 동요의
그러니 날 위해 있으라 부서지기 쉬운 기억이여
내게 승인해다오 그 끝없음을

약한 빛, 양심의 달가닥 소리, 단조로운
그것이 재서 떼어낸다 섬의 세월을 세기별로
마침내 가져가려고 머지않은 해변으로
카누와 씨실 날실과 수의를

빠졌던 작품들

서사시

1

외친다 목소리,
성령 내린 예언자의:

문 닫아
문 닫아
오오 제발

그토록 겁먹은
부엌 냄새 감돈다
혁명과 불청객을

문 닫아 창도
닫아 닫으라니까

그리고 오로지 참새 한 마리,
창턱을 왔다갔다하는 그것만
나를 온유하게 한다

정말 유감이구나
내가 성 프란치스코가 아닌 것이
그리고 밀값이 그리 비싸다니

난 가진 게 하나도 없구나
사랑하는 새야
보인다
내 누더기 주머니,
내 다리 사라진 보물 속에

2
이미 조금 늦은 가을인데도
이토록 사랑스러운 날씨

하늘, 하늘파랑색의
태양, 빛나지만
뜨겁지 않은

왜냐면 섬세한 목,
암적색 스카프를
두 번 두른

왜냐면
털모자,
값을 매길 수 없는 머리 위에

안녕
저녁식사 때 보자구

집세 낼 동전 얼굴로

3
황혼녘 문 두드린다 프란치스코가

부디
앉으세요 프란치스코

그가 앉고
식탁보 위에
가지런하다 노란 손가락들

그래요 거기
—천천히

시시각각
시계 얼굴 도는
우리 여행

머리카락

머리카락
일어선다 밤에
벽에서

아니다 자물쇠
귀 뒤 기억 아니고

속하지 않는다 또한
밤의 바쁜 자궁에도

살갗에서 분리되어
영위한다 생,
마르고 분리된 그것을

그것들 움직임 불안하다
누가 어쩌려고만 하면
팽팽해진다
고통으로

하양도
검정도 아니고
그들 색깔 뭐랄까

바스락거린다

이빨 갈고
갑자기 고함지르고
손가락 꺾어봐야
겁줄 수 없다 그것들

머리카락 벽에서 곧장 자란다

***

숲속 개간지 나무 아래서 요한 카스파르 라바테르*를 기다리다
만났다 그들 아버지 죽이고 입에 곰팡이 난 후
독일어로 "너무 늦었어 서두르자고"
배로?—내가 물었다—"그럼" 그가 가리켰다 지팡이로 태양이
꺼져버린 별들한테 접근하며 쉭쉭 소리를 내기 시작했다
우리 달려갔다 계단으로 거기에 서 있었지 군중, 맨발 사람들
입 벌어진, 우리는 쥐와 복도와 크리스털 홀 지났고
텅 빈 액자, 깨진 눈 같은 그것 지났고 급기야 모자 위 푸들
라바테르가 나와 악수했고 결코 잊을 수 없다 그 감촉
우리 올랐다 헐떡대며 목화 사닥다리를
우리 뒤로 불이 걸었고 우리 보았다 그것의 등과 자줏빛 조끼
추락하는 것을: 삽화가 있는 책을 빠르게 훑어보는 사람처럼
나 깨어났다 잿빛 대양에서 입에 머리카락 한가득 물고
불이 등 대고 누워 있었다 머리가 박살난 채
라바테르는 평범 이하였다
부산하게 움직였다 수초 가득한 관 근처에서
우리 그곳으로 들어갔고 그때 시작되었다 정상(正常)으로의 여행이

---

* Johann Kaspar Lavater(1741~1801). 스위스 시인이자 관상가.

비운의 순수 결정(結晶) 안팎: 절망이 얼마나 영롱하면 희망의 육(肉)을 이루는가

—『즈비그니에프 헤르베르트 시전집』 번역판을 내면서

헤르베르트의 시는 폴란드인에게 일종의 경전이다. "폴란드를 대표하는 현대 시인"이라는 표현, 사실이지만, 아무래도 지루하고 딱딱하다. 그는 고난 받는 폴란드 민족의, 그리고 모든 약소민족의 양심이자 자존심이다. 경제학과 법학을 전공했으나 제2차 세계대전 중 혁혁한 폴란드 레지스탕스 단원이었고, 그후에는 소련의 폴란드 지배에 맞서 싸웠고, 특히 소소하지만 스무 가지가 넘는 문학상 수상 덕분에 근근한 경비의 외국 여행이 거의 일상으로 자리잡았으나, 체스와프 미워시 등과 달리, 망명을 택하지 않았다.

양심은 그렇다 치고, 왜 자존심인가? 어떤 민족이 기억을 잃는다는 것은 또한 양심을 잃는 것이다…… 그는 그렇게 말했지만, 그의 시는 민족에 국한되지 않고, 수난의 양(量)이 양으로 나열되지 않고 질(質)로 전화하는 순간과 계기를 숱하고 숱하게 품고 있다. 현재화하지 않은 기억도, 국제화하지 않은 민족도 없다. 그리고 이 질이, 숱한 문화제국들의 질을 훌쩍 뛰어넘는 식으로 "문학의 약자를 위한 것"이라는 명제를 감동과 충격의 한몸으로 증명한다. 그의 시를 읽고 나면 그의 얼굴 표정조차 시와 순수-육체적으로 결합한 듯 투명하다.

그는 17세부터 시를 쓰기 시작했고 간간히 발표도 했으나 그의 첫 시집 『빛의 심금』은 그가 23세 때인 1956년, 스탈린 사후 폴란드 내 해빙 분위기 덕분에 나올 수 있었다. 첫 시 「두 방울」, 전문이다.

수풀들 불타고 있었다—
그것들 그러나
휘감았다 자기들 목을 자기들 손으로
장미 꽃다발처럼

사람들 뛰었다 피신처로—
그가 말했다 그의 아내 머리카락은
그 안에 숨을 수 있을 만큼 깊다고

담요 한 장에 덮여
그들이 속삭였다 부끄러움을 모르는 말들
사랑을 하는 사람들의 일련의 탄원기도를

사태가 매우 악화했을 때
그들이 뛰어들었다 서로의 눈동자 속으로,
그리고 그 눈동자들 꼭꼭 닫았다

너무 꼭꼭이라 그들은 화염을 느끼지 않았다

그들이 속눈썹으로 올라왔을 때

끝까지 그들 용감했다
끝까지 그들 충실했다
끝까지 그들 비슷했다
두 방울,
얼굴 가장자리 궁지에 빠진 두 방울과.

수난의 역사를 생 체험으로 액정화하려는 욕구와 자신감이 너무나 또렷하다. 이 기조가 시집 전체를 관통하며 현재의 사회적 불안을 참으로 명징한 존재의 불안으로 응집하며, 고통의 아름다움(예술)을 통한 구원을 역설하는 데 이르니, 그는 여러 면에서 릴케의 그후고, 더 정확히 릴케의 죽음 그후다. 왜냐면 릴케가 더 오래 살았더라도 "아우슈비츠 이후 서정시가 가능한가"라는 질문에 이렇게 질문 자체의 서정적 심화로써 답하는 것이, 그의 처지에서 가능할 것 같지 않은 것이다. 다음의 시 두 편을 대조하며 읽고, 그 병존이 가능한 것에 놀라고 수긍할 수 있다면, 우리는 고난의 현대시의 가장 드넓은 정점을 맛보았다고 할 만하다.

가벼운 아치 위로—
돌 눈썹

벽의
평정한 이마 위에

기쁘고 열린 창,

제라늄 대신 얼굴들 있는 그것 속에

직사각형들, 꿈꾸는 전망에
밀접해 있는 그곳에

그곳에서는 장식물이 깨우지
개울을 평면의 조용한 영역 속에서

깨우지 동작을 고요로 선을 고함으로
깨우지 몸 떠는 불분명을 단순한 밝음을

너는 있다 거기에
건축
환상과 돌의 예술

거기 산다 아름다움
아치, 가볍기
한숨 같은 그것 위로

벽,
창백한 높이의 그것 위에

그리고 창,
눈물 유리의 그것 속에

자명한 모양으로부터 추방된 나

널리 알린다 너의 동작 없는 춤을

—「건축」 전문

새벽에 출항하였으나
이제 결코 못 돌아올
사람들은 파도에 그들 흔적 남겼다—

바다 내부로 조가비 하나 그때 떨어지거든
아름답기 입의 화석 같은 그것.

모래투성이 길을 걸어
지붕은 벌써 보았겠으나
셔터에 이르지 못한 사람들—

은 공기 종소리 속 은신처 찾을 것

그리고 고아로 만드는 게 단지
냉기 찬 방 하나 책 두 권
빈 탁상 구멍 잉크병 백지 한 장뿐인 사람들

보라 죽지 않았다 몇 인치만큼도

그들의 속삭임 벽지 덤불 통과중
천장에 그들의 평평 머리들 살고 있는 중

석회 물 공기 흙으로

그들의 천국 이뤄졌다 천사 바람이
비벼 따뜻하게 해주지 그들의 몸을 두 손으로
그들은 알아서
이승의 평원 거닐 것이다

—「우리 죽지 않는다는 발라드」 전문

이듬해 나온 『헤르메스, 개와 별』은 보편으로서 죽음과 일상을 파고든다. 고행과 아름다움의 동일시가 여전하고, 죽음 혹은 죽은 자들의 산 자에 대한 위로가 펼쳐진다. 얼핏, 릴케 이전으로의 휴식이랄까. 그러나, 그의 시가 갈수록 고전 및 역사 암시들을 동원하며 역설적인 도덕론을 형상화한다는 게 일반적인 평이지만, 그보다는, 비극과 희극, 그리고 풍자와 (가톨릭) 신비주의를 하나로 통합하는 그의 서정의 명징성이 놀랍다고 하지 않을 수 없다. 가톨릭 신비주의가, 간혹 원소론(元素論)에 빠지는 경우 말고는, 바흐 종교 음악의 음악 이성 혹은 일상 못지않게 서정-이성적이고 서정-일상적이다.

천사 아니지
그건 시인이다

날개 없다
그냥 깃털 덮인
오른손 있다

때린다 이 손으로 공기를
삼 인치 이륙하고

이내 다시 떨어진다

다 내려왔을 때
발버둥치고
일순 위로 걸린다
깃털 덮인 손을 펄럭거리며

아 떨쳐낼 수 있다면 끌어당기는 진흙을
살 수 있을 텐데 별들의 둥지에서
도약할 수 있겠지 광선에서 광선으로
그리고 또—

하지만 별들
시인의 대지가 될 거라는
바로 그 생각에
질겁하고 떨어진다

시인 두 눈 가린다
깃털 덮인 손으로
꿈꾸는 것 비상
아니고 추락,
번개처럼 무한의
옆모습을 그려주는 그것이다

—「별이 선택한 자」 전문

하지만 여기서, 그것보다, 역자의 개인적인 이야기를 하지 않을 수 없다. 이 시집에 실린 시 「비」는, 역자가 1982년 번역하고 실천문학사에서 펴냈던 체스와프 미워시 편 『폴란드 민족시집』에 실렸던 시들 가운데 가장 인상 깊었고, 영어 중역이라 늘 께름칙했던, 그리하여 결국 이렇게 전집을 번역하게 만든 계기로 장장 삼십 년 넘게 작용했던 작품이다. 비가 내릴 때마다 생각나고 아쉬웠다면 거짓말이겠지만, 비가 생각날 때마다 그랬다면 절반은 정말이다. 젊은 날 흥분과 감동의 기억을 삼십 년 넘게 뒤에 고스란히 살려줄 작품이 어디 있겠는가. 하지만 번역이 좀더 폴란드어 본문에 맞게 정확하고 충실해졌을 것이므로, 그럴 수 있을지 모른다. 전문이다.

내 형이
전쟁에서 돌아왔을 때
이마에 은 별표가 붙어 있었다
그리고 그 별표 밑은
벼랑이었다

이 파편 조각에
그가 맞은 것은 베르됭에서다
아니면 아마도 그륀발트에서
(형은 자세히 기억 못 했다)

말이 많았다
여러 언어로
그러나 가장 좋아한 것은
역사의 언어였다

숨쉬기 힘들 때까지
명했다 일어나 공격하라고, 전사한 동료들
롤랑과 코발스키와 한니발한테 말이지

고함쳤다
이것이 마지막 십자군 원정이라고
곧 카르타고가 함락될 거라고
그러더니 흐느끼는 와중 고백했다
나폴레옹이 자기를 싫어했다고

우리가 보기에
그가 점점 희미해지는 것 같았다
감각이 그를 떠났다
천천히 그는 하나의 기념물이 되어갔다

음악의 귀 조가비 속으로
들어섰다 돌 숲 하나

그리고 얼굴 피부
죄였다
멀고 메마른
눈 단추 두 개로

그에게 남은 것은 단지
촉각뿐이었다

무슨 이야기를
그는 손으로 했다
오른쪽은 로망스
왼쪽은 병사 회고록

사람들이 내 형을 데려가
도시 밖으로 쫓아냈다

가을이면 그가 돌아온다
호리호리하고 무척이나 조용하다
집에 들어오려 하지 않는다
그가 창을 두드리고 내가 나간다

우리는 함께 걷는다 거리를
그리고 그가 내게 들려준다
믿을 수 없는 이야기를
내 얼굴을 만지며
눈먼 손가락, 울음의 그것으로 말이지

이 시집의 부록 격인 '시적인 산물들'은, 겸손한 제목에도 불구하고 전통의 서정과 신화의 서사 자체가 극한 응축되면서, 그 극한 응축만으로 모던의 감성 구축에 달하는 것을 거의 광경의 공간으로 보여준다. 이런 시를 쓸 때 시인은 가장 행복하다. 시인 지망생들에게 이보다 더 유용하고 재미난 연습 거리를 나는 본 적이 없다. 아무렇게나 세 편만 읽어본다. 순서대로 「바이올린」「고양이」, 그리고 「일곱 천사들」이다.

바이올린은 알몸이다. 앙상하다 어깨가. 서툴게 그것으로 몸을 가리려고. 부끄럽고 추워서 운다. 그래서다. 아니라, 음악평론가 말과 달리, 더 아름답기 위해서 아니라. 그 말 사실과 다르다.

통째 새까맣지만, 꼬리에 전기가 흐른다. 햇볕에 잠을 잘 때, 가장 검은 물건이지, 우리가 상상할 수 있는. 자면서조차 잡는다 겁에 질린 생쥐를. 알 수 있지 발톱, 앞발에서 자란 그것 보면. 끔찍하게 멋지고 사악하다. 찢어낸다 나무 둥지에서 어린 새를, 익지도 않은 것을.

매일 아침 온다 일곱 천사들. 노크 없이 들어온다. 그들 중 하나가 빠른 동작으로 꺼낸다 내 가슴에서 심장을. 그것을 입에 댄다. 다른 천사들도 똑같이 한다. 그러면 그들 날개 시들고, 그들 얼굴 은빛에서 자줏빛으로 바뀐다. 나막신을 무겁게 쿵쿵대며 그들이 떠난다. 내 심장을 의자에 빈 머그잔처럼 두고. 하루 내내 그걸 다시 채워야 한다, 그래야 내일 아침 천사들 떠나지 않을 테니, 은빛 얼굴에 날개 달고 말이지.

『사물 연구』(1961)는 기존의 순서를 뒤집으며 근본화한, 그러니까 사물 입장에서의 예술론 특히 미술론이라 할 수 있다. 그 근본화는, 신화 정도만 입어도, 다음과 같이 치열한 보편-현실에 달할 수 있는 근본화다. "음악을 겨뤄 이긴 쪽이 진 쪽한테 어떤 짓을 해도 좋다"는 마르시아스라는 이름의 사티로스의 도전을 받은 아폴로가 시합에서 이긴 후 마르시아스의 껍질을 벗겨버리니 정령과 구경꾼들이 흘린 눈물이 모여 깨끗한 강을 이루고, 마르시아스 강이라 불리게 되었다…… 오비디우스의 『변형』에 나오는 그 이야기가 이 시집에 수록된 「아폴로와 마르시아스」의 배경이다.

진짜 결투, 아폴로와
마르시아스의 그것
(절대 음감
대〔對〕 엄청난 음계)
이 벌어진 저녁은
우리가 이미 알고 있듯
심판들이
신의 승리를 인정한 때였다

단단히 나무에 묶여
완전히 살갗 벗겨진
마르시아스
비명 지른다
그 비명 그의
높은 귀에 가 닿기 전에
그가 쉰다 그의 비명의 그늘 속에서

혐오에 진저리치며
아폴로가 닦는다 자신의 악기를

단지 겉보기에만
마르시아스의 목소리
단조롭고

이뤄져 있다 단 하나 모음
A로만

사실
이야기하고 있다
마르시아스
무궁무진한 양(量),
그의 몸의 그것을

민둥산들, 간(肝)의
영양 공급의 하얀 협곡들
웅웅거리는 숲, 허파의
멋진 언덕 꼭대기들, 근육의
합동 담즙의 피와 전율
겨울바람, 뼈의
기억의 소금물 위로

혐오에 진저리치며
아폴로가 닦는다 자신의 악기를

이제 그 합창단에
결합된다 마르시아스의 등뼈 더미가
원칙적으로는 같은 A
다만 녹이 첨가되어 더 깊게

이것은 견딜 수 없는 일

신경이 인조 플라스틱인 신으로서는 말이지

 좁은 자갈길,
 회양목 산울타리 그 길로
 간다 이긴 자
 생각은
 마르시아스의 비명에서
 언젠가 나오지 않을까 하는 생각
 새로운 유의
 예술—말하자면—몸을 갖춘 그것 말이지

갑자기
그의 발에 떨어진다
석화(石化)한 나이팅게일 한 마리

돌아보는 그의 눈에
보인다
마르시아스가 묶였던 그 나무
납빛이다

완벽하게.

「우리들의 두려움은」은 김수영의 「하…… 그림자가 없다」와 비교하면 흥미로울 것이다. 그리고, 사물이 자신을 그리거나 생각한다면(같은 것이다) 정말 이럴 것이다.

자갈은 피조물이다,
완벽한

자신에 달하고
지킨다 자신의 경계를

꽉 차 있다 정확하게
돌 의미로

아무것도 상기시키지 않는 냄새
아무것도 놀라 달아나게 하지 않고 욕망을 일으키지 않는다

그 열의와 차가움
은 정당하고 권위로 꽉 차 있다

나는 느끼지 무거운 자책을
내가 그것을 손에 쥐면
그 숭고한 몸에
거짓 따스함 스며들 때

—자갈들은 길들여지지 않아
끝까지 우리를 쳐다보겠지
고요하고 아주 맑은 눈으로

—「자갈」 전문

『명(銘)』(1969)은 '아버지를 기리며'라는 부제가 붙어 있지만,

기념과 현현의 겹침이 무정부적인 한계를 보인다. 가톨릭 신비주의도 어느 정도 긴장이 흐트러졌다. 아마도, 「신화 해체 시도」 때문일 것이다.

신들이 모였다 교외에. 제우스의 말 평소처럼 길고 지루했다.
마지막 결론: 조직을 해체해야 한다, 무의미한 음모는 그만, 이성적인 공동체로 들어가서 어찌어찌 살아남아야 한다. 아테나가 구석에서 칭얼댔다.
공정하게—이 점을 강조할 필요가 있는데—나뉘어졌다 마지막 수입은. 포세이돈은 기질이 낙천적이었다. 시끄럽게 으르렁댔다, 문제없다고. 최악의 사태를 맞은 것은 유량 규제 하천과 잘려나간 수풀의 수호자들. 조용히 모두 꿈을 기대했으나, 누구도 그것에 대해 말하고 싶지 않았다.
아무 결론도 나지 않았다. 헤르메스가 투표를 중단시켰다. 아테나가 구석에서 칭얼댔다.
그들이 돌아왔다 도시로 저녁 늦게, 주머니 속에 가짜 서류와 한줌의 동전과 함께. 다리를 건널 때, 헤르메스가 강으로 뛰어들었다. 보니, 익사중이었지만, 아무도 그를 구하지 않았다.
의견이 나뉘었다 이것이 나쁜, 아니면 정반대로, 좋은 징후인지. 어느 쪽이든 그것은 출발점이었다, 새로운 어떤 것, 막연한 것을 향한.

『코기토 씨』(1974)는, 헤르베르트 시의 가장 유명한 등장인물이거니와 과연 전반적인, (철학 혹은 산문 정신을 통한) 신화 해체 시도이고, 끔찍한 천사의 성공적인 현실 연착륙으로서 '시=일상=자서전'이다. 3인칭의 정신분열, 시니시즘의 영롱이 어디까지 가능할까. 우리는 이 글 제목의 동전 이면에 와 있다. 분량이 가장 짧은 코기토 씨 사색의 제목은 「코기토 씨의 여성지용 늦가을 시」다.

계절, 떨어지는 사과들 여전히 버티는 잎새
갈수록 짙어지는 아침 안개 머리 벗겨지기 시작한 공기
마지막 극히 조금의 꿀 단풍의 첫 빨강,
11월 야외 총살 집행장에서 피살된 그것들의

사과들 잠긴다 땅속으로 그루터기들 다가온다 눈에
잎새들 나무줄기로 쾅 닫히고 말한다 나무
들리지 이제 또렷하게 행성들 구르는 소리
높이 뜬다 달 입으라 눈에 백반(白斑)을

코기토 씨는 전근대적인 운율을 강화하는 식으로 오히려 산문적 '시니컬'의 느낌을 배가하더니, '미노타우로스'의 괴기-시니컬과 '아켈다마'의 익살-시니컬로까지 나아가, 그런 채로 마지막 시 「코기토 씨가 보냄」에서 유언의 장엄에 달한다. "지리하기 짝이 없는 불구(不具)"로 현대화한 장엄. 역시 전문이다.

가라 다른 사람들 갔던 곳 어두운 끝으로
가서 찾으라 허무의 황금 양모 네가 받을 마지막 보상을

가라 곧장 사람들 무릎 꿇은 한가운데로
등돌리고 먼지로 무너진 한가운데로

살아남은 것 살기 위한 것 아니니

시간이 별로 없다 증언을 해야지

담대하라 이성이 너를 실망시킬 때 담대해야 한다
궁극에 가서는 그거 하나다

그리고 너의 무력한 분노 바다 같게 하라
모욕당하고 매맞은 목소리 들을 때마다

그리고 버림받지 마라 네 누이 경멸한테서
기웃대는 자들 고문자들 겁쟁이들은—그들이 이긴다
가겠지 네 장례식에 그것도 안도하면서 던지겠지 언 땅덩어리
그리고 나무좀이 쓸 것이다 네 매끈한 전기를

그리고 용서하지 마라 사실 네 권한 밖이지
새벽에 배반당한 이들의 이름으로 용서한다는 게

조심하라 그러나 불필요한 자부심을
쳐다보라 거울 속 네 바보 광대 얼굴을
반복하라: 나는 부름받았다—더 나은 사람 없었을까

조심하라 심장 메마름을 사랑하라 새벽 샘을
알려지지 않은 이름의 새를 겨울 오크나무를
벽 위에 빛을 하늘의 광채를
그것들 필요로 하지 않는다 네 따스한 숨을
그것들 거기 있다 이 말 하기 위하여: 아무도 너를 위로하지
않을 것이다

빈틈없이 경계하라—언덕 위 빛 하나 신호를 줄 때—일어나 가라
피가 네 심장에서 검은 별 돌리는 한

반복하라 인류의 오래된 마법 주문을 동화와 전설을
왜냐면 그것이 얻는 방법이다 네가 얻지 못할 선(善)을
반복하라 위대한 단어들 반복하라 그것을 완고하게
사막을 건너고 모래로 죽은 사람들처럼

그러면 사람들이 네게 보답하리라 수중에 있는 것으로
웃음의 채찍으로 쓰레기 더미 위 살인으로

가라 왜냐면 그렇게만 너는 받아들여질 것이다 차가운 해골들의 핵심 그룹에
네 선조들의 핵심 집단에: 길가메시 엑토르 롤랑
끝없는 왕국과 재의 도시들을 지킨 사람들의

충직하라 가라

헤르베르트는 1975년부터 온전히 외국, 주로 독일, 오스트리아와 이탈리아에서 살다가 1981년 귀국, 계엄령이 선포되고 소련권 국가의 첫 자유노동조합 '연대노조'가 탄압을 받는 상황에서 노골적인 반정부활동을 전개, 특히 젊은이들에게 자유와 저항의 상징으로 각인되었다. 1983년 출간된 『포위 공격 받는 도시에서 온 소식』에서는 '비극적'과 '희극적'과 '시니컬'이 서로 구별할 수 없을

정도로 하나다.

보았다 예언자들 그들의 가짜 수염 잡아당기는 것을
보았다 협잡꾼들 일어나 채찍질 고행자 분파에 달하는 것을
양의 탈을 쓴 압제자들
인민의 분노로부터 달아난 그들이
목동의 피리 부는 것을

보았다 나는 보았다

보았다 한 사람, 고문에 내맡겨진
그 사람 앉아 있다 이제 안전하게 그의 가족과
우스갯소리 하며 수프를 떠먹으며
나는 쳐다보았다 그의 벌어진 입을
그의 잇몸—두 개의 야생 자두나무 가지, 껍질 벗겨진
그것 말할 수 없이 파렴치했다
나는 보았다 통째 적나라를
통째 굴욕을

그런 다음
학술원
숱한 인간 꽃들,
숨막힐 듯한
누군가 쉬지 않고 얘기했다 뒤틀림에 대해
나는 생각했다 그의 뒤틀린 입에 대해

이것 혹시 마지막 막 아닐지,
무명씨 작품의
평평하기 수의와 같은
숨죽인 흐느낌과
그들의 킬킬거림으로 가득찬,
이번에도 일이 잘 끝난 것에
안도의 한숨을 쉬며
죽은 소품들이 깨끗이 치워진 뒤
천천히
들어올리는

피 묻은 커튼 들어올리는 그들의

—「내가 본 것」 전문

헤르베르트는 1986년 파리로 옮겼다가 병세가 악화한 1991년 초 다시 바르샤바로 돌아왔다. 연대노조는 공산주의가 몰락하던 1998년 다시 정치 전면에 나서 이듬해 합법화되었고, 같은 해 헤르베르트가 폴란드 작가동맹에 가입했고, 7월 간접선거를 통해 대통령에 선출된 공산주의 지도자 야루젤스키가 1990년 9월 대통령직에서 물러난 후 12월 처음 치러진 민선 대통령 선거에서 연대노조 지도자 바웬사에게 패한 뒤였다. 1990년 출간된, 평자들 상당수가 그의 최고 시집으로 꼽는 『떠나보낸 비가』에는 코기토의 '시니컬'을 씻어낸 완벽한 '희극적'이 등장한다. 「리비우스의 변형」이다.

어떻게 이해하셨을까 리비를 내 할아버지와 증조할아버지께서는

두 분 분명 고전적 고등학교에서 그를 읽으셨는데
별로 안 좋은 계제였거든
창에는 밤나무 서 있고—열렬한 나뭇가지 모양 촛대, 꽃들의—
할아버지와 증조할아버지 온갖 생각 헐떡이며 미차한테 달려가던 때
그녀가 정원에서 노래하고 어깨를 그리고 그 거룩한 다리를 무릎 아래까지 드러내거든
혹은 가비, 빈 오페라 출신의 머리카락이 케루빔 같은
가비, 코가 들창코고 목구멍에 모차르트가 들어 있는
혹은 마지막으로 마음씨 착한 요차 근심 걱정 있는 이들의 피난처
예쁘지 않고 재주 없고 많은 걸 요구하지 않는 그녀한테로
그리고 그렇게 두 분 리비를 읽으셨단 말이지—꽃피는 계절—
바닥 닦는 나프탈렌 지겨움과 백묵 냄새 맡으며
황제 초상 아래
그때는 황제가 있었으니까
그리고 제국은 온갖 제국들이 그렇듯
영원해 보였다

그 도시 역사 읽으며 두 분 망상에 빠졌다,
자기들이 로마인 혹은 로마인 후손이라는
정복당한 자들의 아들들 그 자신 예속된
아마도 이렇게 된 데는 라틴어 선생이 한몫했다
자신의 법원 법률 고문 지위로
너덜너덜한 프록코트 걸친 고대 덕목 소장품
그렇게 리비 대신 주입시켰다 학생들한테 군중 경멸을

인민 봉기—res tam foeda—가 그들의 혐오를 일깨운
반면 모든 정복이 정당한 것 같았다
더 낫고 더 강한 자들의 승리는 당연하잖은가
그러므로 학생들 트라시메노 호수 패전이 뼈아팠고
반면 그렇게 우쭐할 수 없었다 스키피오의 우세에
한니발의 죽음에 진짜로 안도했다
쉽사리 너무도 쉽사리 그들 이끌려갔다
종속절의 참호
분사가 지배하는 대단히 난해한 구조물
부푼 발음의 강들
구문의 덫을 거쳐
—전투 속으로
그들 것 아닌 명분 때문에

비로소 내 아버지와 그뒤로 내가
읽었다 리비를 리비에 반하여
프레스코 아래 놓인 것을 꼼꼼히 살피면서
그래서 우리의 반향 일으키지 않았다 스케볼라의 연극적 몸짓이
백인대장의 고함과 개선행진 또한
그리고 우리는 기울었다 정서적으로 패퇴,
삼니움족 골족 에트루리아인의 그것에
셌다 숱한 민족 이름들, 로마인들이 가루로 갈아버린
예찬 없이 묻힌, 리비한테
문체의 주름 한 개 값어치도 없었던
히르피니 아퓰리아 루카니아 오수나 사람들과

타렌툼 메타폰티스 로크리 주민들 그것을

나의 아버지 잘 아셨고 나 또한 알았다
어느 날 머나먼 변방에서
하늘의 징후 없이
판노니아 사라예보나 또한 트레비존드에서
차가운 바다 위 도시에서
아니면 판시르 계곡에서
지방의 화재 발생하고

제국 멸망하리라는 것을

이 완벽은, 시사적인 해피엔딩과 전혀 다른, '현대-고전'적 완벽이다. 그리고, 그러고 보면 이 시집의 거의 모든 작품들이 각각 여러 정신 영역의 새롭고 혼탁한 '현대-고전'적을 지향하고, 그것에 달하고 있다. 헤르베르트의 시-미학적 응전은 과거 기억과 현재 전망, 그리고 미래 비전 위를 미학적 실천의 응전이고, 동시에, 돌이켜보면, 코기토 씨는 '왜 사냐면 웃지요'풍, 즉 전근대적인 미학을 극복하기 위한, 폴란드 수난에 걸맞은 장치였던 것이다. 같은 이유로, 「짐마차」는 전통 시에 대한 마지막 찬사이자 결별 선언이다.

그의 반공주의가 점차 극단적으로 나아가면서 미워시 등 해외파 동료들을 비난했으며 그가 당시 폴란드 대통령 바웬사, 그리고 미국 대통령 부시에게 보낸 (냉전 시대 반공 스파이를 찬양하고, 쿠르드족 사태 방치를 비판하는) 공개서한이 절친한 친구들 사이에서조차 논란을 불러일으켰고, 이 논란은 그의 사후까지 이어졌다. 1993년 그는 예술과학원 회원이 되었고, 1994년 휠체어를 탄

채 네덜란드 튤립 축제에 다녀온 후, 나머지 생애를 극심한 천식에 시달리며 침대에서 지냈다. 그러나, 죽기 직전 출간된 『로비고 지방』(1992)에서는 심지어 옛 공산당 체제 비판조차, 비판을 결핍화하는 방식으로 '현대-고전'적 완벽을 입는다. 「공룡들 소풍」조차 말이다.

—얘들아 가운데로—
부른다
공룡 발달
심리학 학사 학위자

그리고 벌써 말 잘 듣는 아이들,
노랗기 봄 상추와 같이
선다 공손하게 열 맞추어
땀 난 앞발 들고

그리고 양옆으로
성큼성큼 걷는다 건장한 사촌들,
사관학교 출신의
바오밥나무처럼 퍼진 어머니들
삼겹의 이모들
그리고 뚱한 아버지들,
유일한 직업이
단조로운
종족 확장인

맨 앞은
보무도 당당한
제1서기
창시자, 순진한 사회주의
학파의
박사 학위 후(後) 학위자,
캄브리아기(紀) 소르본 대학의

이제 곧
그들 숲속 개간지로 들어설 터
그리고 제1서기
계획된 강의를 하겠지
서로 돕는 미덕에 대해

정말 진정시키는 광경,
무리 전체 위로
펄럭인다
부드러움의 초록 깃발

신성한 자연의 평형

넉넉한 산소
적당 비율 질소
미량의 헬륨

산보 계속되고 계속된다

수백만 년 동안

그러나 그러다가
무대에
등장한다
진짜
괴물
인간의 얼굴을 한 공룡이

관념이
번개처럼
물화한다
실제 범죄로

그리고 전원풍경
끝난다
소름끼치는 대학살로

「코기토 씨의 수첩」은 코기토 씨 자신조차 '현대-고전'화 했음을 보여준다. 헤르베르트는 1998년 7월 18일 죽었고, 그 직전 마지막 시집 『폭풍의 에필로그』를 출간, 시집 미수록 작품과 미발표작을 모았다. 이 시집에서는 소년 헤르베르트와 노년 코기토 씨가 혼재하듯 삶과 잠과 죽음이 혼재하고, 수록 작품 거의 모두 만년작에 달한다. 마지막이니 아무래도, 아무 설명 없이, 「노래」가 좋겠다.

다시 진눈깨비—무엇을 짜나

이 거대한 초겨울 베틀에 내려서
일련의 농부 짐수레들과 소나무 목재 상자들
전사자들을 숲 깊은 곳으로 데려가는 중

안개가 그들 수의이게 하고
빛이게 하라 서리의 날카로운 불꽃이
그리고 우리의 추억 지속되게 하라 그들 곁에
그리고 타오르게 영원한 어둠 속에서

다시 진눈깨비 어두운 바람,
메마른 엉겅퀴의 끝없는 평원의
그것이 채운다 세계를 확대한다 세계를
이 바람, 별에서 그리고 빙하에서 불어온 그것이

아니, 그래도 「끝」이나 「노년」은 얘기가 좀 중복될 것 같고, 「시간」이어야 할까?

나 여기 산다 여러 시간에, 호박 속 곤충처럼, 꼼짝 못하고, 하여 시간 없이, 왜냐면 나의 사지 꼼짝 않고 나 던질 수 없다 벽에다 그림자를, 통째 동굴 속에 있다, 호박 속인 듯 꼼짝 못하고, 하여 존재하지 않는다;

나 여기 산다 여러 시간에, 꼼짝 못하고, 온갖 움직임을 갖추기는 했지, 왜냐면 나 공간에 살고 공간에 속하고 공간인 모든 것, 내게 그 받아들이는, 덧없는 형식을 빌려주는 모든 것에 속한다;

나 여기 산다 여러 시간에 산다, 존재하지 않으며, 고통스럽게

꼼짝 못하고 고통스럽게 움직이고 정말 알지 못하고, 영원히 내
게 주어진 것이 무엇이고, 내게서 가져간 것이 무엇인지 말이다

신비주의를 추스르는 한, 그는 내가 알기로, 바예호와 더불어, 단테 이래 가장 위대한 가톨릭 시인일 것이다. 모든 '주의'가, 공산주의는 물론 반공주의도 똑같이 문학의 적이라는 것을 의식했으므로 그는 내가 알기로, 가장 위대한 반공 시인이다. 그리고 내가 알기로, 어휘와 시 문법이 유난스럽지 않은 채로 파란만장의 현대에 달한, 가장 위대한 시인이다. 그러나, 우리의 적이 너무 형편없어서 문제다…… 그는 그렇게 말하고 있다. 그의 적이 형편없는, 너무나 뻔하게 사악하고 무능한 현실 공산체제가 아니었다면, 좀 더 복잡한 자본주의였다면, 천민자본주의 아니고 소위 선진자본주의였다면, 더 나아갈 수 있었다는 뜻으로 읽힐 수 있을까? 그건 이 책을 읽은 시인과 시인 지망생들이 어떤 시를 앞으로 쓰느냐에 가부가 달린 질문이다.

헤르베르트가 죽은 직후 당시 폴란드 대통령이 '흰 독수리 훈장'을 추서하려 했으나 미망인이 거부했고, 대통령이 바뀐 2007년에 비로소 받아들였다.

옮긴이 **김정환**
1954년 서울에서 태어나 서울대학교 문리대학 영문과를 졸업했다. 1980년 계간『창작과비평』에 시「마포, 강변에서」외 5편을 발표하며 작품활동을 시작했다. 주요 작품에는 시집『지울 수 없는 노래』『하나의 2인무와 세 개의 1인무』『황색예수전』『회복기』『좋은 꽃』『해방 서시』『우리 노동자』『사랑, 피티』『희망의 나이』『노래는 푸른 나무 붉은 잎』『텅 빈 극장』『순금의 기억』『김정환 시집 1980~1999』『해가 뜨다』『하노이 서울 시편』『레닌의 노래』『드러남과 드러냄』『거룩한 줄넘기』『유년의 시놉시스』『거푸집 연주』등, 소설『파경과 광경』『사랑의 생애』『남자, 여자 그리고 영화—전태일에 대한 명상』『ㄱ자 수놓는 이야기』등, 산문집『발언집』『고유명사들의 공동체』『김정환의 할 말 안 할 말』『김정환의 만남, 변화, 아름다움』『이 세상의 모든 시인과 화가』『어떤 예술의 생애』, 평론집『삶의 시, 해방의 문학』, 음악교양서『클래식은 내 친구』『음악이 있는 풍경』『내 영혼의 음악』, 역사교양서『20세기를 만든 사람들』『한국사 오디세이』, 인문교양서『음악의 세계사』, 희곡『위대한 유산』등이 있다.

문학동네 세계 시인 전집
즈비그니에프 헤르베르트 시전집

초판 인쇄 2014년 11월 10일 | 초판 발행 2014년 11월 20일

지은이 즈비그니에프 헤르베르트 | 옮긴이 김정환 | 펴낸이 강병선
책임편집 김민정 | 편집 김형균
디자인 윤종윤 유현아 | 저작권 한문숙 박혜연 김지영
마케팅 정민호 나해진 이동엽 김철민 | 온라인마케팅 김희숙 김상만 한수진 이천희
제작 강신은 김동욱 임현식 | 제작처 영신사(인쇄) 경원문화사(제본)

펴낸곳 (주)문학동네
출판등록 1993년 10월 22일 제406-2003-000045호
주소 413-120 경기도 파주시 회동길 210
전자우편 editor@munhak.com | 대표전화 031) 955-8888 | 팩스 031) 955-8855
문의전화 031) 955-8890(마케팅) 031) 955-2656(편집)
문학동네카페 http://cafe.naver.com/mhdn | 트위터 @munhakdongne

ISBN 978-89-546-2637-8 03890

www.munhak.com